荆泽晓 著

图书在版编目（ＣＩＰ）数据

不朽 / 荆泽晓著 . -- 南京：江苏凤凰文艺出版社，
2023.11
　　ISBN 978-7-5594-6736-2

　　Ⅰ.①不…Ⅱ.①荆…Ⅲ.①幻想小说－中国－当代
Ⅳ.①I247.5

中国国家版本馆 CIP 数据核字 (2023) 第 181183 号

不 朽

荆泽晓 著

策划编辑：凌　晨　刘　念

责任编辑：白　涵

封面设计：李宗男

版式设计：李宗男

封面插画：鲨鱼丹

出版发行　　江苏凤凰文艺出版社

　　　　　　南京市中央路 165 号，邮编：210009

网　址	http://www.jswenyi.com
印　刷	北京盛通印刷股份有限公司
开　本	880 毫米 x 1230 毫米　1/32
印　张	8.5
字　数	200 千字
版　次	2023 年 11 月第 1 版
印　次	2023 年 11 月第 1 次印刷
书　号	978-7-5594-6736-2
定　价	36.00 元

江苏凤凰文艺版图书凡印刷、装订错误，可向出版社调换。联系电话 025-83280257

序言

不朽的，是人性，是爱

沙锦飞

荆泽晓的作品一如既往地让我看了就挺难放下，虽然只看过他不多的作品，但鲜明的写作风格、层次极丰富的角色、跌宕起伏往往出人意料的情节、那种潜伏在字里行间的英雄气概，无不深深烙印着荆泽晓的名签。

所以，当凌晨姐姐知道我近来很忙然后似乎还有点不好意思地说，想请您给荆泽晓的新书写个序时，我忍不住笑着就应承下来了，有机会先睹为快，岂不是反倒应该谢谢凌晨姐姐？

废土类科幻我平常很少涉及，许是因为我更多地还是对人类的未来充满了美好的想象和期待，我总在内心深处祈盼着人类不要因着贪婪与愚昧而毁灭自己，要好好地把聪明才智和不断进步的科学技术实实在在地用于人类社会的福祉上。《不朽》作为一部后废墟时代科幻小说，那些满目疮痍、为生存而杀戮等的惨不忍睹，总是不断地揪紧并蹂躏着我那稍有点虚弱的老心脏，但是在那灰暗之中，时时处处闪现的人性光辉、爱的情感和英雄主义的亮色又总能及时给予我莫大的心理慰藉，加之荆泽晓风格的流畅行文与谐趣语言所描述的诸多细节，也时常会让我暂时忘记废土的沉重，放松一下心绪，甚至有时还会心有灵犀地微笑起来，使得我整个的阅读并不累和痛，这带给我其他废土类科幻文学与影视作品完全不一样的审美愉悦。

在《不朽》这部作品中，荆泽晓并没有几处提到"人性""爱"这些字眼，尽管废土类创作常常总是深度呈现人性的丑与恶，《不朽》也深刻地揭露了这种丑与恶，但通篇又都让我时时感受到人性的善与大爱的存在，不管是异姓兄弟情还是人与克隆人的兄妹情，抑或男主角李南对核辐射变异人的怜悯，甚至对敌人的包容，以及敌对阵营里亦正亦邪者的人性表达，比如将军、中校。因此，我愿意从人性与爱的角度来定义《不朽》这部作品。

  我时常在与朋友们沟通聊天时，总是非常强调即使是科幻小说哪怕是所谓的硬科幻小说，文学性也是评判一部科幻作品优劣的最重要标尺。我不喜欢那种空洞的所谓"宏大背景、宏大叙事"，所谓的"大世界观"设定，那里面只有既没人性又没情感、掌握着不知道从何而来的毁天灭地恐怖力量的所谓顶天立地英雄，而没有脚踏实地的凡人英雄。凡人英雄也怕死，他因着克服了自己的弱而成长为勇于牺牲的英雄，但他依然会面对着未知的强大力量而心生恐惧，在明知不能为而不得不为时为之，这才是人性的光辉。我一向认为，科幻小说是在现有科学理论框架基础之上合理想象一种科技与社会发展的可能性，然后在那样一种特定的可能性下，去描写人与人、人与社会、人与自然相互关系的文学作品形式。没有去关注人与人、人与社会、人与自然关系的所谓硬科幻，是不能被称之为文学作品的，文学即人学，人是文学的主角，人性的表达才是文学的根本，所以我强调要用文学性作为评判科幻小说的重要标尺，其他的，交给科幻设定，交给科学性。

  任何一部再优秀的文学作品都不可能优秀到完美，科幻小说写不好的我对科幻小说的评判却是严苛的，所以我认为《不朽》绝对不完美，甚至尚不能被称之为优秀，还有不少向着优秀向着更好提升的空间，但是它是一部相当不错的科幻小说并且可读性极强，我喜欢读。

  硬着头皮去"啃"一部所谓的科幻大作，人物苍白得毫无血色，人物关系呆滞到完全不能驱动情节发展，更无审美愉悦可言，何必呢？不如向我学习，读一读荆泽晓的《不朽》，收获多多。

  期待荆泽晓写出更多更好的作品以飨爱你的读者们。

科普作家老沙

2023年6月8日于北京青椴斋

目录
CONTENTS

第一章 关于叛徒 …………………… 001

第二章 就算末世也得打工 …………… 014

第三章 关于不朽 …………………… 022

第四章 关于奸商 …………………… 030

第五章 人人都爱孤儿南 ……………… 037

第六章 导航装置的用处 ……………… 042

第七章 长大成人 …………………… 046

第八章 人人都恨口水南 ……………… 050

第九章 不乏英雄 …………………… 060

第十章 诡异的战事 ………………… 068

第十一章 神弃之地 ………………… 075

第十二章 重逢 ……………………… 081

第十三章 战事背后 ………………… 093

目录
CONTENTS

第十四章 阳光湮灭 …………… 098

第十五章 关于李南 …………… 105

第十六章 王冠之重 …………… 115

第十七章 关于勇气 …………… 120

第十八章 关于天上人间 …………… 125

第十九章 关于伪装者 …………… 138

第二十章 关于力量 …………… 163

第二十一章 渐已漂白的真相 …………… 180

第二十二章 关于秋后算账 …………… 190

第二十三章 关于爱情 …………… 218

第二十四章 关于异能 …………… 233

第二十五章 关于忘却的名字 …………… 250

第二十六章 皎白月光 …………… 258

第一章 关于叛徒

在开普勒 452b 的核后纪年里，沉重的老式动力装甲被称为"会移动的冰箱"不是没有道理的。

热衷于毁灭自己的人类，制造它的目的，是在自己制造的这片废墟上活下去。

它的初衷是为了让从地下基地定期来地表观测的研究员与侦察员能够抵抗各种辐射污染及变异动物的攻击等，所以它丝毫没有考虑舒适性与战斗性，而是完全专注在"维生"这一点。

所以，即使处于 155mm 高爆榴弹的弹着点中心，却能保证穿着它的人员毫发无伤、在一百米距离内被 105mm 穿甲弹第一次命中，却仍能保证人员安全的动力装甲，难以避免有着笨重、移动缓慢等缺点。但不可否认，它比外骨骼装置、生物纳米战斗服有着更为全面的防护。

这个被钢铁联盟强行占据的小镇，于混乱的时势里，变成了属于钢铁联盟的小镇。他们的意志便成了条令，用子弹和刺刀让弱者屈服。小镇里原来没有因辐射污染而变异的人们，或者被驱赶，或者被奴役，甚至被屠杀，而染上辐射病和已经变异的人们，则被强行编入钢铁联盟的军队。

至此，在这个小镇里，再没有任何异样的声音。

作为防守方，钢铁联盟在小镇的各条大小街道，挖掘壕沟，占据街垒，布置了交叉的机枪火力、制高点的狙击手及在阴影里的反器材步枪，看起来钢铁联盟把这座小镇变成了刺猬一样的阵地，只为了迎接这一刻的到来——

当第一批敌人走进伏击圈，各式扳机被扣动，撞针狠狠地冲向底火,复进簧一次又一次反复地工作,长长的枪口焰喷薄而出,硝烟弥漫四周!

入侵者几乎在一瞬间就被各式子弹淹没,一波波由弹头组成的波浪疯狂地冲着他们呼啸而来。

而他们仅仅是如此渺小的十二个人——穿着老式动力装甲的十二人,在155mm高爆榴弹弹着点中心仍旧毫发无伤的"会移动的冰箱"。

十二个身穿老式动力装甲组成的精锐兄弟会,在枪林弹雨里,完全无视攻击,冷静地点射着那些枪口焰所在的位置,几乎每次都是三发短点射,不急,不缓。

他们这些刷着兄弟会标志的"冰箱",就这样在由各式子弹组成的波浪中,如坚韧的礁石,屹立不倒,简直就是对动力装甲的可靠性最好的证明。无论是20mm口径的反器材枪,还是多管机枪的怒吼,都无法对他们造成损伤。在一轮迫击炮的覆盖之后,这十二个"冰箱"仍旧缓慢而稳定地向前迈进,而他们手里的武器,用稳定的节奏,根据对方的枪口焰、枪口和红外特征,一刻不停地收割着敌人的性命,宛如死神的弯镰。

他们的敌人在退到最后一道防线时,终于主动停火了。

一面白旗被举起,防守方的谈判使者举着它,向这些装备着动力装甲的攻击者而来。

当使者走近时,发现这十二个"冰箱"中间停着一辆考究的加长轿车,让人无法置信的是,方才的枪炮风暴中,这辆车头有着两臂后伸、身戴披纱的女神标志的轿车,连一点漆也没有掉。就算一辆重型坦克也不可能这样毫发无损!那十二个"冰箱"尽管完整无缺,但上面的漆早已七零八落,并且有着许多细小的凹痕。

马车式的车门被拉开,黑色的高跟鞋踏在地面上,映入眼帘的还有半截雪白的小腿。身穿 OL 套装、戴着玳瑁框眼镜的女秘书，夹着公文包从车里出来，她的声音很悦耳：“请问您有什么事？”

"我要见将军！"使者充满血丝的眼睛压根就没在女秘书那玲珑的曲线上停留过哪怕一秒——在生死面前，这些都是不被注意的，至少在废墟里是如此。但使者马上就死死地瞪着女秘书，因为他不知道是自己疯了，还是这个漂亮得如同花瓶的女人疯了！

"请问，您有没有预约？"女秘书扶着眼镜，礼貌得出离真实。

"我们是来请求投降的！"使者喘着粗气，难得没有带上粗口，也许是女秘书坚持使用敬语，让他觉得有必要收敛自己的态度，也许是他此行的任务让他不得不放弃平时的猖狂。他说："钢铁联盟愿意服从兄弟会的领导，是的，我们愿意提供资源……"

女秘书微笑着点了点头，说："请原谅，容许我请示将军。"

车门再一次打开，一身笔挺礼服的中年人，端着咖啡从车里出来，他的声音很平静，甚至可以说是平淡，与人们印象中骂着粗口、雷厉风行、脾气火暴的形象截然不同，但就算在这战场周围众多的呻吟惨叫声里，他平淡的话语仍然明晰，几乎每个人都能听到："所有被辐射污染的人，自杀吧。"

使者如同受伤的野兽盯着将军，如果不是那辆优雅的加长轿车和那完美的磨砂漆面提醒着他，那么扑上去引爆身上的炸药，与将军同归于尽几乎是他唯一的选择。看来传言是真的，十七个势力被抹去，就因为这些势力里的人大部分都受到了辐射污染。

"我们还有完整的坦克营！"使者努力让自己平静下来，对将军陈述自己的筹码，"两个大队的武直，重型榴炮团……将军，我们承受不了和兄弟会打完这场以后的结果，因为那样我们无法保持对周围势力的震慑，并不是您这十二个'冰箱'就可以歼灭钢铁联盟！战争只是利益的夺取，您想要什么，我们都答应，这还不行吗?"

这个防守阵地,只是展示他们的实力和决心,没有人打算跟兄弟会全面开战。用一些人的死,换来另一些人能卑微地活下去,仅此而已。

将军点了点头,喝了一口咖啡,带着怜悯望着使者:"你可能不清楚,歼灭所有因为辐射而DNA变异的怪物,就是作为人类的我,最终的利益。回去吧,我给你们五分钟。"

但钢铁联盟的使者显然不是彬彬有礼的人,他马上就拉响了身上爆炸物的导火索,在那辆加长轿车边绽出强劲的焰火,然后是巨大的爆炸声。

直升机的旋翼声远远传来,坦克履带碾压残砖断石的声响,如千军万马一般……而最先响应使者自杀式攻击的是重型榴弹炮的怒吼,超过100mm口径的榴弹带着可怕的呼啸声飞来。

将军把咖啡杯交给女秘书,然后脱下白手套,缓慢地在空中握实拳头,以他为中心,空气肉眼可见地扭曲,向外扩张,所过之处,所有的物体都停顿下来——没有"几乎"的前缀,是所有。

十二个"冰箱"轻松地用手里的武器打爆了射程内的敌人、炮弹、空对地导弹、武装直升机,然后夺取了被敌人尸体包围的战防炮位,用钢铁联盟的战防炮炸飞了钢铁联盟的坦克。

从女秘书手上接过杯子,将军淡然道:"你很奇怪我为什么这么做?"

"是的将军。"女秘书退后半步,似乎想躲在将军的阴影里,遮掩她惊艳的容颜,"那个叫李南的少年,一再拒绝兄弟会的征辟,您却给予了极大的容忍,这些势力都选择了无条件投降……"

将军端着咖啡杯,笑了起来,他已不再年轻,但那种中年人的成熟睿智,使得他的微笑有着独特的魅力,尤其是笑容后面那如剑的眼神更令人感觉到领袖式的敬畏，他说："李南没被辐射污染，也不以同类为食，他所庇护的人，也没有。"

"神怜悯世人，但我想，神不会怜悯人奸。"

在这样的核后纪年，哪怕是拥有残存的能源系统和工业系统，也足以让某个势力称霸一方，但钢铁联盟里那些身上长出变异器官的人实在太恐怖了，不论是丧家之犬一样的李南，还是智商如同小孩的卡琳娜，都不愿跟那些人打交道。

无论是李南那英俊精致的脸孔，还是卡琳娜那修长曼妙的身形，在这个失去秩序的混乱时代来说，毫无意义。特别是在被钢铁联盟占据的地方，这些能带给他们的，也许只是无限增加他们沦为性奴的概率。

但如果不想办法给导航装置充电，刚刚惨遭巨变、与违背信念的同伴们决裂的他们，根本无法在废墟生存下去。

办法总是逼出来的，李南拿起刺刀，先剃自己的头发，好几次拿捏不好力道，刮破了头皮，好不容易弄完之后，他拿镜子照了一下，把一卷绷带咬在嘴里，拿战术刀在自己左脸上划下一道血淋淋的伤口，这一切，都是为了让他看起来没有那么俊俏。在废墟里，他很清楚，死亡不是最可怕的事，有太多的东西能让人生不如死。

然而只有小孩智商的卡琳娜不明白李南为什么要这么做，她吓得哭起来，因为李南接着把她的一头白金色长发用战术刀割断，再塞给她一根过期火腿肠，终于哄得她不哭了之后，李南帮她把头发也剃光了，这次比他给自己动手要好一些，至少没流血，但看上去跟狗啃的区别不大。

李南举起镜子看了看半边脸结了血痂的自己，又看了一眼一旁的卡琳娜，然后举起望远镜，打量着远处钢铁联盟外围的聚居点。最后，他无奈地放下望远镜，就算弄成这样，他们也依然太出色，走到聚居点仍会吸引不怀好意的人的目光。长得好看不是罪过，但没有能力对抗恶意，又没有一个可以撑腰的势力维护自己，那就成了罪过。

可当李南拿起刀，准备给卡琳娜脸上也来一刀时，后者吓得拼命把火腿肠往他嘴里塞。以她的智商，大约是觉得李南要来抢火腿肠吧。

他摇了摇头，拿起镜子，把刀再次对准自己的脸，但卡琳娜死死地抱住了他执刀的手。

"好吧，好吧，我不割自己，放手。"李南叹了口气，其实再来一刀，他也不太能下得了手。

最后，污泥和蜡烛成了他们化妆的工具。他们满脸的瘤子，而卡琳娜的脸和皮肤更像是随时要融化一样，就像是废墟里随处可见的那些快要变异的严重辐射病患者，再加上那狗啃一样的头发和结了血痂的半边脸，他们看上去总算正常了一些。

他们进入了钢铁联盟小镇外围的聚居点，心惊胆战地走到那些变异人中间，寻到一个提供充电的商店，交给那个两头人老板一百颗9mm手枪子弹。就在刚为这个导航装置充完电，聚居点的那些变异人开始对他们两个人脚上就算沾了泥也看着完好的作战靴感兴趣时，外面响起了凄离的警报声。

躲在一个核前纪年下水道沙井口的李南和卡琳娜，用望远镜看着那十二个"会移动的冰箱"轻易地摧毁钢铁联盟的民兵组织，然后看着钢铁联盟的使者在那辆考究的加长轿车旁边自爆。

兄弟会的将军所掌握的匪夷所思的超能力更让李南和卡琳娜呕吐起来，他们就在沙井口里，连黄疸水也呕尽了，直呕出血来却仍觉得恶心。将军没有动手杀一个人,但正是他定住了所有东西,才让那十二个"冰箱"展开了屠杀。

因为距离过远,他和卡琳娜没有被那扭曲的震荡波所影响,李南看见将军向这边转过身,他知道完了,而面对如同山岳一般的存在,如果不想被捉回去活体解剖,也许在还能举起枪时自杀,是最好的选择。

李南难以控制自己的恐惧而全身颤抖起来,他毕竟只是一个十七八岁的少年,毕竟他的晴姐已不在他的背后,所有的美好和希望,所有的善良和阳光都将他抛弃。他只是一只丧家之犬,也许更糟,是一只带着拖累的丧家之犬。

卡琳娜看着他在颤抖便愈加害怕,开始哭泣。李南让卡琳娜抱紧自己,然后将 MR73 的枪口对准卡琳娜的左后背,以他们的姿势,只要一扣扳机,子弹就会穿过卡琳娜的心脏,再穿过他的心脏。

但就在这时,一只手还拿着望远镜的李南看到那个近乎完美的女人向这边望了一眼,一瞬间,他在她眼中看到了怜悯与同情,那黑色的眼眸里流露着的并不是施舍式的可怜,而是感同身受的、作为同类的伤感。一刹那,李南觉得有一种超越了力量的东西穿透了他的灵魂,他说不清,但他可以想象出这位优雅的美人,每时每刻都在承受着如何非人的折磨!

她冲李南眨了眨眼,当然也可以说是风迷了眼。但他知道,没有这么多巧合!没有!那是一个信号,尽管她身处可怕的将军的暴虐中,却仍愿意为了这个素不相识的少年去冒险,她在给他信号!

他不再颤抖,平复自己的呼吸,以免被将军察觉,以至让她白白冒险。

果然,她巧妙地退后半步,恰好挡住了将军望向这边的视线。将军终于没有再看过来,也许是她绝世的容颜让将军也不能移开视线。

"走。"李南压低声音,抓住这一瞬间,滑进下水道。

卡琳娜尽管只有小孩智商,但她已经习惯跟随李南了。

"我们会去救她出来,我们一定会!"李南在下水道里小心地摸索着,低声对着身后的卡琳娜叮嘱道,"要是我死了,你要记得报人家这个恩!要不是她,咱俩死定了。"

他所指的,当然是将军身旁的那位女秘书。

刚才那一眼,他读懂了她的感性和抗争,至少李南是这么认为的。

卡琳娜跟在他的身后,不停地点头:"嗯,跟晴姐一样的好人!我有本事了,要报答她!"

提到晴姐,李南一下子沉默了。

"哎哟!"跟在他身后的卡琳娜撞到了脑袋。

李南叹了口气,伸手摸索着帮她揉了一下头,压低声音道:"别出声。"

尽管卡琳娜站直比他还高一点,可她的智力就这样,她似乎还不知道晴姐已经走了。

也许唯一的好消息,就是看上去似乎随着时间推移,她的智力渐渐有所提升。

李南又叹了口气,他不可能丢下卡琳娜的。并非是他天性善良,在这片废墟上,容不下什么善良和人性,没有什么不可以践踏,没有什么不可以出卖,他早就明白这样的道理。

只是晴姐最后毅然向死,她的牺牲,留给了他们生的机会。她如一束洁白的光,永久停驻在李南心灵的某个深处,偏偏卡琳娜就幸运地被这束光笼罩着。

仅此而已,李南默默地这么对自己说。

下一秒,几乎是肌肉反应,李南捅出了左手的战术刀,接着便是刺入肉体的感觉。

没等对方惨叫或呻吟,李南右手的小斧就横斩出去,带着腥味的液体喷溅过来,浇在他脸上。他抽了抽鼻子,是血的味道。

这是他为什么一开始没有打手电筒或火把。下水道里,除了无所不在的蟑螂和变异的老鼠,还有人——无力在地表生存,只能栖身于下水道的暗黑行者。

对暗黑行者来说,黑暗的下水道就是他们的天地,就算是地表的强者,到了这里也得屈服。狭窄的下水道,简直就是跳弹产生的绝佳土壤,而毫无光源的黑暗,开枪只可能会误杀同伴。暗黑行者向来认为,下水道就是他们独有的狩猎场,所有进入此地的生物,都必须低头,贸然闯入的人,都将被教训,例如李南和卡琳娜这样毫无礼仪的闯入者。

但在李南看来,他并不打算承认暗黑行者的这种规则。而跟在他身后的卡琳娜,在他以身作则的情况下,当然也不例外。

身后传来三棱刺刀连续捅入对手身体的声响,李南没有回头。

那是卡琳娜的游戏。

一旦进入战斗,她就不会再撞到头。

李南不禁想起晴姐开过的玩笑:"也许她本来就是个成年人,然后把自己全部的见识都兑换成了战斗技巧,所以如同婴孩一样天真,需要重新学习世间的一切。阿南,也许她是一个礼物。"

在漆黑的下水道,充斥着恶臭的空间里,李南的泪水无声地流淌。

抬手拭去泪水之前,他再一次解决了另一个扑上来的对手,仍然没有让对方发出任何声音或给身后的同伴警示。

暗黑行者倚仗的就是长久生活于此，对地形的熟悉以及人类对黑暗和狭窄空间的恐惧。但李南并不害怕黑暗，因为他从小长大的地下基地，为了节省资源，每天会有五分之四的时间关闭照明。而小孩最是活跃，就算黑暗也无法约束他们玩耍的冲动，所以如何在黑暗里避免碰撞到其他人、追逐同伴而不让自己受伤等，是李南从小就掌握的本领——相比于暗黑行者被环境逼迫出的习惯，基地大人的言传身教要更加系统化和富有指导性，在地下基地长大的孩子，比暗黑行者更擅长在黑暗里战斗。而李南，就是这样的人，况且在地下基地长大的孩子，没有一个人会恐惧黑暗或是密闭空间。如果有，他便无法顺利长大，这就是长颈鹿式的幸存者定律。

李南拭去泪，一个肘击准确地打断了第三个攻击者的颈椎。

进入下水道就是暗黑行者的天下，他们利用空间和黑暗，狩猎着地表人，如同复仇，但对更擅长在黑暗里和狭窄地形中活动的李南来讲，他们不过是一些连在地表生存都无法做到的失败者。至于卡琳娜，那可是晴姐认为把所有见识都换成了战斗技巧的人。李南从不质疑晴姐，就算是她随口开的玩笑。

前进了六十多米之后，李南开始感觉到喘，心率在升高，卡琳娜的呼吸却仍旧均匀。

"换位。"李南低声对她说道。

在前面开道，对体能的消耗更大，合理安排彼此的体能，才是让两人都活下去的根本。于是他们在黑暗里侧身换位，又有暗黑行者扑上来，在字面意义上，喷洒出他们的热血，然后倒下。

很快，再没有敌人扑过来了。

有一些绿色的眼睛在黑暗里出现，那是辐射变异的老鼠。大约是他们身上的血腥气让鼠群觉得代价太大,于是那些绿色的眼睛慢慢后退,陷入黑暗之中。

"十一人。"李南一边调整着呼吸,一边说道。

卡琳娜进入作战状态后似乎连智商也有所提高,她很明显知道李南的意思:"六人。"

"十七人,你们能拿起刀的,还有几个人?我想不会超过五个人。"李南这次没有压低声音,略带着沙哑的嗓音在狭窄的下水道里响起,"小孩、老人也可以尝试拿起刀,来攻击我们。"

于是黑暗中传来抽泣声,然后马上被捂住。

对生存在下水道的暗黑行者来讲,他们很清楚李南平静的话是什么意思。但凡拿起刀,那不分老少,就是攻击者。在核后纪年,就算是圣人,也不会对干掉拿着刀攻击自己的人有任何负罪感。

李南在鼓励他们拿起刀,就是想让这个部落灭绝。而且,他刚刚证明了,他有这个能力,更可怕的是部落的战士率先对他们进行了攻击。

前面很快有了光亮,一堆篝火燃起,三个肌肉线条明显的壮年人赤身裸体地跪在光亮里。他们就是这个暗黑行者部落仅余的战士,武器放在离他们两米远的位置,如果有什么歹意,在重新拿起武器之前,他们臣服的对象,能把他们杀死很多次。

这就是核后纪年,一切都如此无耻,毫无底线。不论是之前黑暗里的攻击,还是最后无力反抗的臣服,几乎找不到一丁点文明的痕迹。

"我们,有一个肉票。"那三个赤身裸体跪在篝火前五体投地的战士不敢抬头看走出黑暗的李南。

他们说:"还有十一把坏了的枪……大约一百公斤的老鼠肉干。"

卡琳娜已经不在李南的身后，对战斗，她有着超乎常人的悟性，在篝火燃起之前，当感受到手臂上李南轻敲出来的暗语，她就沉默地迂回了，如果没有意外，她将在这个暗黑行者部落的另一端出现。

"有人蛹吗？"李南冷冷地问道。

这话让那三个五体投地的战士几乎不约而同地爬起来往后倒退，企图退入黑暗，但李南拔出来的格洛克17手枪，让他们停止了一切动作。

"杀了我们吧！"那个看着应该是女性的战士，咬牙说道。

而另外两个男性战士对望一眼，准备做殊死一击。

当决定舍弃所有，他们的语调里就没有了之前跪伏臣服的卑微："我们不吃人，也不愿被人吃！至少在活着的时候！"

这大约就是他们生活在下水道的根本原因，因为这是钢铁联盟的势力范围——至少在李南滑进下水道之前是这样，而钢铁联盟善于制作人蛹，就是把人砍断四肢，当成活着的食材豢养。

李南收起手上的格洛克，对他们说道："肉票是怎么来的？"

"他被变异狗群追杀，跳进下水道躲避，被我们俘获。"暗黑行者部落的战士满怀戒心，但至少李南收起枪，算是一种善意，所以他们还是老实回答了李南的问题，"他说是沉日城的，可是没有人来找他，如果再过几天仍没有人找他，我们就用他来配种，然后让他成为部落的一员。"

所谓成为部落的一员，那是在李南轻松杀掉他们的十七名战士之前，真实的情况应该是没有可能弄到赎金的话，这位肉票会成为奴隶。

废墟上，没有谁彻头彻尾善良或纯洁，有的只是不同程度的肮脏。

"要记住,你们的部落在今天能延续下去,只有一个原因——不吃人。"李南面无表情地对他们说道,"我叫李南,如果有一天我发现你们说谎,我会让你们后悔活着。"

结束对话,是因为卡琳娜已经找到肉票,并且带着人绕回到李南身后的黑暗里。至于部落里那些都已残破、朽坏的枪械之类的,李南完全没有看一眼的兴趣。

"厉狼,记得这个名字。"看着没入黑暗的身影,暗黑行者部落的战士对同伴这么说道。无论是狠辣凶猛的杀戮手法,还是那半边脸被血痂掩饰的造型,都无法让这些心有余悸的暗黑行者联想到"李南"这两个字。

厉狼,是最直观的感受。

第二章 就算末世也得打工

在末日的废墟里，一人一狗一把枪浪迹天涯，不但有着某种粗犷的西部拓荒式的豪迈，也有着东方侠客式的豪情和浪漫。

"但那一切，都只存在于核元纪年以前的小说或影视里。"李南毫不做作地说道。

与他聊天的对象，是他们从下水道救出来的肉票，后者看起来在下水道里的经历不太愉快，他的身体很虚弱，以至于李南在路上不得不向贩卖双头牛的牛贩子"借"了一头牛来驮着他。也许是因为暗黑行者等不到赎金，所以疯狂地逼迫他配种——越是原始的聚居点，越是落后，延续族群的方式，就是生育后代。

"你这样活着很累。"趴在双头牛上的男人苦笑着说道，"没有一点向往的日子，哎哟！"

最后那一声惨叫，是卡琳娜往他脑袋上来了一拳："肉票，不许跟阿南顶嘴！"

她气呼呼地瞪着大眼睛，李南看了一眼，伸手拍了拍她的光头："这样太萌，瞪眼时别鼓腮帮子。"

卡琳娜点了点头，马上垂下眼皮，她知道，李南是想让她在废墟里能活得久一些。她说道："阿南你放心，我会吃很多很多肉，然后变得很壮很壮，我会保护你的！"

李南忍不住笑起来，很难想象看起来跟核元纪年前残留下来的时尚杂志、海报上的那些模特身材差不多的卡琳娜会变得很壮很壮，不过他并没有打算跟智商不太健全的卡琳娜争辩，一边向前走，一边对着双头牛上的男人说道："我需要一份工作，你看到的，我妹妹智力不太好，我需要一份养活我们的工作。"

"你放心，我父亲是沉日城煤气管道维护大队的大队长！下面有三个中队，每个中队连编外临时工算在内，得有七八十人。"

这是男人被救出来之后，第二次提起自己父亲的身份。第一次是李南救出他之后，准备在荒野里扔下他，让他自生自灭。无亲无故的，李南再圣母，也不可能背上这么一个包袱，何况他本身就是丧家之犬，于是男人提起自己父亲的身份，许诺如果李南送自己回沉日城，就能给他谋取一份差事。

这也是李南找牛贩子"借"了一头双头牛的原因。

卡琳娜冷哼一声，又给了他一拳："肉票，阿南问你话，你要好好回答！"

她的拳头力量真的不小，就算在李南的叮嘱下已经控制了力道，男人的额头上还是很明显地鼓起了两个包，要不是李南拦着，恐怕他很快就得变成寿星公了——三个包连在一起肿成一个大包，不就是寿星公的模样吗？

其实男人要表达的，卡琳娜没听懂，但李南听明白了。

沉日城为了维护煤气系统，专门成立了一支队伍，也就是说，沉日城某种程度上还存在着核元纪年以前的城市基础设施！并且这些管道是有一定规模的，能给一般民众提供保障，如果只被个别权贵所有，那一两个人就够了，不必成立一支队伍来维护。

需要一百左右的人数维护的煤气管道大约是什么规模？普通聚居点的流民可能毫无概念，但在地下基地长大，懂事起每周就得经历数理化考试，被作为文明的种子或是文明种子预备役培养的李南，对此有着很清晰的概念。

核元纪年以前，非常繁荣的地级市，煤气公司大约需要两千人左右，而这样的城市人口，往往在一千五百万到两千万之间，如果趴在双头牛上的男人给出的信息是准确的话，那么换算下来，沉日城应该保留了核前城市十分之一的基础设施,而沉日城的人口可能有两百万左右——对核后纪年来说,这是一个不可思议的数字。

"他骗我们。"李南对卡琳娜这么说道。

因为辐射变异而多长出一个牛头的双头牛,慢慢悠悠地走着。大约因为多了一个头,可以在反刍时负责看路,所以双头牛走起来比正常的牛更平稳,并且它完全无视了背上男人的惨叫。

"我父亲真的是沉日城煤气管道维护部门的老大啊!别打,他的部门只有一个中队,六七十人!"已经变成寿星公的男人涕泪横流地求饶。

六七十人,换算一下,就是沉日城的人口至少应该在三四十万。李南掏出一根烟点着,对卡琳娜说道:"他仍然觉得咱俩是蠢蛋。"

当双头牛上的男人看上去跟用蜡烛和污泥化了妆的李南差不多时,他说出了被卡琳娜打到休克,醒来后仍没有改口的答案:"我爸真是煤气部门的头儿啊!虽然整个部门只有八个人,加上临时工有十四人,可那也是头儿啊!我又没说谎!谁还不吹个牛啊!"

看着李南点了点头,卡琳娜停下手:"哼,肉票,以后不许吹牛!"

"我有名字啊,我叫王言,不叫肉票!"男人一边抹泪,一边抗议。

李南回头望了一眼,和卡琳娜异口同声道:"好的,肉票。"

他们的笑声散落一地,就算破裂的公路缝隙生长着不怀好意的野草,就算破败的高楼外墙崩塌,只余下嶙峋的骨架,但夕阳的光在前方。

"这是暴力男,超能打!"到沉日城之后,王言是这么跟别人介绍李南的,然后他介绍卡琳娜,"这是暴力娜,超暴力!"

在他的吹嘘下,李南和卡琳娜杀死了上千个暗黑行者的战士,灭掉了十来个暗黑行者大部落把他救了出来。

李南扯住要暴起的卡琳娜,后者因为王言胡乱给他们起绰号而愤怒。但对李南来讲,他不觉得这有什么不好,来到一个陌生的城市,有一个粗野的外号,至少能让某些人起歪心思时多想一想。

可是当李南和卡琳娜把那些污泥和蜡洗掉,找理发师把头发剃光之后,他们闪亮得如同沙砾中的狗头金一样耀眼。就算李南的左脸有着一道淡淡的刀疤,但他在沉日城酒吧当调酒师时,依然能赚到不少小费。卡琳娜则几乎每时每刻都在吃东西,她的理由纯粹而简单:"我要变得很壮很壮,可以保护阿南!"

深夜酒吧打烊时,李南收拾着桌椅,而等他收工的卡琳娜盯着后厨今天没卖完的变异鼠骨架炖彩色花间菜,道:"老板,放到明天就坏了,要不我帮你吃掉它?"

老板看着她如看傻子:"这是炖汤又不是炒菜,我热一热明天不照样卖?"但想一下李南这妹妹的确有点智障,老板也就释然了,"唉,你去打一碗喝吧,就一碗啊!你哥带着你也真不容易。"

这时,有一桌客人还没走,招手让李南过去。那位看着得有一百四十公斤、近两米高的壮汉捋了一下齐肩长发,似乎感觉这样能增加一些吸引力,他拿起酒杯,斜长的眼睛对着李南眨了眨:"小白脸,跟我们回去吧,明天给你五颗 7.62 口径 ×39 子弹。"

李南不打算跟喝醉的人计较,笑了笑对他说:"我们打烊了,您喝完这杯就结账走吧。"

话还没说完,他就一个滑步向旁边闪了过去,正好躲过了长发壮汉的同伴,那个光头且半张脸文满刺青的大汉拍向他臀部的大手。

光头刺青壮汉一下拍空，于是他们那一桌，包括长发壮汉在内的三个同伴都在嘲笑他。

这让本来就喝醉的光头壮汉感觉无法忍受，他一下子站起来，以一米九左右的身高居高临下地俯视着李南："小子，你最好识相一点，五颗原装的 7.62 口径，是个好价钱了！你长得再俊，难不成还镶金了啊？"

李南扫了他一眼，笑着摇了摇头："我没有出卖自己的兴趣，你们应该走了，谁买一下单？"

"给脸不要脸是吧？你给我过来！"光头刺青壮汉蒲扇大小的手兜头兜脸冲着李南捉了过来。

下一秒，李南手上夹着账单的硬木板边缘准确地击在光头刺青壮汉的喉结，"嗝"一声，如同休止符，光头壮汉捂着咽喉跟跄倒退。

长发壮汉脸色一变，从腰际拔出左轮手枪，然而一个酒瓶在他的脑袋上砸开，他努力抵抗着昏厥，想把枪对准李南。在这个毫无秩序的时代，大家都习惯了，一旦发生冲突，绝对不留后患！

李南很明显也发现了对方的企图，于是他没有坚持自己的原则，马上就按对方的处世标准，把破碎的酒瓶捅进了长发壮汉的咽喉。

血从瓶嘴涌出，如同廉价的葡萄酒，而那把还没对准李南的枪，已经被李南劈手夺过。

可惜，李南没有得到开枪的机会。因为当他把酒瓶砸在长发壮汉头上时，从后厨飞奔而来的卡琳娜把手里的两根筷子甩了过来，准确命中长发壮汉身边同伴的双眼，筷子几乎没入四分之三，大约已经破坏了脑干。而当李南夺枪对准光头刺青壮汉的最后一个同伴时,卡琳娜在对方身后完成了一个教科书式、绝对不可能挣脱的裸绞。

每一颗子弹,在这个时代都是财富,李南并不宽裕,所以他不可能浪费子弹,只好收起枪。老板这个时候从后厨走出来,目瞪口呆地看着这一切。而窒息的光头刺青壮汉终于无助地直挺挺地倒在地上,抽搐着,渐无声息。

"我差点忘记,王言当时介绍你,说你叫暴力男。"老板沮丧地摇了摇头,然后对李南说,"你知道规矩的,从死人身上搜刮你的战利品,然后滚蛋,没错,你被炒了!"

没有目击者,也就没有人报案,沉日城的城防队当然不会管,但老板不可能让李南接着在这里上班,他又不是开屠宰场的,而且一夜之间少了四个客人,李南再上一阵子班,估计这酒吧也不用开了。这四个家伙当然死有余辜,但在这个时代,许多人都死有余辜。他开酒吧,仅仅是为了赚钱。

"能不能让我喝完汤再走?"卡琳娜怯生生地问道。

老板额上的青筋不断浮起,但看着被筷子插入眼睛致死的壮汉、被裸绞窒息颈椎断裂的死者,他咬牙道:"就一碗,喝快点!"

看着欢呼去打汤的卡琳娜,李南对老板说:"谢谢。"

老板挥了挥手,示意等卡琳娜喝完汤,让他们赶紧走。

"我是说,这个月我做了十八天,你现在要炒我,工钱得结一下吧?"李南一把拉住老板,认真地问道。

老板一下子抱住脑袋,一个不忘喝汤,一个不忘工钱,真的是服了。

失业的李南很快就找到了第二份工作,因为他识字,不但识字,还会外语,而且他从小在基地每周都得做核元纪年以前的数理化竞赛题，毕竟在基地长大的小孩，至少是被当成文明种子的预备役在培养，所以在这个文盲率高达 97% 以上的废墟，他找到一份工作，不是难事。

尽管他从来没修过电器，也没修过机床，更加没修过汽车，但好在有说明书，有万能表，有检测仪，有故障码，只要识字，按着说明书一步步检测，总能修好的，不过是快一些或慢一些的问题。

于是，李南每天去工作，赚子弹，再带卡琳娜去练枪、练搏击。每过七八天，两人就会离开沉日城，去野外面对那些变异动物，寻找那些吃人的部落。

日子一天天过去，这大半年里，李南几乎跟沉日城的每一个人都打过招呼，连说话都有了沉日城的口音。也许他们会在这里永远住下去，直到这座城被其他势力攻破；也许他们会死于某一个在核元纪年以前根本微不足道的病症。

直到一天，练完力量的卡琳娜问李南："我们的目标是什么？我们活着，总有一些事得去做，对不对？比如你让我记住的那位圣母玛利亚，你说就算你死了，也得去救她出来，得报恩。"

李南从那堆油污的零件里抬起头，脸上泛起微笑："我们的确有些事得去做。"

"什么时候去呢？"卡琳娜接着问道。

李南站起来，开始洗手，然后找了把剃须刀，慢慢地刮去胡须。

"在你问我这个问题的时候，我们就可以出发了。"他对卡琳娜说道。

卡琳娜在这一年里不断地吃和运动，开始有了明显的肌肉线条和六块腹肌，而且她已经开始思考一些成年人的问题了，比如说人生目标。这是一个成年人才有的思维，他以后不必带着一个拖累上路了。

　　李南等的,就是这一天。卡琳娜看起来,的确如晴姐所说,是上天的礼物。

第三章 关于不朽

　　只要出发，不要目的，这不太适合核后纪年的废墟。辐射的污染不但让一些牛长出了第二个脑袋，还毁灭了诗和远方，并且不是哲学意义上的，就是字面意思——大面积的核爆污染带和核设施泄漏地带，造成了一片又一片的无人区，当进入这一类地带，盖革读数器不停跃升的警告声会让所有诗词褪色，被截断、毁坏的铁路和公路，让远方无休止地在生命中推延。

　　而卡琳娜发现，他们现在前进的方向，正是一处已标注的核泄漏区。

　　"为什么要往这个方向？"卡琳娜抱着李南的腰，大声地在他耳边问道。身处急驰的越野摩托车上，就算这样大声叫嚷，也很难被听见声音。

　　李南没有回答她的问题，在恶劣的路面上高速行驶，他必须全神贯注。

　　事实上，在六千米后，李南猛然松开油门，摆正车身，点下后刹之后，捏下前刹再次点下后刹，然后快速减挡，整辆越野摩托车在湿滑的路面向前滑行起来，但李南并没有任由它减速到可以稳稳当当地停下，滑行了十来米后，当速度下降到一个他认为可以接受的情况，他马上压歪车身，整辆车几乎从地面上擦了过去，而这时，路边那间早已随着城市的毁灭而废弃多年、被荒草占据的店铺的腐朽的门把手，突然炸开成为一堆碎渣。

　　因为压歪车身而被甩飞的卡琳娜趴在地面上，随着摩托车的方向滑动卸力，然后一个翻滚躲在那个被荒草占据的店铺侧边，她没有抬头去望一眼，在被摩托车甩飞的一瞬间，她看到了那个炸裂的门把手及其他东西,她躲在墙壁后,一边跃动一边对着李南喊道:"四百米,两点钟!我右!"

她报出来的,是对他们下手的狙击手所在的方位。

而比她迟一秒结束地面滑行的李南,在地上手脚并用地跃进,速度很快,动作难看,但保证了他始终处于一片建筑物的阴影遮掩下,接着他从街对面那早就没了玻璃的橱窗跃进一间同样废弃的店铺,但落地之前,一张布满獠牙的大嘴向他的颈部咬了过来!

李南在半空中死死掐住对方的脖子。这甚至不是一张正常的狗嘴,而是分裂成八瓣的大嘴,每一瓣都带着六排粗细不一的獠牙!这张溢满恶臭的大嘴离他的脸不过五厘米,每次咬合,许多獠牙不停摩擦,发出让人心悸的声响。

此时方才摩托车滑倒的地方,响起急促的冲锋枪声。

"咔嚓!"他双手协力错开这条变异狗的颈椎,把它扔开,然后抽出后腰的小手斧,看着这条抽搐的变异狗,它看上去正在走向死亡。他毫不迟疑,一斧接一斧,连续斫了三斧,斫掉它的头颅并踢飞,然后才寻找掩体,冲向狙击手可能藏匿的那幢大厦。

在废墟生存,有许多准则要熟知。

李南在地下基地长大,开始上地表生存课时,就很清楚地知道,不要低估任何变异或异变生物,哪怕它们看上去即将死亡,摧毁它们的脑部或砍下它们的头颅,是绝对必要的,而且就算这么做了,也不要默认它们已经死亡,毕竟,差点毁灭这颗人类生存的星球的核武器都没有让它们死亡。

在他跃动远去的身影后,那被斩开踢飞的变异狗头颅还不断试图咬住什么,过了足足两三分钟,才终于不再动弹。

狙击手并没有逃离,要清理出一段相对平整的路面,让从这里经过的车辆或行人保持直线匀速运动,以免废墟的诸多残骸让经过的目标被迫做不规则运动，又或是那些断壁残垣无形中为目标提供了掩体，之后再洒上水和油，让路面湿滑，迫使目标减速。这些工作，不是一个人能完成的。

事实上，从李南开始减速到跃入废弃的店铺，也就两三秒，他减速后的瞬间狙击手就开枪了，而几秒后，冲锋枪子弹形成交叉火力，覆盖了那辆孤单的、被他们两个人抛弃的摩托车。

卡琳娜并没有如她高声喊出的那样冲向四百米外狙击手可能在的位置，冲出十几米后她就失去了踪影。要在废墟里找一个满身尘土的人，和在海滩上找一粒沙子不会有很大的区别，何况还有许多变异生物在阴暗的角落里等待着。

当那个三人火力组，分了一个人带着对讲机追随着李南而去，另外两个人去搜寻卡琳娜时，他们不知道的是，那个带着对讲机的同伴离开他们的视线之后，一直在阴影里尾随的卡琳娜无声无息地接近，用一根极细的钢丝绳勒住了这名伏击者的咽喉，把他身上装备着的对讲机、冲锋枪、手枪、匕首、防弹背心，都置于毫无用武之地。

过了十几分钟，卡琳娜解决了另外两名伏击者，她点起一根烟，举起望远镜，远远地看见李南推着一辆不知道从哪儿找到的、缺了一个轮子的超市手推车，上面堆着沉重的狙击枪械和观瞄设备，缓慢地向着这边走来。

这是李南解决了狙击手和观测手，他大约发现了举着望远镜的卡琳娜，冲着她这个方向举手示意。也许是因为幼年的经历，对于光线，李南有着非常高的敏感度，他之所以减速，并不是因为他注意到了路面情况，而是他感觉到了狙击镜一瞬间的反光，也许不是狙击镜，是没有披上吉利服的观测手的眼镜或设备在四百米外的高处对阳光的反射。

"去找一辆车。"李南从她嘴角抢过香烟，指使对方去干活。

卡琳娜踢了他大腿一下，没好气地说："为什么是我去？我先解决完这边的三个家伙，你才干掉了两个！"

随着智力逐渐健全和肌肉的增强，卡琳娜也渐渐学会了骂人，在这种时候跟李南争吵，就如同世间大多数的兄妹，尽管无论怎么看，他们都不可能有血缘关系。

"你会修车？"李南躲过她来抢烟的手，笑着问她。

卡琳娜摇头道："不会。"

"你找车，我修；我找车，你修。选一个。"李南抛出一道选择题。

卡琳娜停下来，掏出一根烟点上，说："不是，你有病吧？这边往东，就是标记的核污染区，我们往这边跑干什么？"

"核污染主要是泄漏导致的，但你看导航，绕过去三十千米，这里有一条几千米长的穿山隧道，也许隧道里盖革读数没有超标，我们就可以穿过去，抵达东海基地的外围。"李南拿出手持导航仪，对她这么说。

但卡琳娜已经不再是一年前的卡琳娜了，她马上问道："要是盖革读数超标呢？或是隧道早就崩塌了呢？"

李南摇了摇头，把导航仪小心收起来，然后从嘴角拿下烟，吐出一口没有过肺的浓浓烟雾，这是阳光照不透的迷茫，就像他们的前程："你在期待什么？像那些核元纪年以前的纪录片一样，'您坐的某某列车已到站，下车的旅客请注意'？这是废墟，这是核后纪年时代。"

"纪录片？听着很好玩的样子，你没带我看过。"卡琳娜说。

李南一下子反应过来，是啊，以前的纪录片对废墟里的大多数人来说，就是一种无法想象的奢侈，就像识字，就像数理化知识。

他突然伤感起来，其实这不是今天才有的愁怀，自从他十六岁无法通过考核，失去留在基地的资格，他就有这种悲伤了。因为读过许多核元纪年以前的书，看过许多纪录片，他知道基地的生活一点也不算美好，不单是配给制，就连采光也完全没有，更别说密闭空间、每天长时间停电了，大约以前好点的监狱都要比基地的生存环境更好一些。

可到了今时今日，这种比坐牢还恶劣的生存环境，居然只有成为文明种子的人才配拥有。他当时觉得无比绝望，曾跟晴姐讨论过这个问题，他问："之前那些留在基地的佼佼者，他们做了什么？他们让这颗星球变好了吗？不，没有，哪怕他们担负着文明种子的角色，但从基地各项数据来看，基地的状态，不论是机械还是发电量、药物，都一代不如一代。这是个已经坏掉的世界，人类是个正在走向崩溃灭亡的种族！"

晴姐拍了拍他的脸，说："小南，我们做了什么？关键是我们做了什么！不要觉得自己因为识字，因为懂得多，就看透一切，就绝望得坐以待毙。你有能力，就要担起更大的责任，带着其他人走下去。人类、变异人乃至生化人，只要是愿意让这颗星球回到核元纪年以前的人，就是我们的同伴……"

后面还说了什么他忘记了，因为晴姐当时离他很近，身上有一种让他迷恋的气味，也许这就是书上所谓的体香？反正他完全记不起晴姐后面说了什么，他只希望可以永远待在她身边，哪怕看着这个星球崩溃碎裂。可如今，这个星球仍旧存在，他却再也找不到她了。

李南掩面，渐渐泣不成声，这可把卡琳娜吓到了。

"怎么了？我跟你闹着玩的啊！"她抱住他同样光溜溜的脑袋，把刚点着的烟塞到他嘴边，"别这样，好吗？"

李南拍开她的手，挥了挥手，示意她赶紧去找车。

卡琳娜连忙说道："行了行了，我去找车，我去找车，我服了你了！"她一边往外走，一边回头望着他，毫无血缘关系的两人却有着血脉相连的关切之心。

李南渐渐收拾好心情，抽着烟，看着满目疮痍的废墟。他想起来了，晴姐最后跟他说的是："你得相信，人类从茹毛饮血走到现在，总有一些东西是不朽的，总有一些善，是应该坚持的。"

所以哪怕到了最后，她也在践行这个理念，把生的机会留给他们。

"我不像你那么有格局，晴姐。"李南叹了口气，随手扔了那半截烟，用作战靴把它碾熄。

"我找到车了！"卡琳娜飞奔着回来，她不但找到了车，而且还是不用修的车，甚至可能还有油。或者说，她找到了伏击者的巢穴。她远远地看见有人在发动一辆吉普车，还看见一些被锁链拘禁的出来放风的女人和戴着脚镣被奴役耕作的男人。

"看守那些男女奴隶的，有六个人，应该是两个火力组，防御工事应该还有两个火力组，加上那个司机，应该有十三个人。两挺机枪在正面形成交叉火力，外面拉了铁丝网。"说起战斗，卡琳娜显得更纯粹一些，"我绕了一圈，南边盖革读数很高，我们如果不想变得闪闪发光，肯定不能从南边绕过去，东边我扔了一只变异狗进去，那一片是压发雷下面埋着松发雷，也绕不过去。"

很少有人会埋松发式地雷，就是那种踩下去松开脚才会爆炸的地雷。相比起压发式地雷和绊雷，松发式地雷存在着极小概率的营救机会，埋地雷是为了干掉对手，为什么要留给对手一线生机？所以实战中，松发式地雷一般是埋在压发式地雷下面的。当对方发现了压发式地雷，压发式地雷没能造成伤害，对方就会开始排雷,当成功处理掉压发式地雷时,因为失去压发式地雷的重量,下面的松发式地雷就被启动,会直接把对方干掉。

"嗯,他们很专业。"李南点了点头,从伏击的狙击手和火力组的装备就能得出这个结论,所以对于卡琳娜侦察的结果,他并不意外。

卡琳娜望着李南,说:"那走吧,摩托车被打坏了,就用腿赶路吧,再迟就来不及了。里面还停着一辆装甲运兵车,上面架着12.7mm机枪,如果装甲车出动,我们根本束手无策。"

这边响起枪声,伏击的火力组和狙击组又长时候没回,留守巢穴的人员当然知道不对劲。对手开着装甲运兵车过来,有武器射程和威力的绝对优势,又有人员优势和对地形熟悉的优势,而李南他们缺乏击穿装甲运兵车的武器,可以说,只要对方赶过来,他们必死无疑。

"五分钟。"他对卡琳娜说道,接着开始挑选能带走的装备,把带不走的找地方藏匿起来,作为日后可能启用的储备,当然也可能会便宜某个走大运的拾荒者,但他们总不能把所有缴获的枪械和装备都带上。

依靠双腿赶路,还要预防后面的追兵,他们走得并不快,到了夜幕降临,仍然离那条隧道有二十多千米。

没有生火,吃了些过期饼干,李南对卡琳娜说道:"你上半夜。"然后爬上树杈,准备睡觉,一会儿再起来值哨下半夜。

"那些人好惨,要是晴姐看见,她肯定会想办法……"卡琳娜靠在树下,低声说道。

李南不耐烦地喝止她:"闭嘴!你不是晴姐,我也不是!"

李南觉得夜晚的风可能挟带着微量的辐射尘,尽管盖革读数器没有示警,但躺在树杈上的他仍然感觉鼻黏膜有些不舒服,有想哭的感觉。他长叹一声，在风里无声无息地滑下来，然后想了想，把狙击枪、突击步枪和弹药都留下，只带了一把加装了消音器的洛格克17、战术刀及小手斧。

"我们把装备放在这里，让人偷了怎么办？"卡琳娜无声无息地爬到他身边，问道。

李南没有回头，道："你留下来，看着装备。"

卡琳娜鼓起腮帮子，拼命摇头。

她现在体脂很低，肌肉分明，脸上早已没有圆润的感觉，倒显得有些英姿飒爽，做出这个卖萌的动作，其实很违和，但看在李南眼里，他觉得记忆里那个傻乎乎的卡琳娜慢慢地浮现出来。他拍了拍她的光头，说："走吧。"

夜很黑，但仍有几点星光。其实，那也许是在几十万光年前就已经陨灭的星星，但它仍然顽强地闪烁着，在李南的眼里、心中。

第四章 关于奸商

事实上，带着消音器的洛格克手枪，是李南给自己上的心理防线，真的遇到危险，大概有没有它，其实也差不多了。对方不是流民，那可是懂得布置交叉火力，知道松发式地雷埋在压发式地雷下面的专业人士，而且还有他们压根无法攻破的装甲车及 12.7mm 机枪，这个口径，基本上什么掩体都挡不住，一般的装甲车都扛不住，至于人，打到哪儿就断哪儿。

幸好，最终他没有用上洛格克手枪。

在星光都带着倦意的夜里，分不清鲜血的颜色，更分不清穿上火力手装备的李南和卡琳娜，这是他们的藏匿点，关键是李南还带着对讲机。因为缴获了对讲机，所以他们一直都能听见留守人员的闲聊。

"终于干掉那小子了。"离巢穴还很远，卡琳娜学着被她勒死的火力手的口音说着话。在出手之前，为了寻找好的角度与时机，她在阴影里听对方跟另外两个同伴聊过几句，再加上对讲机的失真，留守人员压根就没注意到有什么问题，直接让他们进来了。

机枪手倒是问了一句："其他三个人呢？"

他指的是另外那个火力组的成员和狙击手。

"后面呢，在抢着分那小子的装备。"李南含糊说道，随手扔下手里的突击步枪，掏了根烟点上，而卡琳娜则走向控制着大门开关的步枪手，对方正在低头泡茶。

机枪手伸过手来，道："有烟也不给我搞几根，弄两根来啊！"

基础工业与农业停摆，造成了如香烟这样的物资供不应求，他们这种把老巢建在废弃都市里的队伍，烟抽完，就是真的没有了，所谓唤醒他们。"

卡琳娜摇了摇头。

"我也不能。"李南狠狠地抽了一口烟，低声说道，"用我的方式来解决吧。"

他走到那些奴隶中间，没有一个人敢抬头跟他对视。不知道是那些尸体，还是他身上那从小被当成文明种子预备役培训而养成的气息，引起了他们的恐惧。

"你们现在属于我了，放心，我是一个很节俭的人。"李南在他们之中缓慢穿行。

他的话，让那些奴隶松了一口气，甚至有人向他磕头。

"这里，也属于我了，我需要你们帮我守卫这里，直到我派人来接替你们。"

有五六个奴隶松了一口气，一下子支撑不住，坐倒在地，喜极而泣。

废墟上没有什么人命关天的说法，只有弱肉强食，性命就如风中草芥，在强者面前不值一提，所以，他们能被强者驱使，就意味着抱上了大腿，生的机会也就更大一些。这就是他们喜极而泣的根本原因，但李南望着他们，心里的悲哀却愈发深重，可他不是晴姐，完全不知道该怎么跟他们说，同样一句话，晴姐说出来，便很有信服力，而李南说出来，大家只会觉得那是他的某种恶趣味，意图让大伙去送死，所以他只能用自己的办法来处理。

"我还需要一些人去其他聚居点生活，为我打探消息，比如兄弟会在清扫哪些聚居点，然后定期把收集到的信息汇总回来。"

这下子，终于有人眼里有了光。这些卑微的人甚至不敢幻想自由，但其实他们的内心还是有着挣脱枷锁的渴望。

"五年，为我收集信息五年，我就给你们自由。如果你们收集到很隐秘的信息,或是为我干掉敌人,这个时间就可以更短一些。"

更多人的眼光开始跟随他,李南边走边继续说:"我还需要一支商队,在各个聚居点之间,高卖低买,三年,只要三年里保证每年都有足够的利润,我同样给你们自由,如果利润很大,这个时间同样可以更短一些。"

四十八人,有五六人愿意到其他聚居点生活收集信息,有七八人愿意组成商队,就这么多了。李南望着其他人,叹了口气,大约这就是当初晴姐说的,麻木的大多数吧,他真的不知道该怎么唤醒他们,他能做的只是给他们在这里活下去的机会。

"所有人都得接受军事训练,要不然你们根本没办法替我守住这里!你们也根本没办法抵达其他聚居点,更不可能成为穿行在聚居点之间的商队,变异生物、野兽和流民会撕碎你们。"

李南的时间并没有很多,但他还是在这里停留了五天。

送走了三批去其他聚居点定居的人,送走了作为商队出发的八人,准备离开时,李南望着余下的三十多人,如之前送走那些人一样,对他们说出临别赠言:"就这样吧,我的规矩只有一条,不许吃人,哪怕死。"

当他开着那辆吉普车跟卡琳娜离开这里时,后者有点不舍:"就这样?"她看起来很担心那些人的命运,"要是有新的猎奴者怎么办?他们之中有人产生歹意,想奴役其他人,怎么办?"

随着急剧的刹车声响起,轮胎在路面留下黑色的印子,李南看着前方,没有看她一眼:"下车,你留下来,看着他们。"

卡琳娜看得出来他真的生气了,用手在嘴巴上比画一下,示意自己闭嘴了。

吉普车重新启动,过了七八分钟,李南才打破沉默道:"只能这样了，我们会在废墟不断遇上这样的事，突然被抢劫，突然被开枪，只因为他们觉得能干掉我们，然后我们干掉对方，发现他的老巢里有着这样那样的奴隶……或是在下一次伏击里，我们就被干掉。"

然后他失去了聊天的兴趣，沉默地开着车。

有时候李南觉得，如果当初考核不过关被赶出地下基地时，他没有遇见晴姐，也许是一件好事——并不是指失去晴姐的痛苦，而是如果没有见过光明，他便会习惯黑暗。

凭借在地下基地学到的一身本领，他只要慢慢在荒野和废墟里活下来，接着就会很容易在某个流民部落崛起，这是必然的结果，因为他有足够的知识，相比那些在废墟上用狙击枪杀过七八个人却还是不懂怎么把瞄准镜归零，只能凭经验歪着瞄准的文盲，像李南这样的人，只要能在废墟存活一两个月，然后找到一个聚居点加入，他肯定会崛起，他会修复任何有说明书的东西，简单的机械、电路、太阳能电板等，就算仅仅作为一个技术大牛，也肯定会被整个聚居点视为至宝。也许他会成为某个聚居点的首领，凭借自己的知识，带着部落吞并其他部落，然后生一堆小孩——事实上，有不少被各个基地驱逐出去的人就是这么干的。几乎所有能勉强利用旧科技发展壮大的聚居点，都能从历任首领里找到疑似李南这样的人的影子。

"如果没有看过旧时代的那些资讯，也许就不会这么累。"他望着崎岖的前路，低声说道。

卡琳娜下意识地问道："那你后悔识字吗？"

"不。"李南很肯定地回答。

卡琳娜没有再追问下去，过了一会儿才开口道："我们为什么要去东海基地？"

"兄弟会扫平了钢铁联盟，却不动沉日城，也不招惹东海基地，我们得去找出其中的原因。不可能只是因为钢铁联盟有大量变异人，现在哪个聚居点没有变异人？"李南缓缓说道。

他并没有听到将军所说的话，并不清楚他以为的恶龙，跟他有着同样的信念，那就是铲平钢铁联盟，是因为后者吃人。但就算李南听见了，他也不会相信，因为这是一个过于崇高的理由，崇高得不适合在废墟里存在。对李南来讲，这不是一个在废墟之中能让人接受的理由，正如那些奴隶听到李南不求回报要放他们自行离去时的崩溃一样。

"我们要去那些兄弟会不敢招惹的聚居点，找到真相，然后救出那位圣母玛利亚！"卡琳娜握着拳头，挥舞着。

李南对她这种中二行径很不屑，压根不打算理会她。

"我在她身上，看到了光。"卡琳娜突然幽幽说道。

李南知道她在说什么，卡琳娜说的是那位女士身上有着超越了废墟的高尚品质，那就是把生的机会留给别人，自己去承担最大的风险。

其实不止于此，他还很在意将军的异能，那根本就是无法应对的东西。那无法用数理化来解释的异能，一瞬间的时空凝固，而那十二个动力装甲却不受影响，可以从容干掉火力射程范围内的所有目标！这不是废墟拥有的东西，无论是在地下基地还是在废墟外，除了将军，其他人都没有听说过，李南不知道怎么应对，但他觉得这种异能很可能是有限制的，否则那不就足以横行天下了吗？所以他要去寻找，去兄弟会不敢招惹的那些聚居点寻找更多的线索，排除不可能的，剩下的不论如何荒谬，那就是唯一的真实。

第五章 人人都爱孤儿南

废墟经历了太多沧桑与风雨，以至数十名壮硕的变异人滚烫的血喷溅在上面，也不能唤起它的一点生机。冰冷的天际，血红眼珠的黑羽在空中飞舞着，显然它们不是华尔基利，英勇者的灵魂不是它们的志趣，使之盘旋久久不去的，是那些还算新鲜的尸体。

喘息着的女人，她的手很稳，抵在腰间的 G36 突击步枪不曾有丝毫颤抖，哪怕她刚刚在死亡边缘游走。她站在一台残破、苔藓丛生的自动售货机后面，与几秒钟前刚刚干掉十几个变异人、挽救了她的性命的男人对峙。

"放松，女人。"尽管男人身上的迷彩服和携行装备很脏污，但显然是高档货，他慢条斯理地给手里的 SVD 狙击枪清理枪膛，然后取下弹夹，压满子弹，再把弹夹装上。当然，他是一只手完成这样的工作的，而另一只手上的蝎式冲锋枪始终对准着他刚救下的女人。

这是废墟生存的必要，提防任何一个人。

"我数三声，一起放下枪。"女人没有一点让步的意思。

男人同意了这个提议。

一堆篝火被点起。

"导航装置？"男人一脸不解地望着女人，又不是几百年前的世界，要这东西干什么？天上尽管还有不少核冬天以前的卫星仍在工作，但核战、核冬天、酸雨、辐射……加之引起的连锁反应，文明被摧毁，人类生存的星球已是废墟，导航装置在这个年头还不如一包过期饼干实用。

女人耸了耸肩，在背包里翻找了一阵，掏出几颗粗长的子弹，摆在面前那个汽车发动机盖上。男人的眼睛亮了起来，SVD狙击枪专用的7N14子弹，并且是没有被复装过的。

在这个废墟的世界里，弹药并不是问题，问题是大多数市面上的弹药都是以发射过的子弹壳灌装火药，再重装底火、弹头组装出来的。这种弹药的纯度太低，对枪械的损害很大，这也是男人要随时清理枪膛的原因。而7N14子弹，就算是复装的也不多见。

"向东走，你要绕过那条早就断了的铁路桥，经过一个聚居点，再沿着铁路向北，如果你运气好，就可以遇到孤儿南，他有一个导航装置。"男人说完以后，拿走了那几颗子弹，然后系紧背包带，拿起枪准备离去。

但他还没有迈开步子，又停了下来，因为女人又从她的背包里翻出一条管子，放在发动机盖上。几乎崭新的蝎式冲锋枪枪管，男人一眼就认出来了，天知道她是从哪里搞来的，但无论如何，男人又重新坐了下来。

"告诉我孤儿南的事。"

"呵呵，成交。"男人检查了一下枪管，满意地装进自己的背包里，点了一根烟，开始回忆起童年的往事。

炽热且沉闷的夜，深藏于地底的基地为了节约能源，在非工作时间，那些嵌入金属穹顶并被防护网包裹的节能灯都不会亮起，连排气系统都自动调至最低一档。长久的漆黑和闷热压迫着每个人的情绪，成年人在基地成长的过程中已学会了忍受这一切，但孩童更习惯用黑色的眼睛去寻找光明，哪怕是一点火花。

如果没有火花，富有创造性的他们就自己擦出火花。

本来坐在漆黑休息间里闲聊的两个小孩，不知不觉语调开始逐渐升高，然后在黑暗里挥拳。他们喘着粗气，边打边嚷："母星才是我们的故乡!"

"胡说,旧时代才是真正的盛世!"

直到有人拉开他们,但两个小孩仍在互不服气地叫骂。

黑暗中,成年人提了一个问题:"你们谁回去过母星?或是见识过旧时代?什么是盛世?"

这个问题没有让争执的孩童平静下来,但至少让他们哑口无言。毕竟母星远在一千四百光年以外,对根本不可能踏足太空的废墟人类而言,它似乎只是一个词语;而旧时代早就被掩埋进漫长的岁月里,提起它,更像是一个让人凭吊的牌位。

人类已窘迫到没有想象盛世的能力,不管是哪一种盛世,大抵都不会超过一条肉干的魅力,或者两条肉干。

金属穹顶的节能灯闪烁着亮起来,到工作时间了。

比起大人的劝说和呵责,明亮的灯光更能让那两个小孩平静下来。当他们看清成年人全副武装的模样,就知道又要出去狩猎了。

"阿南,要不要跟叔叔去废墟玩?"成年男人摸着那个看上去蛮帅的小孩的脑袋。

对孩子来说,这自然是莫大的吸引,哪怕废墟的空气会让口鼻黏膜有轻微的烧灼感,也比基地里的窒息更让人向往。于是阿南不再和同伴争执没去过的母星故乡或是旧时代盛世,开心地跟着大人走了。

被留下的小孩气愤地回到家里,对母亲诉说着不公平:"叔叔们都喜欢孤儿南!"

孩童之间的打闹本就是常有的事,何况因为基地里的各种节能措施,躁狂的情绪在未成年人之中很普遍,所以几乎每天都有类似的情况发生,而这个小孩的控诉也绝对不是空穴来风:"上次我和孤儿南打了一架,柳大叔就带孤儿南出去了,这次王大叔也这样,我到现在都没上去过地面,妈妈,叔叔们都不喜欢我!"

母亲抚着孩子的脸,叹了一口气,对他说:"你都叫他孤儿南了,小南没有爸爸妈妈,叔叔们宠他也是应该的,快点去收拾书包上学吧,妈妈也要去上班了。"看着小孩气呼呼地去收拾书包,母亲露出欣慰的微笑。

那个叫阿南的孩子,父母因执行任务去世,他的数理化成绩也极差,而基地的资源所能承受的人口是固定的。据说基地是这颗星球上最后的人类守护者"太湖之光",在核元纪年开启时,为了保存人类文明的种子而建设的,为此太湖之光超出负荷,以至烧毁。基地是为了保留人类文明的种子而存在的,那么五分之四考核不合格的小孩,成年后就会被送出基地,自行谋生。阿南的双亲人缘极好,但大家都知道阿南是必定会被送出基地的,先带他去熟悉基地外面的废墟,也许是他们能为他做的唯一的事情吧。幸好,她的孩子成绩足够好,不用担心成年后的去向问题。

"王叔叔,让我打一枪吧!就一枪好吗?"李南跟着狩猎队伍在废墟中穿行,也许是上天为了弥补他学习方面的缺陷,也许是狩猎队员不时偷塞给他那些从废墟里翻找出来的诸如奶粉的东西,总之,他的体格倒算强健,至少八九岁就已经能勉强跟上狩猎队了。

狩猎队在一个荒废的超市里休息,吃着干粮的人们同情地望着这个漂亮的小孩。他的父母是为了掩护狩猎队的同伴才去世的,而他们这些借着他双亲的保护存活下来的人却不能改变李南十六岁以后将被赶出基地的结果。

叼着半截烟的队长老柳眯着眼,打量着仍在磨着小王的李南,慢悠悠地说:"阿南,你真想玩枪?要玩可以,但不能给你白瞎子弹,你得玩好,能吃这苦不?你能把刺杀练好,能独自干掉一只变异鼠,柳叔就让你开一枪。"

大约没有哪个小男孩能抗拒真枪实弹的诱惑,也许武器对男性来说,天生就有一种不可言喻的魅力。

老柳在废墟里找了一根和步枪差不多长的棍子,绑上匕首,教李南练刺杀。小王看着李南因为使劲而涨红的脸,有点不忍心:"老柳,阿南才多大,现在就让他练这个,对发育不太好吧?不如过几年……"

"几年?他也就还有七八年的时间了。"老柳烦躁地扔开烟头,用脚碾熄,抬头道,"发育再好又如何?到时还不是得担心他能不能活下去!让这小子十六岁以后能活下去,才是道理。"说着,他招呼其他队员,"都是承他爹妈的情,咱们这些人才活了下来,手上有什么绝活,只要这小子能熬下来,都尽量教给他吧,唉,都是命啊……"

第六章 导航装置的用处

时间过得很快,被同龄人背地里称为"孤儿南"的李南终于迎来了十六岁,不论他是否愿意。

第一批离开基地的少年有三十多人,孤儿南就是其中一员。在众多与父母分别的孩子的啼哭声里,或许是因为他寻找不到一个可以悲泣的怀抱,或许是因为八九年前就预料到了这样的结局,总之,孤儿南格外平静。

每个离开基地的少年都可以选择两样武器自卫,比如一把手枪和二十发子弹。当然,重火器就不属于自卫武器了。每年将要离开基地的孩子人数颇为庞大,基地不可能为他们提供足够的装备,否则他们就不用离开了。

李南向老柳要了一把甩棍。这把改造过的甩棍,第三节是一把三棱刺刀,据说老柳年轻时用它捅死过好几个变异人,还有不少变异生物。老柳很喜欢这把利器,许多人惊愕于他会同意李南的请求。

"可怜的阿南,我怎么能拒绝他呢?"老柳苦涩地说,"他要了一个导航装置,又要了这把甩棍,他不过是想找一个合适的地方自杀罢了。我欠他父母的人情,不能让他留下,至少可以让他死得体面点。"

那一年,第二批离开基地的少年在基地狩猎队巡逻范围外的两千米处,辨认出了路边被野狗或是其他变异生物撕咬得支离破碎的第一批离开的同伴的尸体时,李南出现了,他说:"把你们的子弹留下一颗,其他的给我吧。"

除了外号叫无胆辉的少年把子弹交给他以外，其他人都没有理会他，甚至有几个人向他举起了枪，如果不是李南跑得快，也许当场就会被打成筛子。第二批少年紧接着发现了更多同伴的尸体，有人说除了孤儿南以外，其他人都死了。

每一个孩子的父母，都是当年留下来的佼佼者，没有人认为自己的孩子比别人的差，更没有人想让自己的孩子离开基地，因此几乎从孩子懂事到离开基地，数理化的学习填满了他们的每一寸光阴，这些年里，他们没空学习权谋，也没空学习文史，所以他们不知道离开基地后要做什么，更不曾思考人生。茫然地行进到夜幕降临，倦怠的少年们麻木地吃了些从基地带出来的干粮，只觉得星芒点缀的夜空比基地漆黑的夜晚似乎更舒服一些，于是他们陷入梦乡，连安排岗哨的觉悟都没有。

无助的少年依偎着棱角早已模糊的石雕，他太累了，呼噜声很响。这时，孤儿南出现了，弄醒了这个少年，并捂住他的嘴，直到少年示意不会喊叫，李南才用布条把他的靴子仔细缠绕起来，然后示意他跟着自己离开。

他们去了一幢倒塌的摩天大厦，李南要来少年只有一颗子弹的手枪，在黑暗中麻利地拆开，然后用手摸索了一会儿，摇头道："垃圾。"说罢将那把手枪扔到角落，重新摸出一把手枪和五个弹夹，递给少年，"无胆辉，你想活下去吗？"

少年握着手枪，不知所措地点头，他的胆子本就不大，否则也不会有这样的外号。

李南摸出一把小刀递给他，低声道："咬着它，不许出声，不许睡觉，不许咳嗽，不许问我问题。"

无胆辉哆嗦着照做。那一夜，有好几次因为瞌睡，刀子差点割伤他的嘴，也正因为他咬着那把刀，才没有在远处传来惨叫声时哭喊起来。

第二天清晨,李南带着他离开藏匿处,回到第二批少年昨晚停留的地方。还没走到跟前,浓烈的血腥味已让无胆辉拼命呕吐起来,也许是吐光了所有东西,当看见那些和自己一起从基地出来的少年变成支离破碎的尸体时,无胆辉无声地站在那里,任凭晨风吹干他的眼泪。

李南边哭边翻弄尸体,把所有能找到的子弹、手枪、匕首和完整的衣服——哪怕只是一条底裤,统统塞进不知道从哪儿捡来的蛇皮袋里。他给了无胆辉两个袋子,自己背着三个袋子,离开了这个地方。

"你为什么不救他们!"半路上无胆辉突然醒觉,扔下袋子扯着孤儿南吼叫着,不知从哪儿来的勇气和力气,他狠狠地给了李南一拳,而向来在基地里敢于以一敌众的孤儿南没有躲闪,没有任何招架地挨了这一拳。

"够了。"在无胆辉想挥出第二拳时,李南抓住他的手,说,"走吧。"

在一栋破烂得随时可能塌下来的大楼里,地下停车场就是他们的目的地。在那里,李南分拣了子弹和衣物,拼装出三把手枪,给了无胆辉一把,然后拆下其他二十多把手枪的复进簧、击发装置,留下几根枪管,其他的都扔掉了。

"为什么你不救他们!"无胆辉流着泪问。

用小刀在弹尖上刻十字的李南,头也没抬道:"除了你,没有人相信我。"

无胆辉哑口无言。是的,没有人愿意把子弹给他,没有人愿意把生命交付给他,除了还能骂他的自己。

"你知道他们会死？"

李南收拾着刻完十字的子弹，把它们压入弹夹，他身旁有许多弹夹，是第一批少年和第二批少年的弹夹。等压完最后一颗子弹，他拉了一下枪栓，满意地把它揣进枪套里，拿出一个连一包过期饼干都值不上的东西——手持式导航装置。

"那里是动物园，至少几百年前，是动物园。"

无胆辉愣了好一会儿，突然撕心裂肺地号啕大哭起来。据说几百年前，人类捕捉了许多动物养起来，专供休闲观赏，而在核冬天以后，辐射使得它们变异，它们繁殖之后又再变异，数百年后的现在，它们在观赏着人类，夜晚的来临，使得几百年前的人吃熊掌，演变成了熊吃人掌。

"第一批伙伴呢？"哭累的无胆辉问道。

"他们经过的地方，在几百年前叫作宠物市场一条街。"

无胆辉似乎已经哭不出眼泪，只是抽泣着问："那你怎么没事？"

"你脑子有问题？"李南惊讶地望着无胆辉，冲他扬了扬手里的导航装置。

第七章 长大成人

那个手持式导航装置，是他父亲留下的遗书里，坚持要他选择的东西，而这个笨重的设备让他避开了许多危机。

辐射让动物和植物变异，让这个世界变得恐怖而可怕，李南当然无力改变它，但有了这个导航装置，至少他可以避开那些在以前就很茂密的林区或是动物聚居地。

无胆辉尽管胆子不大，但至少脑子还是清楚的，所以他看着李南的导航装置，不再废话。跟着李南，也许是他目前唯一的选择。他刻意去回避，回避思考李南也不是一个小孩的事实。

看着李南站起来，无胆辉起身拍了拍屁股，跟在他后面往前走。

"孤……李南。"有个声音带着怯意，在角落里犹豫着开口。

他不想开口的，但他没有选择，因为孤儿南和无胆辉马上就要离开了，如果他不开口，那么就得自己去面对这一切。可是他很害怕，他不知道如果被李南拒绝的话，该如何面对这一切。

回应他的不是李南的拒绝，而是枪口，两个黑洞洞的枪口，不单是李南手上持着枪，脸上还带着泪痕的无胆辉也不例外，直到他们看见开口的人从角落里爬出来，才吐出一口气把枪放下。并不是孤儿南和无胆辉特别敏感，而是这满目疮痍的世界在不断吞吃生命，例如那些不愿把子弹交给李南的孩子。

"你怎么把自己塞进去的？"李南惊讶地问道，一脸的不敢置信。

因为爬出来的这个瘦弱小孩之前藏身的位置，是一个旧时代的家用保险箱，因为锈蚀，箱壁有一些小孔，但它仍旧很厚实，厚实到那些因为辐射变异的动物放弃了去撕碎它，把里面的章霭修刨出来吃掉。

无胆辉看着这个破旧的保险箱,很好奇地想走过去看看,李南掏了掏耳朵,对他说:"如果我是你,我一定……算了。"

他没说下去,因为无胆辉已经开始呕吐了。因为一个靠躲在那里而存活的人,当然没有胆子出来解决自己的个人卫生问题。

"你慢点。"李南扔了半瓶水和一块不知道从哪儿翻出来的饼干给这个小孩。

喝了一些水,总算有了些精神,小孩看着孤儿南和无胆辉,眼神里却有着骄傲的神色:"我章霭修当然能把自己塞进去,我数学比你们好得多!在那些野兽发现我之前,我就计算出这个保险箱的容积足够我躲进去了,而且按它的制造年份和现在的腐朽程度,小型野兽的咬合力或是爪牙不足以破坏它。"接着,他又强调了一句,"那些算错的人,要不就是找到一个不能容身的角落,被拖走,要不就是躲在一个可以被撕开的壳子里,很快就惨叫起来然后被拖走,还有一个人居然跑进旧时代的货柜箱里!结果可好,那些野兽冲进去,我听着他在里面发出无处可逃的惨叫。"

章霭修很得意,得意于自己的数学能力和计算速度。

刚刚吐完的无胆辉惊诧地看着章霭修:"但你不也一样被赶出来了?"

"那也改变不了一个事实——在基地里哪一次考试我不比你们分数高?"章霭修似乎忘记这里已经不是安全基地,也忘记他刚才鼓起所有勇气开口的初衷,骄傲得像一只小公鸡——旧时代还没变异的小公鸡。

于是无胆辉冲上去,用拳头告诉了章霭修这个事实:这里不再是安全的基地。

李南看着几拳下去开始哭起来的章霭修,挡住了无胆辉:"行了，他哭起来万一招惹那些变异生物过来，大家都不用活了。"然后他对着哭泣的章霭修道："闭嘴吧，如果你不想死。你叫住我，有什么事？"

"你们、你们能不能……能不能带上我？"提到这个问题，章霭修想到了这个自己无法面对的世界，于是不再骄傲，"我看着你们……看着你们有许多枪，你们还有吃的。"

无胆辉突然问了一句："老柳叔是你舅吧？"

章霭修点了点头。

李南皱眉道："那你是个白痴吗？"

几乎整个基地都知道老柳叔对孤儿南很不错，连无胆辉都知道。

一心以为自己能留在基地，从来不谋算后路的章霭修，从不跟无胆辉他们来往，更不要提李南了，所以李南知道老柳叔有个外甥，但不知道就是章霭修。

"你明明看着我们有许多枪还有吃的，却躲在保险箱里不出来，在里面拉屎拉尿？"无胆辉不明白。

章霭修胆怯地说道："可、可我不知道你们会不会带上我……"

脸上还带着泪痕的无胆辉惊讶道："你怕不是个傻子吧？"

只要不是傻子，别说他是老柳叔的外甥，但凡他跟无胆辉一样，愿意听李南的话，谁都知道李南肯定会带上他的，章霭修明明就在保险箱里，透过破洞能看到他们，听到他们的对话。

李南看了章霭修一眼，摇了摇头："走吧，找个地方把你弄干净，太恶心了。"

"你是个白痴吧？那些人都死了，你这白痴偏偏没死！"无胆辉背着孤儿南给他的袋子，一边走一边骂着章霭修，后者不敢还嘴，大约是害怕再次挨打。

"白痴修，你走快点！"无胆辉看了一眼李南，回头扯起章霭修的手臂。

无论如何，他们在这个崩坏的世界，也仅仅只有彼此了。从踏出基地大门开始，他们跟门里的同龄人就迈上了不同的人生道路，不，也许在这个时代，从诞生的那一刻起，就注定了有些人能长大成人，有些人，长大了只能成为这废墟上的孤魂野鬼，就算他们活着。

李南坚持走在前面，不是他勇敢，而是因为这样就没人发现他已泪流满面。他们跟在他的身后，可他又如何知道该去何处？

第八章 人人都恨口水南

夜色降临，对废墟而言，是最合体的外衣，掩盖了它的破败不堪，那些几百年后仍坚强苟延残喘的摩天大楼，黑暗里看不清它剥落的墙壁和玻璃裂隙，还能勉强伪装成巍巍的史前奇迹。

女人在黑暗里沿着铁路线跌跌撞撞地行进，她步履艰难的原因，也许不单是路太难走，负荷太重也是个问题。除了手持G36突击步枪，她的背后还有一把SVD狙击步枪，甚至腰间还挂着一把蝎式冲锋枪，就算是壮汉也不会觉得轻松，何况她只是一个体形纤细的女人。

她停了下来，前方已经没有去路，一列几百年前的火车翻倒横在那里。她小心地打开突击步枪上的战术手电，在变得昏黄的手电光照射下，可以看见许多植物发达的根系，用数百年的时间，穿行盘缠在车厢里，把火车和两边倒塌的建筑，纠结成绕不过去的废墟。

突然间，雪白的灯光亮起，女人马上抱着枪就地一滚，同时关掉战术手电，当她背靠着两辆汽车残骸时，八盏探照灯把周围照得比白昼更明亮，扩音喇叭惊飞了许多黑羽："这里被自由会骑兵第一营划为军事禁区，无故擅入者，格杀勿论！"

自由会，女人不禁打了个冷战。

除了兄弟会、废土联盟，自由会是废墟里排得上号的大势力，当然，这是基于女人所走过、听说过的废墟势力而言。她应该感到庆幸的是，自由会算是比较讲道理的势力，在他们认为你可以理喻的情况下。

女人谨慎地把突击步枪搁在汽车残骸的顶部，再把SVD狙击步枪也放了上去，想了想她解下蝎式冲锋枪和背包，在不露出脑袋的情况下都摆了上去，然后大声说："我是来找人的！"

看来她的举动使得她被认为是可以讲道理的人，扩音喇叭再度响起："解除所有武装，重复一遍，所有武装，高举双手走出来！"

女人从小腿上解下一把锯短枪管的双管霰弹枪，将它塞在汽车残骸的某个角落里，然后再拔出刺刀搁在背包上，高声叫道："我现在站起来，不要开枪！"

"孤儿南？有谁叫这个外号吗？"出来对她搜身的光头女兵捏着对讲机，这么问道。过了一阵，那边陆续传来回话，都说没有人叫这个外号。光头女兵耸了耸肩，对她说："你听到了，没这个人。"然后她用自己那比大多数男人都粗壮强健的胳膊，搂住女人纤细的腰，往自己怀里一带，笑道，"找男人干什么？这个年头，男人都靠不住，加入我们骑兵一营吧，我罩着你！"

近两米高的光头女兵，不仅经历了无数次血与火的考验，矫健强壮不逊男人，苗条的女人被她用力一搂，脸部正好埋在光头女兵的胸前，几乎要窒息过去。

幸好光头女兵慢慢地松开她，后退一步——刚才被塞在汽车残骸里的双管霰弹枪，顶在光头女兵的下身，女人用力地深呼吸一下，甩了甩脑袋才觉得缺氧的昏厥消退了些："孤儿南有一根棍子……"

"哐！"光头女兵不怀好意地笑道，"没那棍子，日子就过不下去了吗？"她似乎一点也不在意自己被霰弹枪指着。

"我是说，他有一根甩棍。"女人对光头女兵的调侃有些反感，下意识地用左手握住枪。对看过太多生命消逝的光头女兵来说，这个姿势比食指放在扳机上更严重，这是对方的底线被挑衅，准备做一击必杀的动作。

光头女兵终于收敛表情,摊开手道:"许多人都有甩棍,你看,我也有一根。"说着她把手慢慢伸到腰间,女人视线的焦点不由自主地移了过去,运动的物体比静止的更吸引注意,这是人的本能,连核冬天也不能改变这一点。女人察觉不对,但没等她扣下扳机,整个人就腾空飞起,然后狠狠地砸在身后的汽车残骸上。

许多陈年铁锈从汽车残骸上洒落,落在女人身上,她觉得全身的骨头痛到快要呻吟起来,却不敢伸手抹掉脸上的铁锈,闭着眼准备后空翻跃到汽车后面,猛然间小腹一痛,让她整个人瘫了下去,连早上吃的烤鼠肉都吐了出来,全身都提不起劲。

粗糙的手拂去她脸上的铁锈,女人睁开眼,见光头女兵拿着本属于她的双管霰弹枪对着自己,狞笑着说:"小妞,如果你只知道要找的家伙有一根甩棍,那么你有两个选择……"

"不用废话了,我选择子弹。"女人闭上眼睛,认命地说。

光头女兵笑了起来:"你太可爱了,我喜欢。不过你错了,没有子弹这个选项。要不就好好陪我玩一晚,要不就被许多臭男人好好玩许多晚。"

也许这就是废墟,不仅仅是建筑物的崩塌,连道德和法律也不存在。

"他的甩棍第三节是一把刺刀……"女人因为恐惧而有些苍白的脸在周围探照灯的光芒下,流露出遮掩不住的柔弱,"三棱刺刀,他有个朋友叫、叫无胆辉,让我来找他的……"

"啊呸!"光头女兵将那把霰弹枪退了子弹,扔在女人身上,骂了好几句粗口,才按下对讲机,"口水南!去机修所叫口水南出来认人!"然后又狠狠地问候了这个被她称为口水南的家伙的祖宗十八代。

已经很难在卡琳娜身上找到当年那个身材曼妙、宛如旧时代时尚杂志模特的天真女孩的模样了，她终于成长为自己所希望的样子，可以保护她想保护的人。

异于常人的体形，通常会成为被起绰号的第一选择，例如哨牙，而孤儿南的绰号显然是因为他的身世。女人看着从火车厢那头翻爬出来的口水南，这个大约一米八出头，哪怕左脸有着一道刀疤也仍称得上英俊的少年，他的脸上似乎没有天煞孤星的郁气，反而没开口便有着善意的笑，英俊、亲切且阳光。女人不禁下意识觉得好奇，就凭这张脸，他愿意开口，谁会嫌他话多？为什么会被起了个口水南的外号？他的话得多到什么程度才会被叫作口水南？

但她马上就明白了，因为口水南笑眯眯地小跑过来，还没走近就开口道："卡琳娜大姐，你那台悍马不是男人你知道不？就算几百年前的悍马本来是雄性，但这台也绝对不是啊……"然后他开始说自己如何艰难地用废旧汽车的零件拼凑起那辆悍马，又论述数百年过去，汽车的零件是如何稀缺，最后的结论是，"大姐啊，你不能把那台悍马当男人折腾啊！"

"老娘不稀罕男人！"卡琳娜好不容易寻到一个开口的机会，涨红着脸吼了一声。

"是啊是啊，男人废墟里到处都是，但这能用的变速箱零件可就难找了。"口水南语重心长地叹息一声，"大姐，我看你还是早点成家才好，要不这样阴阳失调，脾气暴躁，更年期提前到来……我也知道你不想这样，但你也没法控制内分泌对吧？"

卡琳娜的眼睛几乎瞪得比牛眼还大，脖子上的青筋不住跳动。女人无奈地叹息一声，看来这家伙一会儿的下场，怕是比自己还惨，她是领教过光头女兵的强悍了,小腹挨了一拳,到现在还爬不起来呢。

"你这么瞪我,我会害怕啊!"口水南似乎永远也不打算闭上嘴,"本来我找到了两瓶还能用的机油,你这么凶,等下我给你的悍马加机油时,想起来我害怕,手一抖加多一升半升的你要原谅啊……以后你要是有任务,每次用车前自己先看看机油有没有加多,再尝尝机油里有没有加白糖,刹车油里有没有酒味,你知道白糖和二锅头可是好东西,我被你吓傻了,有好东西也不敢自己吃,分给你的车吃一点当讨好也正常啊,你要谅解……"

机油加多了,动力系统必定会有问题,更别说里面加了白糖、兑了酒精,这车开出去还回得来?再说都有任务了,谁还有空去看机油?光头女兵深吸一口气,咬着牙说:"大姐最喜欢口水南了,怎么会瞪你呢?"

"真的?"

"真的。"光头女兵点头。

女人发现光头女兵背在身后的右手捏着一颗子弹,弹头已经被大拇指按得掉了出来,火药颗粒洒落一地,正如光头女兵的愤怒,只要一点火花便能燃烧起来。

"我听说大姐弄到了好几包烟?大姐你知道,我向来不太喜欢抽烟,只是担心你抽多了对身体不好……"

这次不等他说完,光头女兵见鬼一样掏出一盒烟塞到口水南手里:"快认人,认人!"

他微笑地看着光头女兵,在他眼里,她仍是当年那个身材曼妙、可以比肩旧时代时尚杂志模特的卡琳娜,那时她管他叫哥,她还是那个被他捡回来时有着成年人的身体,智力却没发育好的小女孩,那时她甚至喊过他爸爸。

不过接过烟,李南觉得这样很好,他一点也不介意再说一句:"谢谢大姐!"

"无胆辉说你有导航装置,要什么代价才能给我?"女人不敢和李南绕圈子,他太可怕了。

李南没有理会她,拿起女人搁在汽车残骸上的SVD狙击步枪,仔细地借着探照灯的光芒端详了一会儿,按下对讲机道:"你们不知道这年头搞点柴油有多难吗?这探照灯你们打算开到天亮,是吗?还一开就是七八盏……"话还没说完,探照灯就马上熄灭了,那头压根就不敢和李南搭话。

"让我想想,你怎么拿到无胆辉的狙击步枪的?"李南修长白皙的指尖点着自己的脑袋,女人看着他的手,一时有些呆,很难想象待在机修所的人,怎么能做到指甲缝里没有黑色污垢——事实上,在废墟,九成以上的聚居点首领都无法避免这一点,女人下意识看了一下自己的手,她也是生活在废墟的人,指甲缝里当然无法避免有着黑色的泥垢,这让她有些相形见绌的感觉,下意识把手往兜里揣。

卡琳娜冷哼一声,说李南的朋友一定是想泡这个小妞,被她干掉了,要不这年头谁会把这么一把保养良好的SVD给人?

"你有一把M629C?还是FN9MM?"李南饶有兴趣地问。

女人摇了摇头,她没有听说过。这让李南愈发感兴趣了,他思索着道:"难道无胆辉会看上只能耍酷的沙漠之鹰?不太可能吧。对了!"他好像突然想起什么,"M629C你听不懂,麦林手枪,你是不是有一把麦林手枪或者大口径勃朗宁?"

女人惊讶地点了点头,她不知道李南为什么会知道这个。

口水南的外号不是白来的,他说:"这把SVD表面上看保养得很好，但镀层已经磨损得差不多了，也就是说 AK 枪系便于维护的特性就要消逝，而缺陷将凸现出来……蝎式冲锋枪的减速器已老化，也就是将达到高于 1000RPM 的射速，这种射速下除了浪费子弹，我想不出它和废铁有何区别……跟你换 G36 你肯定是不干的，你是火力手，连射枪械一定是不会交换的，所以只能是手枪，无胆辉能在废墟用来保命的手枪，只有我提到的那两种，所以，你上当了！"

女人张大嘴，她还以为自己占了便宜，却听李南说："反正这两坨废物你留着也没用，送给我吧，我告诉你一个消息。"

女人皱了皱眉，她知道干掉孤儿南，拿走导航装置的计划显然是不可行的，至于这两把枪，她一路上都想不通为什么无胆辉会跟她交换，现在总算明白过来，对于携带两坨废铁前行她没什么兴趣，便点了点头。

"无胆辉还有一个外号，叫作老千辉。老千，懂吗？就是骗子。我的导航装置被他偷走了，要不你说我这么好相处的兄弟，他为什么不和我一起？"李南收起他口中的那两坨废铁，喜滋滋地往回走，甚至能听到他按下对讲机，喷着口水道，"老刘啊，你的 SVD 有救了，如果你愿意把那瓶威士忌拿来给我的话……里昂，欠我的钱快还，你没欠我钱？我能修好你的蝎式冲锋枪你不要？你不要当然就不欠我钱了……你需要？你需要就说，你不说我怎么知道你需要？"

女人不知道怎么办，她知道自己被忽悠了。她能在废墟生存下来，靠的不是别人的讲理或怜悯，就算卡琳娜的确很强大，但如果被逼到绝路，她还可以引爆背包里安装了遥控装置的几块 TNT，与对方同归于尽。她相信那个无胆辉忽悠了她，但至少代价是两把老化的枪，以后遇见了还能以此向他发难，但口水南可是光明正大、一毛不拔地忽悠了她，她也只能无可奈何地被忽悠。她不信口水南这样的人会被无胆辉偷走导航装置，也许，孤儿南这个绰号并没起错，她恶毒地这么想。

"我有神弃之地的B+级通行权。"女人没有叫住光头女兵或李南，只是平静地说，"我申请加入自由会骑兵一营。"严格来说，神弃之地算不上一方势力，那里是一群来自四面八方的老佣兵，厌倦了废墟上的厮杀，在一座军事基地的旧址建立的一个类似几百年前图书馆的组织。无疑他们都是有故事的人，听他们的故事，看他们收集的书籍，会让人在废墟活得更久一些。当然，如果能得到他们的指导，也许可以活得跟他们一样老。但这些老头仗着旧军事基地几近完好的防守系统，除非通过考核，否则他们只会提供食物和资源，是无法听他们讲故事的。

B+级通行权，也就是说女人可以阅读神弃之地的大部分书籍，而且她通过了那班老顽固关于火力手的B+级考核。现在，她只希望那些老佣兵没有忽悠她，神弃之地的名声能足够引起这两个人的注意。

"姓名？"

"6772#89A56C1。"

"嗯，东海基地的命名，没有一点新意。"李南边记录边摇头晃脑地发表自己的谬论。

"绰号？"

"没有。"

李南搁下笔，惊讶地望着女人："怎么会有人没有绰号？你很不合群，这不是好事，不是好事……"紧接着，他又发表了一通团队如何重要，在废墟上生存单靠个人力量是如何危险，没有后援和队友是怎样可悲的言论，然后一拍大腿，笑道，"那么，我给你起个绰号吧，你的名字很像一串乱码，就叫乱码女！怎么样？"

"不好。"

"那就……数字女！"然后他花了大约五分钟，解析别人一听数字女这个绰号，会以为她是个机械智能高手，或是操控雷达火控数据的书呆子，其实她是一个火力手，这样就可以扮猪吃老虎。

"不好。"她开始思考拒绝加入卡琳娜的小队是不是一个好主意，尽管光头女兵一上来就问她的三围，但至少不会像李南一样让她有发疯的冲动。

李南没有放弃，他又想了一会儿："你的名字最后三位是6C1……好，就给你起个绰号，叫刘惜衣，多古典，多有美感！"当然，李南又花了近十分钟，感叹如果他生在核冬天以前，大约会是文学界的一朵奇葩。

女人实在受不了李南的唠叨，终于认命："好吧。"也许是因为刘惜衣这个名字听着还凑合。

"好，那么绰号这一栏就填上'暴露刘'……"李南对女人几欲喷火的眼神完全无视，也许他早已习惯别人面对他时的表情，"绰号的来由这一栏就填基于刘惜衣而来，怜惜衣服就不忍穿嘛，穿得少就暴露……"

这是哪门子的歪理？天知道。

李南自然忍不住感慨了一番自己的文艺天赋，女人已经忍无可忍，猛地站起来，但看到李南脸上的笑意，她终于明白，通过神弃之地B+考核的火力手要加入自由会骑兵一营，他们是没有理由拒绝的。卡琳娜不会一上来就问她的三围，这些很可能都是李南的诡计。她要求加入李南的小队，李南却想让她走，因为李南明白,她的加入就是为了导航装置。

她不再开口,冷冷地望着李南——比起废墟里那些歪瓜裂枣,对生活充满愁苦,或是饥饿得寻找着一块树根的脸,至少李南这张英俊而阳光的脸,就算有一道淡淡的刀疤,仍是值是一看的。

李南有点无奈地看着重新坐下的女人,扁了扁嘴,也许是因为不能赶走她,所以他也不想做得太过分:"你不满意就说啊,那么激动干什么?那就叫冰山吧?"

"好。"

于是李南在"绰号的来由"那一栏填上基于刘惜衣,穿得少就冷,所以体温低,绰号冰山。如果不是李南调侃时清澈的眼里没有什么其他含义,也许冰山早就拔出手枪向他扣动扳机了。

"专长?"

"能熟练使用各式轻重机枪、迫击炮。"

第九章 不乏英雄

时代从来都不乏英雄，不论什么样的时代。

不知道是时代造就了英雄还是英雄带领了时代，总之，人生里总会有一些让人感觉值得跟随、为之敬佩的人，不论是什么样的人生，就算是满目疮痍的废墟人生也不例外。

"我不是这样的人。"被同伴称为孤儿南的李南，伸手拭去眼角的湿意，用力地抽了抽鼻子，然后恶狠狠地对无胆辉和白痴修说道，"所以你们得有用！得有用起来，不要指望我跟个英雄一样带领着你们，我还指望出来个救世主，给我一个可以吃叉烧包吃到吐、能够安安静静老死的床上生活呢！"

"可是、可是我们是少年，总还是有热血的吧？孤儿南，在基地里，咱们看过的书上是这么说的啊！"白痴修犹豫着对李南问道，他记得很清楚，毕竟正如他所说，在基地里，他的成绩向来比李南和无胆辉的好得多。

无胆辉冷眼看着，只觉得白痴修这个外号是真的一点也没起错，现在他们就靠李南带着找活路了，白痴修居然还直接把背后叫的"孤儿南"绰号当面喊了出来！即便他的数理化分数再高，无胆辉还是在心里默默下了结论：绝对是个白痴！

李南调整了一下搁在树枝搭出的架子上的水壶，又小心地给下面的篝火加了些树枝和废纸。

天气越来越冷，这壶水煮开后加上他们在废墟里找到的过期饼干，还有打到的三只变异鼠，就是一锅可以熬过这个寒冷夜晚的汤。当然，两个月过去，无论是吞着口水的白痴修，还是在外面站哨的无胆辉，都知道如何把变异鼠的胰腺切掉。据说如同毒蛇的毒腺一样，变异鼠会把受到的辐射转移到自己的胰腺——如果有谁想试试基因因为辐射而崩溃，肺咳成碎片喷出来，那可以坚持不懈地吃变异鼠的胰腺，应该会比预期更快地达成目标。

"你以为在基地里写作文啊？要不你晚上别喝肉汤，明天咱们就跟着你热血？"李南笑起来，小心地用过滤了几次的水清洗着变异鼠的肉。弄完这一切，他起身拍了拍一旁的脑袋——旁边废纸皮和塑料片搭出来的窝里伸出来的脑袋，看上去是个成年女性，但她有着孩童一样的眼神，清澈而无知。

正是因为她清澈的眼神，李南才捡了她，但她似乎只有孩童的智商，不停地嗅着水壶的蒸汽，嬉笑着，她的动作露出了后颈脊椎的一个接口，某种类似机器电缆的接口。在孤儿南的安抚下，她又不情不愿地重新缩回那个窝里。

白痴修看着她就感到愤怒："她就是个白痴！我们够艰难了，为什么还要捎上一个白痴？还这么大块头，又能吃！哪天一不小心，她就跟那些底层人一样，喝辐射的水源而变异！把她扔掉吧孤儿南！"

基地里填鸭式的数理化及各种知识教育，让他们在废墟里生活了两个月，并没有如同地表聚居点的那些底层人一样，长出变异的器官或呈现出某种辐射病灶。底层人，是的，不论在哪个时代，最为艰苦的都是底层人，他们忍受着层层剥削，特别是在这样一个完全遵守丛林法则的时代。

"你负责把她扔掉，我和无胆辉负责把肉汤解决，怎么样？还有热血的少年，成交吧？"孤儿南一边斫着肉，一边冲着白痴修说道。

白痴修咽了很大一口唾液，坚定地摇了摇头："那还是先不要提热血了。"

"还热血呢,不如我们讨论一下,我的爱情在哪里寻找?"无胆辉在洞穴外面无奈地叹息着。

这个问题,让李南和白痴修都沉默下来。

哪个少年不怀春?在基地里,他们也曾憧憬爱情,但面对这两个月来,他们走过的那些大大小小的聚居点,面对着那些衣服下面不是三个乳房就是长着第三只手,四分之一的脸因为辐射而溃烂或长着某种皮疹的异性或同性——恶劣的自然环境和辐射并不特别优待男人或女人,他们真的没起过一丁点关于情爱的心思,哪怕是三人里最为风骚的无胆辉。

于是当无胆辉提起这个话题,一瞬间他们都沉默了。

"听说,再往东南走,那边的辐射少一些,那边的聚居点里没有这样的变异,但是有变异的人一旦靠近,就会被干掉。"白痴修首先打破了沉默。

无胆辉在洞穴外抽着鼻子闻着汤的香味:"孤儿南,你怎么说?"

"那我们就往东南走吧。"孤儿南有种松了一口气的感觉。

"嗯,咱们往东南走。"大家似乎都松了一口气。

因为他们本来就是小心翼翼地茫然行走于这废墟上,他们也知道不能这么下去,可他们只能这样。有一个目标,不论多坏,总比连目标都没有强一些,毕竟他们谁都不是英雄,只是这个颓败的时代里,竞争失败而被驱逐的失败者,苟且地活在废墟上,然后在某一天苟且地死去,和这渐渐消亡的一切,归于湮灭。

正如他们面对着的这群变异的阿拉斯加雪橇犬后代,是的,只能用这么拗口的称谓来称呼它们,因为它们跟"雪橇三傻"中最傻的阿拉斯加犬的性情完全不搭边,它们完全没有阿拉斯加犬那种亢奋的傻气,相反,残忍和凶恶是它们给人的第一印象。而在外貌特征上，它们继承了阿拉斯加犬的力量感，强健的肌肉和皮毛，还有比成年人更庞大的体形，辐射让它们身上产生了变异式的溃烂。

"越是低等的动物，比如甲虫、蚂蚁、蟑螂和老鼠，往往越能不动声色地快速适应废墟的环境，并进化出与辐射共存的本事。"孤儿南端着手枪，跟这群变异犬对峙的同时对自己的伙伴说道。其实他并不是为了讨论什么学术性问题，只是得说些什么让自己冷静下来，不至于崩溃得转身逃跑。

面对这些变异犬转身而逃的结果，他们三人都很清楚，因为一起被驱逐出基地的其他同伴在面对变异动物时就是这么转身而逃的，然后用自己快速凋零的生命告诉了他们答案。

没错，只限于他们三人，那个被他们捡到、有着成年人身形和孩童智商的女孩一点也不胆怯，她蠢蠢欲动，脸上一副随时想扑上去抱住那些变异犬玩耍的表情，以至于李南不停地用脚把她拨到身后去，于是她躲在李南身后，向着那些变异犬龇牙。

无胆辉要双手持枪才能稳定下来，让枪口对准面前的变异犬："似乎的确是这样，越是庞大的动物，越容易引发某种基因崩溃和极为恶心的变异！孤儿南，怎么办？快拿主意！"

"不，它们跟那些变异鼠没有区别，只不过变异鼠把辐射元素转移到了胰腺，而这些变异犬把辐射转移到了皮肤。"白痴修是这么认为的，颤抖着对自己的同伴说道。他上下牙齿打战，手里是不停抖动的枪口，恐怕世上没有谁能知道，下一秒他的子弹是会奔向开普勒452b的人造月球，还是他自己的脚。

也许他是对的，毕竟白痴修的成绩是他们之中最好的，但这并没有意义。

李南掏出另一把手枪，泪水不由自主地淌下来："拿个屁的主意！我有什么主意？这个破导航装置一点用都没有！还不如拿个带卫星导航的平板电脑出来！垃圾！"

基地里的确还有一些带卫星导航的平板电脑，当然能不能连得上卫星，跟这个所谓的手持式导航装置一样，就得看运气了。

"你爹害死了自己，也害死了咱们！"无胆辉也哭了起来，他指的是孤儿南父亲的遗言，让他选这个导航装置。

白痴修战战兢兢地说道："这、这不公平，它只是个导航装置，没有战斗预警……"

"闭嘴！"无胆辉受不了白痴修的学术腔调，特别是在面对死亡的时候。

李南少见地为白痴修说话，他的理由很简单："让他说吧，反正都要死了，呜呜呜！"说着他哭了起来，面对十几条比成年人还壮的变异犬，他们三个能怎么样？子弹？如果有一把突击步枪，他们也许还有生机，然而现在他们跟变异犬不过十米的距离，也许能开一枪，就算准确命中，最好的结果也不过是打中一头变异犬，余下的变异犬会扑上来把他们撕碎。

而事实是，可怜的手枪子弹哪怕命中了，也不见得能致命，何况是这些有着厚实毛发、强健肌肉的变异犬，他们连带走三头变异犬做陪葬都做不到。

随着孤儿南的大哭，无胆辉也哭了起来，而白痴修一早就哭上了，抽泣着喊道："你们、你们别这样，你们这样，我好害怕，呜呜呜……"

然后他就尿裤子了。但必须承认，这一点也不羞耻，不单因为他们是少年，还有在面对死亡时，更为重要的是不论吓到痛哭还是尿裤子，他们手上的枪口都在对准或是在努力对准环伺四周的变异犬，这表明他们没有放弃。

突然间,一头变异犬的脑袋爆裂开,沉闷的枪声远远地传来。一时间,变异犬开始抽动鼻子,但它们显然没有本事马上察觉千米以外的敌人,于是第二头变异犬的脑袋也爆裂开,第三头变异犬的整个腰部被打碎,一时间还没死,在自己的残躯中挣扎着。

其他的变异犬很快逃离现场,没有望向自己死亡的同伴一眼,能在废墟上存活下来的人或动物,都知道不应该去招惹自己无法战胜的对象。

以为会死在今日的李南三人,在大约二十分钟以后见到了他们的拯救者。那是一位有着强健身形的女孩,她一头充满阳光的短发,有力的咬肌让她的侧脸线条跟柔美没有一丁点关系。她背着巨大的反器材狙击枪,走到他们面前,摘下风帽,笑着伸出手:

"南海基地37号避难所,刘小晴。"

望着她明亮的大眼睛和雪白的牙齿,孤儿南、无胆辉及尿湿了裤子的白痴修,在多年以后都觉得那天的天空应该是书本里所描写的碧蓝的晴天。

她在这里,就是晴天。

第十章 诡异的战事

当冰山跟着李南来到他的小队,发现这个机修小队包括她在内只有三名成员和一条狼。

李南摇醒了那个戴着眼镜的年轻人,对她说:"看他的样子,就知道是修理数据装备的吧?所以他叫数字。"

年轻人冲她点了点头,算是打招呼,然后翻了个身,很快就传来呼噜声。

李南摊开手说:"你知道这年头数据装备很罕见,所以数字只好养精蓄锐。"而所谓的养精蓄锐,看起来就是整天睡觉。

"旺财,来,给你介绍美女!"

那条狼慢悠悠地迈着步子过来,这是一匹狼,冰山绝对不会认错,这是一匹变异的西伯利亚狼!她在那些老佣兵那里听说过,西伯利亚狼在核冬天以前就是世界上最凶残的狼,而变异以后的西伯利亚狼可以轻松干掉一只成年鳄鱼。要知道,现在的鳄鱼皮可不是几百年前用来做皮鞋、手袋的那种货色,而是可以抵抗7.62口径步枪子弹的硬质皮!

她下意识地去拔枪,却发现因为处在观察期,枪械都被暂时收缴了。那匹狼似乎感觉到了她的敌意,龇起牙,身上的毛发紧绷起来,这让她感到颤抖,她的呼吸急促起来,只觉得那狼盯着她的咽喉,让她不住发抖。

"旺财,好了,这是冰山,你不要吓人了,给你烟抽,滚一边凉快去。"李南居然给这匹狼点了一根烟,而这匹叫旺财的狼叼着烟,慢慢地踱回角落。

"你要相信队友,旺财也是队友,它有士兵牌的!"李南开始手舞足蹈地喷口水,他说在一千四百光年外遥远的母星故乡,被称为二战的历史时期,当时有位士兵,身高一米八,体重二百二十六斤,曾在意大利战场协助波兰军队搬运炮弹支援盟军,它是一头熊,也是有士兵牌的,还有名字:"它叫沃尔泰克,不单会抽烟还会喝酒呢……旺财还不会喝酒,哈哈哈,动物当兵又不是什么奇闻,没知识我不怪你,但不要歧视旺财嘛。"

冰山已经肯定,从来找孤儿南的那一刻开始就是荒谬的,她觉得自己随时都可能疯掉,也许是因为李南的唠叨,也许是因为那匹叫旺财的狼眼里的凶光,也不能排除那个叫数字的家伙发出的巨大呼噜声!

冰山有冲上去掐死李南然后从他身上搜出导航装置的冲动,但这时急促的警报声响了起来,然后喇叭里传出声音:"所有单位注意!所有单位注意!准备战斗,准备战斗!"

李南的脸色变得阴沉,招手让冰山跟着自己,走过仍在酣睡的数字旁边时一脚把他踢醒,也不说话,自顾向那辆重型十轮卡车奔去。冰山原本有些迟疑,但转头一看那匹挂着士兵铭牌的狼就跟在身后,立时不作他想,老老实实跟在李南身后向那辆卡车奔去。

车厢里的物资被李南指挥着搬开,露出底下几个长方形的斑驳金属盒。冰山的眼睛立时亮了起来,要知道这是旧时代人类收藏家用来放置枪械的盒子,它可以隔绝废墟里的辐射和沙尘等污染。在许多奴隶制聚居点,这样的盒子,只要内里完好,可以换七八个年轻女奴。

当枪盒打开,几乎崭新的 MK48Mod0 机枪静静地躺在盒子里。冰山倒吸一口冷气,她那把半旧的 G36 是杀死一个奴隶制聚居点的三十多个大小奴隶主,解放了近百位奴隶得到的报酬,但哪怕是全新的 G36，也无法与这种级别的火力相比。

她的手还没触及机枪，就被李南重重地拍开了，然后他端起那把十几斤重的机枪，披着一百发弹链跳下卡车，头也不回地对数字说："给她一把能用的 AK。"

黑夜里，枪口迸射出的焰火比天上的繁星更明亮，变异人在骑兵一营的防御圈外二百米处就开始射击。卡琳娜带着她的十二名手下赶过来，进入防卫位置后，防御圈的十几架探照灯陆续亮起来，远处变异人那比卡琳娜更壮硕的身体无从遁形。

骑兵一营开始还击，借着探照灯的光芒，远处的变异人连接惨叫着倒下。冰山眼看着卡琳娜的手下被流弹所伤，退下来包扎，防线上有一处空白，提着 AK 就准备顶上去，却听李南在她身后喝道："坐下。"声音不大，却把敢于孤身在废墟里行走的冰山喝得下意识停住了脚步。

"关掉探照灯。"李南头也不抬地对数字说了这么一句。那架让冰山眼馋不已的机枪安安静静地躺在他身边，而他似乎也没有要让利器开开荤的准备，慢条斯理地拆开那把 SVD 狙击步枪，不知道从哪儿摸出一根枪管，正准备进行替换。

"哪个浑蛋关了探照灯！"对讲机里传来老男人的咆哮，听口气应该是骑兵一营的营长，"李南少尉！我命令你马上恢复照明！马上！"然后又在枪炮声里开始问候口水南家族的女性，"我给你三秒钟！要是你还抠着那点狗屁柴油，我就先把你毙了！"

李南耸了耸肩，对着数字示意一下，然后在数字跑去打开探照灯时，从嘴里挤出一个字："傻。"不知道谁傻，冰山无语地看着李南，变异人有严重的畏光症，而且对枪械并不精通。自战斗开始到现在，李南替换了 SVD 的枪管，又做了校正测试，交战双方怕得交换了几千发子弹,却一盏探照灯都没被打掉,就是最好的证明。打开探照灯让变异人变成靶子,在废墟中生活过一个月的人都知道这是最好的选择。冰山看着李南,心里极为不屑。平时爱吹牛,拿捏别人的把柄索贿,战时被吓到连口水都喷不出来,还和守财奴一样抠门,她算是看穿了,口水南就是这么个人,要想从他手上拿到导航装置,一定要找他落单的时候,压倒性武力逼迫,他绝对就老老实实交出东西了。

变异人的枪声开始减弱,冰山听到卡琳娜的手下在和同伴打赌:"连续三枪打爆变异人的脑袋,赌不赌?"

对方爽快地应下:"行!谁输了请全班喝酒!"

其余人纷纷在吆喝:"麻秆加油,让猪头蛋破财!"

冰山却发现战斗对李南的惊吓似乎并没有减弱,至少他仍被吓得话也说不出来。当他掏出那把无胆辉提过的甩棍仔细擦拭保养时,冰山不得不感叹,李南修理保养枪械、武器的确很有一套。

李南大约并不知道冰山的腹诽,他摆弄完手上的东西,突然跳起来,脱下身上的防弹背心,解开上衣蹦了几下,又用力拍打着全身上下的口袋,然后对着冰山摊开手:"没有导航装置,明白了吗?"就算有,也在他刚才的疯狂拍打下砸坏了。李南扣好衣服,穿上防弹衣,将那把完美的机枪提起来,对数字说:"想活下去,就跟着她。"

看着李南独自走开的身影,数字扬手叫起来:"嘿!口水南,我和你一起……"还没说完,就被李南瞪了一眼,只好硬生生地把余下的话咽了回去。

李南启动那辆十轮大卡车,对着数字挥挥手。戴着眼镜的数字咬着牙扳下闸,卡车慢慢陷入地面,冰山惊讶地发现,那是一个还能运作的升降机,也许是几百年前这个铁路站台的货运升降

071

机。当那处地面重新升起时，与周围的废墟一般无二，李南却已经消失无踪。

"关掉探照灯！该死的流民！"老男人的咆哮声又在对讲机里响起来，发布了一个与之前完全不同的命令，数字马上起身准备把探照灯关掉，但已经太迟了，数不清的流民手持着废墟里随处可见的钢筋或砖石，在防御工事前数十米的地方发起了冲锋。

不断被变异人捕食、形如天敌的流民居然会跟变异人协同作战？冰山一瞬间就明白了李南关掉探照灯的原因——强烈的探照灯让骑兵一营无法启用红外线侦察，却为有夜盲症的流民提供了照明。流民是废墟里最底层的人类，尽管他们不介意水源是否干净，食物所含的辐射是否过高，但他们仍连填饱肚子都困难。夜盲症对他们来说，已成为遗传性病症。

流民被愤怒的子弹击中，又一批流民从四周的各式残骸后冲出来，骑兵一营开始出现伤亡，卡琳娜的防线上只余下四名仍能战斗的士兵，她回过头冲着冰山吼道："你只会躲在男人背后哭吗？"然后一个翻上来的流民从身后抱住她，被她一下摔了出去，但紧接着两个流民翻上来，一个掐着她的脖子，另一个在抢她手上的枪。她如果放开枪去对付掐着自己脖子的流民，那么抢到枪的流民就会用子弹为她的生命画上句号。她不得不拼命收紧下巴，对抗着掐着自己咽喉的脏污的手，但那个流民张开口，残缺发黄的牙齿向着她的脖子咬了下去！

"嗒嗒嗒！"冰山稳定的点射在流民咬到卡琳娜的脖子之前把他的脑袋打爆了。她已顾不得这些，一拳砸飞了抢枪的流民，又快速举枪放倒了另外几个接近的敌人，却发现固定在工事左侧的多管机枪停了下来，操纵机枪的士兵扑倒在机枪上，于是她大叫：

"旺财！"

冰山听见多管防卫机枪座的马达旋转起来，在换弹夹时，她用眼角余光瞄过去，吓得愣住了，要不是数字捡起李南留下的狙击步枪，打飞了准备向她扔燃烧瓶的流民，大约冰山已经消融了。

回过神来的冰山连忙拍上弹夹，她没有理由不惊愕，因为一匹狼用前肢扣着重机枪的扳机，用后肢踩着重机枪的旋转踏板，就算是变异的西伯利亚狼，这也太恐怖了吧？不过她终于认同，这是一匹应该拥有士兵铭牌的狼。

只要子弹充裕，再多的流民都无济于事，守卫的军队又是训练有素的自由会骑兵一营，就算一对一肉搏也稳占上风，毕竟流民只是一些营养不良的、患有夜盲症的可怜虫。然而，麻烦没有因为流民的崩溃而解决，在和流民纠缠的过程中，变异人接近防御工事，而与变异人肉搏，哪怕是卡琳娜这种肌肉狂人也不会愿意尝试。

冰山见到了李南口中的那个傻子，老男人带着二三十人冲到机修队这边，突然多出的二三十连射火器让工事外的变异人攻势被压制了下去。浑身浴血的老男人仍不改咆哮："撤！快撤！口水南呢？数字，快点！"

卡琳娜打了一个短点射，头也不回地吼道："老娘断后，让弟兄们先走！"

"断个屁的后！就只有这么多人了！快走！"

升降机快速下降，然后在老男人带着残余的士兵在地下货运通道狂奔时，升降机又向上升去，冰山回头望了一眼，雪白的影子一闪而过，那匹狼从夹缝间跃了下来，扒着通道墙壁的灯座缓了缓才落下，快速地从冰山身边跑过，跟在数字后面。

也许孤儿南的离开不是胆怯，只是他早就料到了这样的结局？

冰山快步跟上队伍，笑了起来，她想不是这样的，那不过就是一个怕死的少年，大约是看着口水南给她的这把破烂AK步枪居然没在战斗中卡过壳，才突然帮他想了个开脱的借口？也许是看在那张英俊的脸的分上？对，就是这样吧。

不朽

第十一章 神弃之地

有些人站出来,就是为了让人跟随的,比如当年的刘小晴。

没有人在乎她是一个女性,没有人在乎她是一个少女,她站在那里,就足够让这些质疑不会有萌生的可能,没有人因为她是一个女人而不服从,没有谁能看着她的眼睛,哪怕是她的敌人。

刘小晴跟李南他们不同,尽管大家都是从基地的避难所出来的,都有着一样的童年。

"晴姐是主角,时代的主角。"李南当年私下这么对无胆辉和白痴修说道。

她跟他们是不一样的,她不属于被驱逐的残次品——好吧,不论李南他们是否愿意承认,但继续留在基地的避难所里的同龄人就是这样来称呼他们的。

刘小晴总是第一,无论什么考试。

无胆辉很赞成李南的说法,一边清理枪管,一边点头道:"是的,如果我是晴姐,我会很享受自己的成绩,然后绝不踏出基地半步!"

她就是基地建立的目的,就是基地要庇护的文明种子。但她走出来了,因为她很担心,担心各个基地里出来的这些残次品如何在废墟上活下去。

"晴姐说我们这些人如果好好组合起来,也是一支力量,我们会重建自己的家园,让这个世界回到它原本的繁荣!"白痴修看上去就是刘小晴彻头彻尾的拥趸,一说起刘小晴,他连眼睛里都有了光芒。

毫无疑问,自从刘小晴出现在他们面前,不单把他们从变异犬的爪牙里拯救出来,更为重要的是,她让孤儿南他们不再茫然于路在何方,不再纠结于明天该去向何处。

"组织自己的力量,制定符合人性的规则,把地表的恶势力剿灭,让新生的孩童能接受教育,让辐射病远离聚居点,让文明再一次产生。"

这就是刘小晴为他们选择的道路。

尽管他们仍然在废墟里辗转求生,需要在残破的旧时代建筑废墟里找寻过期食物,需要跟变异动物和作恶多端的聚居点战斗,尽管这半年里不断有同伴在战斗中死亡,或是负伤后因缺少医药而死亡,但他们的队伍在不停壮大,现在甚至拥有了一条半自动步枪生产线。当然,这不能跟旧时代的兵工厂相提并论,连一个手指头都比不上,但是通过挖掘铁轨为原料进行炼钢,然后生产枪管,收集拼装出机床为母机再制造出自己的机床,最后为枪管拉出膛线,他们真的在这废墟上有了自己的立足之地,有了可以生存下去的力量。他们不单拥有一条半自动步枪生产线,还修复了一幢二十来层的大楼,足以把三十支小队全放进去都住不满的大楼。就算电梯还不能开启,但在废墟上这也是一件了不得的事情,因为他们至少解决了高层供水问题,事实上,他们还解决了日用照明问题,用从一个废弃的旧时代工厂里找到的残破太阳能电板。

也许对基地来说,他们是残次品,但正如刘小晴所说,面对地表上的聚居点,他们每一个人都是宝藏,他们拥有扎实的数理化基础,只要能熬过走出基地的初期,一旦聚集起来,足以碾压那些已经退化到不知文字为何物、如同野兽一样生存的聚居点。

"尽管我们的敌人凶残、野蛮,但只要建立起工业体系,文明必将征服野蛮!"

刘小晴的计划绝不是泛泛而谈,她所做的计划进度,每一个都有着可行性,而且这半年来,每一步都落到了实处,也许会比计划略微延后或提前,但以她为主导制定的计划都在慢慢一步步地变为现实,这比任何口号都更能让人热血沸腾。

毕竟,孤儿南他们仍旧是少年,就算已经离开基地半年,就算废墟上的风尘让他们不再白皙,但他们仍有热血。

敲门声响起来,蹲在一旁如同一只大型宠物狗的光头女孩欢快地奔过去打开门,她穿着背心,可以看见她的椎骨上有着一个个接口。外面是另一个小队的队长跟她打招呼:"小娜,孤儿南在吗?"然后他便看见了正在压子弹的孤儿南,用羡慕的语气说道,"晴姐让你过去十五楼见她,孤儿南,记得请客。"

李南英俊的脸上有着虚伪的笑:"晴姐又不一定会带我出任务,嘿嘿,好吧好吧,我回来就请客。"

作为所有人的核心,刘小晴并没有远离硝烟,她轮流跟着三十多支小队一起去寻找食物、面对敌人、建立据点。毫无疑问,有了刘小晴这个超级狙击手的小队,生存概率要大上无数倍。

当李南到十五楼时,刘小晴正在跟几个强健的中老年人讨论问题,不论他们是否头发灰白,但都很健壮。

"神抛弃人类生存的星球,我们没有抛弃,我们从来不依靠神来拯救,我们自己就可以拯救这个世界。"刘小晴微笑着对他们说道。

那几个中老年人互望一眼,点了点头,其中一位光头中年人揉着太阳穴,点燃了一根烟:"我们听说了你们在这半年里做的事,是的,我们也是从基地出来的,所以我们当然想融入这里,但是你知道,我们一点也不想成为一群原始人的领袖。是的,我们来这里,不可能为你去传播什么文明!"

说到这里,他笑了起来,以至于把自己呛到,一旁的右脸带着刀疤的中年女性也笑了起来,伸手从光头男人手里拿过烟卷,抽了一口，认真地对刘小晴说道："你要知道，我们在几十年前就离开基地，能活到现在，如果愿意，我们至少可以拥有自己的聚居点，对吧？是的，有人这么干，有不少聚居点的头目就是从基地出来的人或是他们的后代。但我们没兴趣当那些原始人的领袖，这让我们感觉太嘲讽了，这也是我们过来找你的原因。我们连奴役他们都不愿意，什么文明觉醒，关我们什么事？不，这不是我们要做的事，我们不愿为此而战。"

只有面对过生死的人，才明白战斗这两个字的分量，它是死。为了一个自己不认同的信仰去死？他们当然是拒绝的。

"没错，我们认同不了你要改造他们、教化他们的计划，看起来我们应该告辞了，不论如何，女士，你值得我们尊敬。"壮实得像巨熊一样的老人站起来，伸出缺了小指的右手在眉梢比画着敬礼。

李南在门口看着这一幕，一点也不陌生，身在基地里时，这种人他见得太多了，可以说，基地里百分之九十九都是这样的人，只是没想到在离开基地之后，他们的世界观仍旧没有改变，或者说，能在地表生存下来的人都是偏执狂，他们认为自己要比聚居点里的人更高级，无论那些人是否存在辐射变异。刚才那个光头和刀疤中年女性的话里不约而同地将歧视表露无遗。

李南不喜欢他们，所以他在门口侧身，好让这几个强壮的中老年人赶紧离开。

"诸位，请等等，给我一分钟，好吗？你们赶了这么远的路过来，不介意再给我一分钟吧？"刘小晴叫住他们，不知道是她如李南说的那样，身上有着如同主角的光彩，还是她那有力的咬肌、刚强的线条衬得她的话有着不容拒绝的味道，总之，她达到了自己的目的，他们重新坐下了。

"我们可以求同存异，我不要求你们为了我的目标而战斗，这没有问题。"刘小晴微笑着说道。在门口自觉充当哨兵的李南看着她雪白的牙齿，暗暗发誓以后每天都要刷牙。

但刘小晴的善意并没有被马上接受，正如那位中年女性所说，他们能在废墟上从容生活几十年，全靠自己的本事。

那位强壮如熊的老人开口道："我们不是来乞求怜悯的！姑娘，我们还不到那个程度。如果到了那个程度，我们会留下那颗给自己的子弹，还有扣下扳机的勇气！"

"不，废墟上我不知道谁才有资格怜悯你们和你们手下的那些前辈，但我知道，至少不是我。"刘小晴的话让气氛缓和下来，李南看见那强壮如熊的老人短袖下的三头肌不再绷紧。

"我是说你们可以留下，成立一所学校，设置下你们认为的必要的录取线，超过录取线的人就有资格接受你们的教导。超过录取线，意味着他们有被你们认同的潜力，这跟你们的价值观不冲突。"

光头男子笑了起来，抚摸着自己的光头："我们会设置一条谁都不能超越的录取线！"

"我觉得在情况许可的状态下，谁都希望人类生存的星球变得更好一些，不论是我还是您。"刘小晴一点也不介意光头男子的挑衅。

如熊的老人点起一根雪茄，而脸上有刀疤的中年女性却对刘小晴说道："不为你的纲领作战。"

"不为我的纲领作战，但你们必须负责步枪生产线和无土栽培基地的安防工作。"刘小晴同意了中年女性的要求。

"四十一人，要当老师的话，只有十五人能胜任，其他的家伙在废墟待久了，除了骂粗口，几乎都不会说话了。"如熊的老人吐出一口烟雾，缓缓说道。

其他人也开始报出自己队伍的人数，相差并不大，事实上，相差太大的势力也不会一起来见刘小晴。

"成为教导主任是我以前在基地的梦想。"脸上有着刀疤的中年女性说道。李南发誓，她的眼里有着某种期待的神色，这让他很为将要进入这所学校的学生担忧，但紧接着他就听见这位中年女性问刘小晴："那么，这所学校叫什么名字？"

这就是核后纪年的废墟，不是为了一个名字可以开几十次会的旧时代。

"就叫'神弃之地'吧。"刘小晴想了想，这么说道。

没有人有异议，只是如熊的老人和光头男人在离开房间前再次跟刘小晴确认："我们不为你而战。"

这次，连"纲领"都省去了。

刘小晴的脸上是热情的笑容，跟他们一一握手道别："当然。"

李南走进房间，疑惑地开口问道："晴姐，我们为什么需要这些老菜帮子？不，我们不需要他们，别看他们看上去很强壮，他们在走下坡路了！"

"阿南，如果要让文明重新在这片土地传播，那么我们需要每一个人。你要记住，我们需要每一个人。"

第十二章 重逢

"姓名？"口水南之前填好的入职表因战事而没来得及上报，就算上报了也没有意义，因为审核人李南已经下落不明。

冰山迟疑了一阵，没有报出那串类似代码的名字："刘惜衣。"

"绰号？"

"冰山。"

驻守在 N36W7 基地的冰山已经是自由会的下士。那次变异人和流民协同进攻，结果是骑兵一营的建制被取消。如果按核前纪年的习惯，损失过半的兵力仍进行战斗、撤退后引爆炸药让敌人受到毁灭性打击的部队应该会被嘉奖，但现在是 0439 核后纪年，已无力承接营级任务的骑兵一营马上就被抹去，营长被打发去油料仓库当管理员，而余下的人员被编成两个排，卡琳娜带着一个排来到 N36W7 基地驻守，冰山在其中带领着一个班。

N36W7 基地北面扼守着一个城镇规模的聚居点的南下通道，这个叫沉日的城镇很繁荣，据说核战期间没有受到太大波及，保留了一定的工业基础，例如天然气矿，而且还有旧时代铺设的煤气管道，甚至有专门的部门在维护。城镇里有卫兵，还能自产一些枪械。西面是一些流民的聚居点，相比于北面的城镇，说西面是一些破烂的窝棚也许更合适，在这里几乎随时都能听到呻吟、叫骂、惨叫。

"小妞，开心一点。"卡琳娜找了根蜡笔在纸上无聊地画来画去，虽没什么章法，但几根线条倒是把口水南勾勒得颇为传神。她边画边开解闷闷不乐的冰山，但似乎忧愁也同样侵袭着她："口水南不知道死哪儿去了,现在有两个机枪塔转向有问题,数字搞了两天还没搞好!"说着在纸上的口水南身上打个大大的叉,又吐了一口血红口水,看上去画里的口水南似乎身负重伤,这把她逗乐了,又笑了起来。

冰山叹了口气,没说什么,伸手想抚弄旺财的脑袋,谁知这个从李南离开后一直跟着她的家伙猛地爬起来,毛发竖起,瞪着绿幽幽的眼,龇着牙,几乎谁都能看得出它随时都可能扑上来。它是一匹狼,不是狗。

卡琳娜点了根烟塞到它的嘴里,旺财低低地咆哮了一声如同示威,看见冰山没再做什么举动才叼着烟得意扬扬地走开了。望着旺财嚣张的背影,卡琳娜笑骂道:"这畜生,口水南在的时候也不见它这么横。"

冰山没有搭腔,旺财的敌意似乎让她的眉皱得愈紧,过了半晌开口道:"我去巡逻了。"

卡琳娜点了点头,她不是那个随时都有话说的口水南,面对沉默寡言的冰山,她觉得去看数字把机枪塔修好没有也许更有趣。

至于冰山,则带着旺财开始了一天的巡逻。

抱着G36在沉日城南部——也就是自由会的势力范围内巡逻,就是冰山和搭档的日常工作,但今天似乎和平常有些不同,至少她的搭档拒绝了居民给的烟,甚至还将那个人扑倒在地。

"旺财!退后!"冰山不敢去拉她的搭档,毕竟那是一匹狼,不是狗。

事情往往并不能如人所愿,那个被扑倒的居民爬起来后匆匆离开,街上的店铺纷纷关上门,行人潮水般消退不见,刚才还喧嚣的大街上,除了她和身边的狼,只有被风卷起的废纸。不知被谁遗弃的空水瓶沿着长街骨碌滚动,如厄运向她袭来。

冰山紧靠在一间店铺的门板上，呼吸急促起来，那惹事的狼已跑得不知去向，简直就如当初的李南。长期在废墟生存，不断的危险让人的第六感更加敏锐，冰山猛地蹲下，方才她靠着的店铺门板缝隙刺出一把长刀，如果她仍在那里，会被准确地刺穿心脏。

这一刀如同宣告剧目开始，对面店铺的二楼上响起机枪声，冰山抱着枪向前翻滚，子弹如长鞭掠过，店铺前面的凉棚柱子被打断，凉棚轰然坍塌，尘土飞扬。

对面那排店铺的楼顶、阁楼的窗户都伸出了乌黑的枪口，似乎废墟的弹药一下子廉价到了可以任意挥霍。冰山挤在那个旧时代的大垃圾箱后面，连头也不敢抬，密集的子弹把核前的铁质垃圾箱打得不停颤动。冰山不知道这个垃圾箱还能撑多久，她拔出刺刀拼命往墙上捅去，捅了七八下，撬出两块残砖，刺刀便断了，毕竟它不是工兵锹。她掏出一颗手雷从墙上的洞里扔进去，当手雷炸响，里面传来好几声惨叫，冰山用枪托狠砸了几下，那个墙洞扩大了一些，她连忙钻了进去，G36开始喷射出枪口焰，子弹结束了房子里的呻吟声。

三个男人、两个女人躺在血泊里，他们手上都拿着枪，但这并不能说明他们就是伏击者。在废墟里，枪声响起，任何人的第一反应都是拿起武器，然后向威胁到自己的目标开火。不过冰山管不了那么多，她向前快步跑去，这时外面轰隆一声巨响，方才被挖了个洞的墙迸裂四散，那个旧时代的大垃圾箱被RPG火箭筒命中，从砸烂的墙里翻滚着辗进来。

她知道寻找导航装置的事情已经暴露，他们不再想捕获她了。身后仍在翻腾滚来的大垃圾箱让她没空去思考太多东西，她爬上房顶，伏击者纷纷吼叫着："在卖水店的房顶！"

"打死她就可以加入兄弟会！活捉的话，还能再赚两套纳米作战服和一千发子弹！"

从房顶翻滚下去，她看见有一扇打开的门，冲进去还没扣动扳机，枪口就被人往上一抬，她惊讶地望着对方，发现是许久不见的口水南。而她的搭档，那匹叫旺财的狼，在口水南的身边甩动尾巴，如同温顺的狗。

这是一个奇怪的房间，除了一个硕大的书柜，再也没有任何家具。

"你为什么要跟着我？"李南苦恼地问道，"我没欠你钱啊！"

出乎意料，李南一点也没有帮助她的意思，反而将她的G36抢下来，对准她的脑袋，对外面喊道："哥们儿，我捉到活的了！哈哈哈，我只要子弹，谁想要人，拿五百发AK子弹进来换！"

枪声停下来，李南的条件对废墟里的人有着莫名的诱惑力。他只要五百发子弹，从他手上换到人再送给兄弟会就可以赚两套纳米作战服和五百发子弹，还有一个加入兄弟会的名额。就算是城镇居民，加入兄弟会对他们来说也和天堂无异，何况还有纳米作战服，别说两套，只要一套都足够买下沉日城的四条街了，最重要的是兄弟会很讲信用。

"老实南，你把人看牢了，我们商量一下。"外面的人这么吼着。

冰山惊讶地望着李南，很难理解这个外号会和他联系在一起，但外面那嘈杂的声音似乎在反驳她的意见："老实南不会骗我们吧？"

"老实南信得过，这家伙不会偷吃的！"

"他就是个白长了张漂亮脸蛋的草包，就他那脑子还会骗人？"

很快他们取得了共识："老实南，我们进去四个人，一手交子弹，一手交人。"

李南爽快地在房子里应了一声。于是外面的人开始凑子弹，毕竟一下子拿出五百颗子弹也不容易。

"等等！"就在那四个人提着子弹要进门时，李南突然叫了一声，"先说好，这女人的狗归我。"

"老实南，你真傻吗？"四人里年长的那位好心劝道，"那是匹狼啊！"

"是啊，老实南，听说这狼不简单啊！"留着小胡子的那位消息倒也灵通，"据说这狼会操纵重机枪，你留在身边是个祸害啊，不要节外生枝了。"

"我不管，这狗和我投缘。"李南不管不顾地说，"你们不把狗分给我，我杀了这女人，你们杀狗，一拍两散好了！"

外面那四个人互相张望着，又派了一个人回去告诉大家，说冒着傻气的李南要那匹狼。大伙一商量，兄弟会没说要那匹狼，就要那个女人，李南要那匹狼就给他吧。于是双方谈妥，四个人一进门就见到李南拿着G36顶着冰山的脑袋，但那匹狼在李南身边虎视眈眈，煞是吓人。

"你把枪收起来！你要杀我的狗，我就杀这女人！"李南梗着脖子冲那小胡子吼着，手里的G36不住颤抖，修长而干燥的手指就压在扳机上，天知道再刺激一下，他会不会把这女人的脑袋轰个稀巴烂？

小胡子无奈只好收起枪，但那狼实在吓人，年长的那位都不太敢往前走。李南见了居然有些不好意思："等一下，我把这狗弄走……"说着把枪放在书柜的搁架上，去揽旺财的脖子。冰山见有机会，操起枪就冲那四个人扣动了扳机，谁知却扣不响，只好抡起枪砸过去，立马把当头那人砸得趴下了。

冰山想去对付其他几人，却见旺财将那年长的沉日城居民扑倒在地，犬牙交错的嘴把年长者的咽喉撕下半截。另一人提着五百发子弹，脑袋垂着倒在地上，一看就知道被扭断了脖子，没活路了。

李南的甩棍不知道什么时候持在手里，第三节的三棱刺刀顶着小胡子的咽喉，惊叫道："我还没点完子弹呢，你们干啥！"

外面的人听着哄笑起来，于在废墟生存的人们来说，这种对付俘虏的行为怕是再正常不过了。

"谁让你们对她动手的？"李南压低声音问小胡子。

"兄、兄弟会来的人，我也不知道、不知道他叫、叫什么啊！"小胡子颤抖着答话，他到现在还不明白傻乎乎的老实南为什么会对他动手。

李南点了点头，对冰山说："快跑吧。"说着抛了一个弹夹给她，冰山才发现李南不知道什么时候把她的弹夹换了个空的，还把枪膛里的子弹退了出来。

冰山拍上弹夹，拉动枪栓上了膛，回头问李南："你不走？"

"我有扁平足啊，跑不快，不拖累你了。"李南说得很诚挚，连冰山也分不清真假。

这时那个小胡子突然向门外抢去，却觉后颈一紧，"咔嚓"一声便失去知觉。口水南把被扭断脖子的小胡子轻轻放下，挥手示意冰山快走，自己带着旺财向里间走过去，却不料冰山紧跟着他也进了里间："这里又有升降机可以跑？"

她深信李南不会讲义气，舍命断后让她先跑，倒是叫她出去引开敌人注意力的可能性大一些。

李南把里面的屋子用木板封了起来，不知道藏着什么秘密，冰山跟在他身后爬上里屋的阁楼，搬开许多杂物。李南掀起一张油布，灰尘呛得她不停咳嗽，一把多管机枪出现在她眼前。这种机枪能为射手提供全面防护，除非流弹从观察孔的下斜甲叶缝钻进来，否则就算是12.7mm口径的反器材狙击枪，面对这个外面还焊装了反应装甲的机枪也是无能为力的，除非两次命中都在同一部位。除了12.7mm口径的高射机枪和火箭筒，大约只有火焰喷射器近距离攻击才能干掉躲在这个乌龟壳里的射手。冰山苦笑起来，不得不说，这很符合她心目中对李南的定义：胆小鬼。

"子弹总会打完，并且他们有火箭筒。"冰山无奈地劝着李南，想说服他跟自己出去应战，但李南坚决地摇了摇头，招呼着那匹叫旺财的狼，想让它进入这个厚实得夸张的机枪塔里。

冰山觉得李南的表情很古怪，但又说不出哪里不妥，突然间她想起李南骂营长时的表情，对，就是这样，口水南压根就不是一个会死守阵地的人。冰山在那匹狼爬上阁楼之前，走进机枪塔，关上了门。

"你确定要待在里面？"

"我的枪法比旺财好。"冰山不冷不热地回了一句。

这倒是不争的事实，旺财毕竟是一匹狼，能操纵重机枪已然匪夷所思，要指望它的枪法能跟冰山相比，那估计旺财就不是废墟里的一匹狼，而是神话里的动物了。李南没有说什么，冰山听到他和旺财下了阁楼，似乎又上了机枪塔隔壁的房间。这时外面那些人已经发现不对劲，传来杂乱的脚步声，走进屋子的至少有七八人，他们看见了四具尸体，还没等叫出声，李南在机枪塔隔壁的房里通过对讲机喝道："开火啊！"

多管机枪喷吐着火舌，子弹构成的金属风暴直接射塌了客厅与里间的隔墙，房子里的人还没有举起枪来已经被打得跟马蜂窝一样。冰山松开扳机，看见一个被打成两截的沉日城居民一时还没死透，拼命挣扎着爬向自己的下半身，挪了两下，终于不动了。

如果对手没有火箭筒，也许待在这个机枪塔里是个好选择，但想起那个被RPG火箭筒射得翻滚的垃圾箱，冰山打了个寒战，有些后悔待在这个机枪塔里，这不就是一个铁棺材吗？

　　"系好安全带。"冰山听到对讲机里李南这么说，还没等她反应过来，马达启动的声音传来，然后发动机引擎开始工作，冰山只觉得猛地一震，额头撞到机枪塔的内壁上，还没来得及呻吟一声，整个人腾空而起，后背又狠狠砸在另一面的内壁上。她在颠簸中扯着机枪握把才稳住身子，从观察孔中看到李南的房子破了个大洞，正向远处离去！

　　"开火啊，还说比旺财枪法好，唉……"李南那让人恨不得抽他一巴掌的声音又从对讲机里传来。冰山勉强坐稳，向后方追来的敌人扣下扳机，枪口再次冒出火舌，子弹如长鞭一般打翻了后面的追兵，几辆尾随而来的皮卡也被打中，爆炸翻倒。

　　冰山的担心终于成了现实，两枚RPG火箭弹向她袭来，她用尽全力终于在千钧一发之际将它们打得空中开花，但机枪塔旋转半圈后，一时间她头脑一片空白，因为另外两枚火箭弹已离她不到百米距离。如果在平地上，她可以躲闪，也可以从容将其击毁，但在这颠簸得如同骑在野牛背上的机枪塔里，她根本无法在这么短的时间里让准星圈住那两枚火箭弹。结束了，和对手的较量，拥有坐标的她将和拥有导航装置的李南一起结束。

　　就在这一瞬间，她一下子被甩飞，后背再一次砸在机枪塔的内壁上，这次她再也按捺不住喉中的腥甜，夺口而出的血将机枪内壁染成鲜红。她勉强凑到观察孔上，看见许多砖石和杂物乱飞，很显然口水南也发现了这两枚火箭筒，然后操纵着这辆重型卡车急转弯，撞塌了许多平房……后面传来剧烈的两声爆炸，那两枚RPG爆炸的威力几乎要把车子掀翻，她死命扯着机枪把手才避开了脑袋与内壁的碰撞。

"旺财，后面那个麻烦似乎死掉了……"

"她那把军刀是好东西，归我了，尸体归你，怎么样？"

冰山刚喘了口气，就听见对讲机里传来李南准备连她的尸体也分掉的计划，抹了一把嘴角的血迹，按下对讲机："口水南，你死之前，记得把导航装置给我就可以。"她终于明白，为什么骑兵一营的营长还有卡琳娜每次提起口水南总要问候他的十八代祖宗了。

到底一个人是什么样的心态，才会把一辆十轮重型卡车砌在屋里？冰山实在很难理解这一点，但对讲机的频道已经被李南占用去联系自由会了。

重型卡车冲进自由会的基地，卡琳娜带人过来接应，冰山从机枪塔里摇摇晃晃地爬出来，已经没有心思去想这些了，摇头道："口水南，你提前跟我说一声不行吗？你有毛病啊？"

李南郑重其事地回答："是啊，我有辐射变异、扁平足、灰指甲、乙肝……"整个废墟上所有的病症，他似乎都染全了。一旁有不认识李南的新兵连忙拿了个辐射测试仪过来，结果从头到尾扫描了两次，超标的警告灯压根就没亮过，连微量超标的黄灯都没有反应。

李南叫嚷着："哎哟，我的头好晕啊！我先去休息五分钟，五分钟后你们一定要叫醒我……"

N36W7基地数座机枪塔的交叉火力终于让尾随的流民停下步子，毕竟在废墟生存的都是人精，保住性命才是第一选择。李南和那匹狼窝在营房里抽着烟，把十来平方米的空间弄得烟雾弥漫，还夹杂着男兵营房里少不了的臭袜子味，冰山一推开门就打消了进去的念头。

"我要导航装置。"冰山倚在门外,如她的绰号一样,冷冷地对李南说。本来跟别人索要东西不应是如此恶劣的态度,但她觉得混吃等死、胆小如鼠的李南拿着导航装置真是可耻的浪费。

李南扑哧一声笑了起来,调侃道:"我要睡觉睡到自然醒,我要每天都吃到无污染的食物,我要一个军火库,最好能随身携带,我还要千八百不花钱的保镖……张口就要,谁不会啊?"说罢他扔了烟头,走出营房,那匹狼屁颠屁颠地跟在他身后。

他从重型卡车上搬了一箱东西下来,一掀开都是机械零件,对卡琳娜说:"大姐,给这车加满油,这些就全归你了,光是这几个一二五榴弹炮的方向机齿轮就值回油价了啊!"

自由会的人对于机械维修倒还信得过李南,卡琳娜随口骂了几句,便让士兵给他加满油。

一个背包被扔到卡车上,冰山攀爬上去,靠在大厢板上,一言不发地望着天际。

"我求你了!你别跟着我好不好?你这一走,自由会也会追杀你的!"口水南好说歹说地劝着。他在自由会干满了三年,随时可以走人,但冰山加入自由会才一年多,如果这样走了,就是逃兵,自由会必定要追究的。但冰山坐在那里,也不搭腔,就是一副吃了秤砣铁了心、死活不下车的模样。

"疯女人!"李南狠狠地冲重型卡车的轮胎踢了一脚,手一搭车上的大厢板,轻快地翻了上去,站在冰山面前,上了膛的枪口顶着她的脑袋,"兄弟会在追杀你,你知道不?你会连累我啊!滚蛋,要不我就干掉你去兄弟会领赏。"

"没用的。"冰山一点也不在意脑门上的枪口,自顾说道,"他们追杀我,是因为我知道一个坐标。就算你杀了我,他们也一定会杀掉你。"

如果这个坐标值得兄弟会来追杀冰山,那与她一起冲出沉日城的李南的确也脱不了身。

　　李南颓然地坐在车上,他知道冰山不是开玩笑,也正因此才让他苦恼,他太清楚兄弟会的实力了。兄弟会对废墟来说是一个恐怖的存在,他们的人数并不太多,但每一个三人小队都有着强攻扫平沉日城的实力。如果说人数众多的自由会是古希腊的雅典,那兄弟会就是斯巴达城邦。

　　"让我死个明白吧!"李南扔开枪,点了根烟对冰山说,"反正按你说的兄弟会也不可能放过我。"

　　冰山不是口水南,她的话极少,几乎只用了两句话就说完了所有事情:核前人类准备培养变异人为爪牙来重掌人类生存的星球,坐标是变异人基地。她没有期望李南能搞明白,事实上,在这个许多历史资料都遗失的核后纪年,她自己也不太能明白。

　　李南耸了耸肩,笑了起来:"关我屁事,旧时代人类想干什么?跟核前纪年的旧时代一样,每人发个身份卡片?这很好啊,如果领了身份卡片还能有选举权,那就更棒了,不是吗?我可以把选票卖掉,换一本核前纪年的成人杂志……"说着他挂着枪站起来,不见之前认命的颓废。也许他不过是为了问出真相,其实并不太担心兄弟会的人。从口水南到老实南,在废墟里,李南实在有着变色龙一样的本事。

　　冰山沉默地跟在李南身后,一起爬下车厢,这让李南感到烦躁:"嘿!你难道还不明白?你跟着我是没有意义的!沉日城的巡逻必定要取消了,基地进入战备状态,你现在走出这里就会被枪杀!你还有一年半才能离开自由会!"

　　"不,她现在就可以走。"卡琳娜抚摸着自己的光头,从角落转了出来,不知道她从什么时候起待在那里的,她说,"我作为这个基地的指挥官，可以将体质羸弱、不能胜任工作的士兵踢出自由会，而且我随时可以离开自由会……"看着卡琳娜背着的大包，不用问也知道是要和李南一起出发了。

李南捧着头蹲在地上，痛苦道："不，你想也不要想。"

卡琳娜一改往日的大吼大叫，平静地望着李南说："那我就杀了你。"

冰山一时感到惊愕，为什么卡琳娜会突然要对李南动手？

"你想知道我为什么也要跟着口水南一起出发？"卡琳娜笑起来，点了点头，然后开始拉上衣的拉链。

李南看见了，跳起来道："大姐，你要干什么？我怕你，我避避好了……"

"避个屁！"卡琳娜一把扯住口水南的领口，硬将他拎起来，塞进那辆十轮重型卡车的驾驶室，然后示意冰山也进去。看得出如果她不进去，会跟李南是同样的待遇，所以冰山很明智地攀进了那宽阔的驾驶室。

卡琳娜进入驾驶室，随手打开电台，某个电台正在播放圆舞曲，旧时代的圆舞曲，她听着笑得跟狼嚎一样："圆舞曲，我的童年里没有圆舞曲，所以老娘不装！"说着她把上衣拉链一把扯开，露出被短袖汗衫包裹着的结实身体。她背转过身，扯下汗衫，宽厚的背肌上是两个硕大的接口，脊柱上也分布着六个较小的圆形接口，最上方的接口处于第四节颈椎。

尽管在废墟里经历了许多的冰山早就不是东海基地那个把线性代数当成唯一的小女孩，但这让她感到惊愕和手足无措，她不明白为什么卡琳娜会是这个样子，但很明显，这不是伤疤，而是某种类似机器电缆的接口。

第十三章 战事背后

这时,对讲机响起来,岗哨在呼叫卡琳娜,沉日城的居民围在基地前的警戒线外,如果开火的话,尽管有装备上的优势,但面对庞大的沉日城居民,自由会基地只有一个排的士兵,能撑多久是个问题。

卡琳娜穿上衣服,跳下车向门岗的哨位走去。李南对着有些失神的冰山说:"你以为我是因为她背后有着许多莫名的接口才拒绝和她一起行动的吗?"

冰山没有说话,但她的沉默显然表明了她就是这么想的。

李南撇了撇嘴,把一个望远镜递给她,指着门岗哨位的方向让她自己去看。

卡琳娜的嗓门不用扩音器,也让这个小小的基地每个角落都回荡着她中气十足的声音:"你们这班杂碎!想和自由会开战吗?老娘不喜欢绕圈子,自由会也不想跟你们打仗,但你们要战,就不死不休!"

沉日城的居民是为了发财,不是为了出一口气,甚至没人想给那些被李南干掉的人报仇。废墟里,没有所谓咽不下一口气的逻辑,除非杀死对方而自己不损分毫,或者不杀死对方,自己就无法活下去——坚持这种逻辑或是报仇念头的人,在废墟上很难活着。

在有庞大人数优势的情况下,沉日城的居民显然准备索要一点好处,是的,哪怕一人分上几颗子弹或是半杯辐射不超标的水也是好的,这就是废墟的生活。

没等他们开口,卡琳娜说:"看来不是沉日城和自由会的冲突,你们要搞成私怨是吧？来吧，决斗。"

冰山终于明白李南为什么拒绝与卡琳娜同行了，一个动不动就要跟几百人决斗的队友比一颗定时炸弹还可怕。这时，李南不知从哪儿掏出一个手提箱，打开以后里面是密密麻麻的按钮，他低头快速设置了按钮，然后关上手提箱，对冰山说："十七分钟后我没有回来，就开着这辆车离开，越远越好。"

还没等李南走到哨卡门口，沉日城的方向传来履带碾压地面的震动声，沉日城的居民纷纷闪开，四架加挂了反应装甲的豹VII型坦克越众而出，远远地包围了卡琳娜。很显然，卡琳娜手里那把.45口径手枪，面对125mm线膛坦克炮，在决斗中不会有什么优势，不论她的枪法如何精湛。

"李南那辆破车改变不了什么。"带着调侃的声音从坦克外置的扩音器传出来，"跟我们走，或者带走你的尸体作为标本。"说话的人很忌讳李南，没有人比他更清楚口水南一旦沉默起来的可怕。在决定动卡琳娜之前，他要先逼李南拿出底牌，而发现李南手头只有那辆十轮重卡时，他放心了。

自由会哨所的士兵拉响警报，当一发炮弹将跑进机枪塔的士兵连人带塔一起摧毁时，不论是沉日城的居民还是自由会的士兵，所有还会呼吸的生物都选择了原地不动。这是废墟里只有死者和传说里的人物才能豁免的生存定律：彰显强大到不可抗拒的武力后，弱小者则选择臣服。英雄安居于传说，而死者不再呼吸。

卡琳娜无奈地松开手，.45口径手枪跌落在地。

自由会的士兵在坦克里那人的命令下，将孤儿南押了出来。右前方的豹VII坦克急速启动，驶近卡琳娜和孤儿南然后猛然停下，这个过程中除了履带压过地面的声音，绝无半点机械轰鸣的声响。炮塔顶舱的一圈排气孔喷出白色的气体，舱盖无声打开，核前纪年人类近乎神话的军工水准似乎让从坦克里爬出来的年轻男子镀上了一层神秘的色调。

他走近被枪口抵着脑袋的李南，向自由会的士兵挥了挥手，示意不必用枪来对付他的老朋友，然后拆开一盒精美的烟，抖出一根递给孤儿南，并为他点上火，才问道："第四次了，我想不通为什么你一定要救这个光头妞？"

孤儿南叼着烟，沉默地望着一起长大的章霭修，轮廓鲜明的脸上没有一点表情。

"你多了道刀疤，以后还怎么耍帅？"章霭修的语气里带着讽刺，显然这调侃让他觉得很过瘾，却把骨子里的痞气暴露无遗。他向身后做了一个手势，一辆坦克猛然开炮，高爆弹将李南身边的一辆皮卡炸成一个大火球。

章霭修给自己点上一根烟，微笑道："面对着四辆装甲怪兽，你还有什么凭仗？"

李南低着头默默抽着烟，过了半晌才抬起眼望了章霭修一眼："白痴修。"

"把那光头女兵按在地上！"章霭修终于失去耐心，气急败坏地吼叫着。

李南深吸一口烟，把烟头扔在地上，用脚碾碎，才抬起头说："她是我妹妹。"

这个答案让章霭修狂笑起来，也许其他人会被李南蒙骗过去，但他是和李南一起长大的，基地里的小孩谁不知道李南没有父母？他怎么可能会有一个妹妹？而且卡琳娜明显是白种人，李南是黄种人。李南怎么遇到光头妞的，当时就在现场的章霭修可是一清二楚。

"我说了你又不信。"李南耸了耸肩，无可奈何地摊开双手，

"那你编个理由，我照读。"这次他没有骂人，但从他的语气里章霭修还是能听出李南的潜台词：白痴修。他愤怒起来，解开纳米作战服，倒三角的上身肌肉盘虬，扯着李南的衣领吼道："都是被赶出基地的人，你有多聪明？再说在基地里哪一次考试我不比你分数高？你以前不是说肌肉练得多，智商会下降吗？来，来，我给你一个机会，能击倒我的话，我就让你和光头妞离开！"

"无胆辉会杀了你的。"李南慢条斯理地说。

白痴修狞笑道："无胆辉在五千米外呢！这里我说了算……"

"白痴！"李南开口为白痴修下结论的同时，白痴修的战术通话器里传来无胆辉同样的咒骂，然后在无胆辉的命令下，白痴修无奈地将战术通话器递给李南。

李南接过通话器，笑道："坦克不能提升智商，但面对着指挥四辆核前纪年的豹 VII 坦克的白痴，我承认自己无能为力。"

五千米外的无胆辉有些不好的感觉，他和白痴修都是在被赶出基地时被李南救下的，他很清楚李南一旦话多起来，那就说明李南并不认为正面临着生死关头。

果然李南接下来的话让无胆辉哭笑不得："我料想你也差不多是躲在五千米外，我想你面对核前纪年的美国太空轨道炮应该好好考虑一下怎么出千。卫星轨道炮转行到你头顶大约还有一分钟二十秒，哦，一分钟十八秒、十七秒、十六秒……"他把通话器递给发愣的白痴修，对身后的士兵说，"来，来，把枪顶上我的脑袋，这样可以让某些肌肉长到脑子里的家伙觉得场面在他的掌控之中。"

无胆辉的数学水平比白痴修差一些，如果在核前纪年，白痴修的数理化水准应该足够拿到人类联邦第一理工大学开普勒452B分校的全额奖学金，但无胆辉在五千米外仍然计算出了卫星轨迹和到达时间,只用了十几秒就知道李南说的轨道炮到达时间是精确的,他没有迟疑就下达了命令:"马上撤退!"

第十四章 阳光湮灭

无论刘小晴如何有容人之量，这个世界总有一些让人无法忍受的事和人，比如人贩子，比如吃人的聚居点。

"他们把人当成牲口贩卖，甚至把死尸肢解腌制，声称在核前纪年人类就是这么腌制牛羊肉和猪肉的，而在这个人类不再比动物高级的时代，凭什么要浪费？"出去侦察的小队拿出手工绘制的等高线地图，在上面圈出贩卖人肉的聚居点位置，还有运输路线。

在刘小晴提出意见前，有人提出了自己的看法："这一次的情报来得有点太容易了。"

提出意见的人，就是带队侦察的队长。而拿着等高线地图的侦察员也认同队长的观点："似乎专门把这一切展示在我们面前，这很可能是一个陷阱。"

"我们之间是否有叛徒？"孤儿南咬着牙提出了这个问题，他的问题不是空穴来风，"否则对方怎么会故意把他们的路线展示出来？是的，他们可能因为我们之前的行动知道有个势力在针对他们，但他们怎么知道我们的侦察小队抵达的时间？"

废墟不是一个可以随时翻起自己肚皮的地方，如果这个敌对势力长时间就这么向其他人展示他们的运输路线、窝点和武力配备，他们早就生存不到现在了。

"阿南说得有道理。"刘小晴很赞赏地捏了捏李南的脸，这让后者腼腆起来，引发了大家的哄笑。

刘小晴撩起一丝散发，把它别在耳后，拍了拍手："大家抓紧进行自己的工作，至于这个聚居点，先看看再说，继续侦察，确定没有问题了咱们就出动,把他们连根拔起!铲除这种毒瘤!"

孤儿南在其他队长离开之后被留下来,刘小晴收拾好吉利服和狙击步枪,想了想又带上几颗防御手雷,把它们扣在战术背带上,对李南说道:"你充当火力手和观察手,我们作为支援狙击小队,没问题吧?"

"当然没问题!"李南激动地搓着手。

"给你十分钟,让阿辉和阿修带着其他人排好大楼的岗哨。对了,让小娜穿上衣服,虽然智力还是个小孩,但她是个成年人,老是穿着背心四处晃,不太好。其实作为克隆人,她有点奇怪,正常的克隆人成长得很快,离开培养槽很快就拥有了成人智商,但三个月之后就会开始基因崩溃,小娜长得很慢,而且看起来一点也不像个克隆人。"这个问题刘小晴也觉得有些费解。

李南讪笑道:"晴姐,说穿了,不值一颗子弹。"

"哦?"

"我和无胆辉他们觉得,可能就是她那接口是假的,她就是有点智障,反正她现在和我们生活在一起,也在慢慢长大,她就像我们三个的妹妹一样。"李南有点害怕刘小晴要把小娜赶走。

回应他的,是刘小晴拍在他后脑勺的一记耳光:"行了,每周我都安排了医生给她做体检,如果你们三人有什么不轨行为,我早就把你们几个崩了。"

李南傻笑着,不知道该说点什么,望着她那双明亮的眼,他只希望可以永远把时间凝固。

很显然,刘小晴叫他过来,是有正事的。

"十分钟之后在楼下大堂集合,这是七支小队的联合行动,不要误事。"刘小晴一边收拾弹药,一边对李南说道。

半年多来，这里总共发展了三十多支小队，除了十支小队在上周被分配给"神弃之地"，保卫学校和生产基地，还留下了三到五支小队看家，又有六到七支小队轮休，再排除派出去侦察的两三支小队，七支小队，差不多一百兵力，其实是他们能拿得出手的全部机动力量了。

当李南十分钟后到达大堂时，他认为这将是一次轻松的任务，因为他们建立了自己的半自动步枪生产线，真的是已经武装到了牙齿。除了防弹背心的插片只能用钢片而显得笨重，孤儿南真的觉得对于他们这一百多人的装备，已经没有什么可挑剔的了，不论是红外快瞄，还是4X瞄准镜，或是夜视镜，或是高度数狙击镜、消声器、枪口抑制器、防毒面具甚至工兵铲和便携式水袋，更甚至对讲机和六寸液晶平板战术电脑，他们每一个人都配备了。没有哪一个聚居点能抵挡一百多人的攻击，就算是上万人的聚居点也凑不出这么好的装备，更不要提那些分不清左右的民兵或恶棍，受制于有限的知识，他们压根就没什么战术可言！

"大家都小心一点。"刘小晴在出发之前，叮嘱大伙道。

有人在底下低声私语："我实在找不到我们需要小心的理由。"

这句话引发了更多善意的哄笑，在废墟上，如何打败他们这七支小队，的确是一个无解的难题。尽管被刘小晴训斥了一通，但并不能改变他们愉快得像是郊游的队伍。

"这一次的目的，是交易一批炸药。据说对方有一批核前纪年的类C4炸药。"刘小晴带着李南离开大部队，毕竟他们是狙击支援小队，不可能和大部队一起行动，一边走她一边向李南说着，"希望一切顺利。"

李南手执突击步枪，笑得阳光灿烂。

整支队伍的人都带着欢愉和灿烂的笑，以至于没有人在意天际的青灰色及满目疮痍的大地,他们年轻,他们热血,他们用半年的时间把一个个不可能变成可能,他们有重建文明的信心与勇气。

交易很成功,另一方的部落不算多善良,但也没坏到吃人的地步。

他们掘开某个深埋地下的仓库,挖出来那一仓库的炸药。对他们来讲,这太多了,甚至没有可以用上这么多炸药的目标及把它们引爆的雷管。塑胶炸药在没有正确安装合适的起爆器时,表现得就如同一块橡皮泥,所以对他们来讲,把这些炸药换成食物,哪怕是过期食物和变异动物的肉,绝对是一件合算的事,除了刘小晴的"重建文明纵队",方圆几百里的废墟内没有哪方势力需要这么多炸药。

也许有人需要,但他们配得齐这么多引爆装置?天知道,反正就是李南说的:"看起来这是一笔大家都满意的交易。"

"走吧,我们回去。"刘小晴收好狙击枪,带着李南走下去,准备攀上他们开来的武装货车回去据点大厦。

走在她的身侧,看着她涂着迷彩的脸颊,李南觉得每一天都是晴天,甚至向刘小晴卖弄着一个他在基地学来的名词:"双赢!"

"轰!"震耳欲聋的火炮声响起,第一发炮弹把一辆运载塑胶炸药的独轮车炸飞,他们本打算用这些独轮车把炸药运上货车的。跟着破碎的独轮车一起飞舞在半空中的,还有运送独轮车的那个小队,高爆弹把他们的身体撕成碎片,挥在空中。

发动机的轰鸣从四面八方传来,没有什么可以战胜武装到牙齿的七支小队,除了坦克和装甲车。

"稳住!总是需要步兵占领阵地的!"刘小晴在通话器里吼叫着,然后传来各个幸存小队的回应,再然后,炮声和发动机声淹没了一切。

的确，步兵占领阵地，才能作为最后取得胜利的标准，但是他们没有阵地。利用那几辆货车形成的临时阵地，在几发高爆弹的准确轰击下快速化为乌有，至少有六辆坦克，还有不下十辆装甲车包抄过来，交叉的机枪火链，还有似乎无穷无尽的高爆弹，一次又一次洗刷着防守方的意志和生命。

当看清对方坦克上插着的食人部落旗帜时，李南身边还能出气的只剩大约不到二十人，对方的坦克和装甲车在离他们还有一百米的距离时停了下来，对方一点也没低估他们，一点也不担心没面子，用高音喇叭喊道："你们在这三个月里铲平了我们八十多个聚居点，把刘小晴交出来，如果她还活着，给我们老大当女人；如果她死了，我们老大要吃掉她。而其他人，你们只要自己砍下一只手就可以得到赦免！如果刘小晴活着，开口说话，你们有十分钟！如果刘小晴死了，你们没有时间。"

"走。"刘小晴很冷静地对李南说，"带着轻伤的兄弟，马上走。"

她捂着腹部，那里是被弹片掠过的伤口，其实对在废墟上生活的人而言，这样的伤并不算太重，她完全可以自己先逃走，但她对李南说："我发射了求援信号，二十分钟内'神弃之地'的那些老兵还有十个小队就会赶来。"

对被包围的他们来说，坦克和装甲当然是不可战胜的，但对神弃之地的那些老兵来说，他们有反坦克的RPG单兵火箭筒，他们有无人机，他们有许多办法可以用。

怎么走？

刘小晴指了指身下的井盖，下面是核前时代的下水道系统，里面当然有暗黑行者，但这对装备了微光镜片、夜视瞄准镜的小队来讲，就算他们已经负伤，暗黑行者也不敢接近。

"不要说了,我不可能走,没有我,他们肯定会想到你们是从下水道走的,你难道要赌他们没有火焰喷射器、小型云爆弹吗?"刘小晴对着李南和那些还能动弹的人说道。

一旦进入下水道,被火焰喷射器和小型云爆弹攻击,那跟被撵进管道里的老鼠没什么区别。

她捂着腹部,放开声音高喝:"不,我不接受你们的投降!你们这些吃人的畜生,本来就该死!"

"好了,你有十分钟安抚你的手下,希望十分钟后你仍旧这么有力,那样才有意思!"高音喇叭里响起不怀好意的笑声。

孤儿南和其他十几个轻伤员两眼通红地被赶进下水道,然后,没有然后,没有什么神弃之地的老兵和从天而降的救援,有的只是八分钟后的一声巨响,连下水道都多处崩塌,是七八个人再也没有从里面走出来的爆炸。

事后听说是刘小晴把交易的所有炸药都集中在一起,当对方开始进攻时,她引爆了炸药,干掉了对方一辆坦克和两辆装甲车及里面的人员,当然,她也干掉了自己。

神弃之地的老兵拒绝了出战请求,那个如熊的老人望着一脸血污的孤儿南,摇头道:"孩子,你当时也在场,你听到的,我们不为她而战。"

"把那十支小队还给我们!"李南咆哮着。

老人拒绝了他的请求:"这是我们的兵,刘小晴拨给我们,归我们指挥,凭什么给你?还有,你觉得他们愿意跟你走吗?"

如熊的老人侧身,他的身后是那十支小队的队长,他望着孤儿南,下意识扭开头,开口却是劝说李南:"阿南,你知道的,保存力量、保存文明的火种,你明白吗?不因怒兴兵啊!"

神弃之地的安逸慢慢磨去了他们的野性和戾气,现在他们又失去了刘小晴作为领袖的号召力，没有人愿意为了曾经的理想和信念重新走出去，去为了信仰而不顾一切。

没有人愿意。

李南抹了一把脸上的血，大多已经结痂，一抹之下许多痂往下掉。他没有往下说，只是转身离开了。

留守大楼的还有五支小队，还有六七支轮休的小队，他觉得自己总能找到为晴姐报仇的力量，但当他回到大楼，提出要报仇时，别说其他小队了，连他自己的小队也只有白痴修和无胆辉仍然站在他身边，当然还有傻傻的小娜，她不停地为李南拭去泪水，可是怎么拭，也拭不干净。

第十五章 关于李南

重型卡车碾过路面的塑胶袋,发出"嘭"的一声,李南的脸都吓白了,这太接近爆胎的声音了,尽管十轮重卡的轮胎没那么容易爆。幸好卡车并没有出现爆胎迹象,李南踩下刚刚抬起的油门,撞开路中间那台越野车的残骸,卷起高高的灰尘一路飞驰。

在颠簸的卡车里,冰山翻来覆去地看着手里的手提箱。跟被驱赶出基地的孤儿南有所不同,冰山或者说6C1从懂事起,在东海基地她的成绩就是第一,进入废墟她有迫不得已的理由。在那个据说人均可以活到七十岁的核前纪年,物理水平足以被称为天才中的天才的冰山很怀疑这个玩意真的可以联系卫星,这让她越发琢磨不透李南了,当面对坦克恐怖的炮口时,他是靠什么作为底牌?难道他就毫无凭据地空口白话吓唬人吗?可是对方明显是核实了一些东西才撤退的,他是怎么做到的呢?在东海基地长大的冰山也许向来都是数理化第一,这让她对普通人有种智商上的蔑视,而李南如同一条未解的方程式,让她在关注导航装置之余,对他生出了些好奇。

当李南在宽敞的重卡驾驶室第三排睡觉时,荒凉的马路上,远远开来一辆破旧的旅行车。卡琳娜打了一把方向盘,重型卡车冲向对面的车道,迎头向那辆旅行车狂冲而去。

冰山惊叫起来:"不!"

被冰山拉起手刹的重型卡车发出让人牙酸的摩擦声,轮胎在残破的路面擦出焦黑的轨迹。坐在后厢的数字被甩得狠狠撞在机枪塔上,那匹狼锋利的爪子在车厢板上拉出刺耳的声音,然后被数字的惨叫声淹没。

"啪！"卡琳娜扇了冰山一记响亮的耳光，还没等肿起半边脸的冰山抬起头，.45口径的手枪枪口死死地顶在冰山的太阳穴，把她抵在副驾驶台上。看着卡琳娜漠然的蓝眼睛，冰山突然感觉这个光头女兵就是一头披着人皮的野兽。

冰山并不知道以前的卡琳娜身材是如何婀娜曼妙，体脂正常时她的脸是如何柔美，而不像现在这样剽悍。如果说她是披着人皮的野兽，那也是卡琳娜自己释放出来的野兽——是因为在废墟里，这能让她更好地生存吗？不，是因为这能让她有足够的力量来保护李南，如她懵懂时，他对她的保护和不弃。

这时，车外传来不知何时醒来下车去交涉的李南的声音："拔枪，死。"

这是完全不符合语法的话，缺乏主语和宾语，在废墟上长大的人，绝大多数与正规的语文课程都无缘，而在目睹过无穷无尽的血腥与死亡后，就能听懂这话了。车里的人没有拔枪，高举着双手走出来。她长得不算标致，但那头乌黑发亮的秀发对废墟来讲，如同没有被辐射的水，让人感觉舒畅。

她叫苏珊，是一个贼。

核前纪年的人们用许多匪夷所思的方法造出了各式各样古怪的保险柜，有的是指纹锁、瞳孔锁，有的是密码、声音识别装置。尽管这些保险柜只是用来保存一些如今连一块老鼠肉干都换不来的纸片，但当年它们被设计出来时，几乎都设定了一旦密码错误，内置的自毁装置就会启动的系统。这些保险柜里往往也保存着一些核前纪年的武器或是某个基地的图纸，因此能打开这些锁的苏珊在许多小势力部落倍受礼遇。

李南望着她，和心里那个穿着核前纪年职业女性套装的身影比较了一下，这个五官算得上漂亮的女人仍少了那份动人心弦的魅力。李南有点尴尬地耸了耸肩，他发现无论如何自己总是抹不去那个不应留在心里的影子。

至于晴姐，李南从来不会拿任何人来跟她比较。

旧旅行车被点着，苏珊背着她的行李，爬上重型卡车的后厢。

李南替换卡琳娜来驾驶，冰山在光头女兵传来呼噜声后红着眼问道："为什么？"

一旦被兄弟会的人扣下，就会泄露李南一行人的行踪，这个道理冰山能想明白，她纠结的是卡琳娜不分青红皂白就要撞过去的做法。

李南过了良久，抬头看她一眼，淡淡地说："你在废墟能活到现在，是个奇迹。"

她捂着红肿的脸，靠在座椅上不再开口，疾驰的卡车车窗敞开，急剧的风吹干了她眼角的泪，她觉得连心也被吹得冰凉。听着车厢里，平时几天没一句话的数字被那个叫苏珊的女孩逗得不住大笑，她似乎一瞬间发觉，同行的伙伴里原来只有那匹狼才是她最为了解的一员，至少它是一匹变异狼，从第一眼看见它就是这样。

关上车窗，她在颠簸的卡车里渐渐睡去，直到被枪声惊醒，蒙眬中察觉卡琳娜拍打着她的脸："起来！起来！去把那辆车子的柴油抽出来。"一个油桶被塞进手里，她打开车门，冰冷的夜风吹得她打了个喷嚏。

越野车边躺着几具尸体，滚烫的鲜血仍冒着腥气。她在废墟里生存了这么久，以牙还牙、以暴制暴的丛林法则并不陌生，但这几具全是手背在身后、眉心中弹的尸体让她出离愤怒："你是个畜生！怎么会有人以杀害同类来取乐？或者说是为了两桶柴油？你还是人吗？"

卡琳娜坐在驾驶室里大笑起来，点头道："你说得很对。"话里的调侃却比空气里夹杂着的微量火山灰更明显。

冰山感觉到疑惑，蹲下去仔细看那些死者，发现那并不是.45口径手枪子弹造成的创口，很明显是7.62口径老式突击步枪子弹的贯穿伤。用突击步枪打单发并且准确命中，这不是擅长数据的数字或是开锁专家的苏珊能做到的。

冰山起身拎起油桶，冲在路边抽烟的李南砸过去。李南侧了一下脑袋，油桶从他头上飞过，在黑夜里，他弹飞烟头，扑哧笑了一声："好吧，长得周正，是有耍脾气的特权。不过，仅此一次。"然后他爬上驾驶室，留下冰山独自激愤地立于夜空下。

"看看他们背在身后的手，也许有助于抚慰你过剩的正义感，正义使者！"卡琳娜毫不留情地嘲讽她。

当冰山翻过那些尸体，在手电筒昏黄的光下，无一例外握着枪把的手让她的脸发烫。

卡车后厢，苏珊尖声怪叫着："我代表正义，审判你！"

还有数字呵呵的傻笑，格外刺耳。

她无奈地在黑暗中摸索，寻找那只刚才被她当成武器的油桶。也许是因为她找油桶浪费了半个小时，天亮以后，大批的皮卡和摩托车跟上了他们。辐射的污染在这批追兵身上体现无遗，头上、脸上突起的脓包或是没有鼻子的脸让他们显得更加凶恶，但哪怕是长着三个乳房的女人也不能让冰山惊讶了，因为他们手上的弩箭和点着的燃烧瓶让机枪塔里的冰山不停地扣动扳机，重机枪的枪口喷出长长的火舌，一辆又一辆的摩托车被打中，变成火球。当几辆架着机枪的皮卡赶上来时，冰山开始感觉到吃力，她几乎被压制得不敢把头凑到射击孔，对方疯狂袭来的子弹把机枪塔打得跟老式闹铃一样，不断抖动、不停叮当作响。

这时,她听到了低沉的撕裂麻布的声音,那是李南手上的机枪响起,短促,带着节奏,带着李南小气的风格,几乎每次响起都是短点射。冰山凑到射击孔,见到枪声几乎每响一次,血雾便如轻纱飞扬!如果在平时,冰山一定会觉得李南简直是在侮辱他手上的那把MG3A1。机枪是压制火力,不是用来追求狙击式的精准的,而跟在车后的那些疯狂吼叫着的追兵,正需要发挥机枪的长处……

在李南的短促射击里,重型卡车后面几乎没有间断过惨叫哀号与爆炸声,还有终于不再叮当作响的机枪塔,冰山只能保持沉默,当她凑到射击孔重新操纵机枪时,却发现远处是熊熊燃烧的皮卡和摩托,没有一个追兵。

她打开机枪塔钻出来,看着李南正在擦拭那把MG3A1的枪膛,实在很难想象他是怎么在无防护的情况下,用这把十几公斤的机枪站在后厢干掉不下六十人的追兵,其中还包括几辆架着机枪的皮卡!

不过,身为火力手的冰山对另一个问题更为关心:"你怎么可能用MG3A1打出短点射?"要知道这种机枪会发出撕裂麻布一样的声音,就是因为它的射速快到无法分清,扣动扳机,一秒就有25发子弹射出。

"呵呵。"李南笑起来,带着一点大男孩的羞涩,他摸着自己的脑袋,傻笑着说,"这个没什么啦,控制射速是不可能的,但可以控制枪口的轨迹……"

这种羞涩无疑让他方才在冰山心里高大起来的形象打了个折扣。控制枪口的轨迹?李南可能改装过这把机枪的可能性更高一些吧?冰山白了他一眼,不再和他说话,开始清洗机枪的枪膛。

尽管追兵被打退,但如果没有兄弟会的指使,谁会来攻击一辆装备了机枪塔的重型卡车？下一次来的，就不太可能是装备这么原始的流民了。

卡琳娜单手拧开小酒瓶喝了一口，扶着重型卡车硕大的方向盘问道："走哪边？"

"右转，去天上人间。"李南望着前面的分岔口，毫不迟疑地做了决定，似乎他已胸有成竹。但在冰山看来，选右边不过是因为前方的高架桥在不知多少年前就崩塌得只剩桥基，而左边那些汽车残骸在锈成废铁之前又用连环车祸将自己变成了路障。

兄弟会基地分部，刘辉和章霭修身着笔挺制服，并且佩戴着核前纪年军队里的各式军阶、服役年限、军功等徽章。坐在核前纪年装潢风格的休息室羊皮小沙发上，等候召见的章霭修望着自己光可鉴人的皮鞋，感到一丝愧疚。也许是身处与废墟截然不同的氛围，使人对生存危机的警惕有所减弱，从而让他的心里滋生出了良知——这种在核后纪年里绝对是最奢侈的东西。他不安地抚摸着制服上的绶带，要不就是绞着自己的手指，要不就是摸着自己的鼻子，最后终于压低声音开口道："我们是不是有点对不起李南？"

坐在他一边的刘辉盯了他一眼，没有开口。章霭修突然醒觉过来，这里不是教堂的忏悔室，而是兄弟会的基地，如果有其他任何人听到他的话，那无论如何他都是不可能被赦免的。相比于提供的优良装备，兄弟会的军规同样有废墟上任何一个组织都无法想象的严格。

用手中精美的水杯喝着近乎零辐射的水，章霭修却总不能抹去刚刚离开基地那一个月，李南带着他和刘辉在废墟生存的印象。的确，只要能在废墟里生存一个月，如果没有被辐射感染，各大基地被驱赶的人员都会被兄弟会吸收为新兵,但对刚刚走出基地的大多数人来说,那一个月不过是要选择一种或痛快或痛苦的死亡方法罢了。

保持着笔直坐姿的刘辉对着同伴无声地张了张嘴,章霭修看着他的唇语,那是一个词:不朽。是的,他们私下讨论过许多次,在背叛李南之前也曾为是否应该背叛而产生过争执,但最后两人想法一致,因为李南想要在这废墟里建立一个平等自由的秩序,也许他应该去找一些防腐剂来当饭吃,这样死后直接不朽才是比较可行的选择。

"两位,将军让你们进去。"如同这休息室一样,身着废墟里几乎绝迹的核前纪年职业套装、戴着玳瑁框眼镜的女秘书走出来传召他们。毫无疑问,这比其他势力守卫在将军门口的那些扛着机枪的肌肉男,透出一份不一样的底蕴和实力的威慑。

坐在办公室后面的将军还礼之后让他们两人坐下。这位核前纪年的旧时代人类,在核冬天之前就是"方舟"号太空母舰上的精英,长期在休眠舱内的星际航行让他的身体机能保持在壮年状态,尽管他的真实年龄是从核前纪年就存在的活化石。

"少校。"将军的声音很平淡,但刘辉马上条件反射地弹起立正,"你晋升校官的文件是我签署的,但我觉得你似乎更适合渗透性的工作?"将军轻轻地用勺子搅动咖啡,刘辉觉得被搅动的是自己的人生,他绝对不想去从事那见鬼的渗透工作!要知道,那将自己弄成和游民一样生活的工作,如果最后能死在变异的野狼爪牙下,已是不错的归宿——在废墟的夜里,被变异的蟑螂从呼吸道钻进去咬破血管已不是什么新奇的事情。

将军端起咖啡,喝了一口,这种沉默的压抑让刘辉感觉比被枪口指着还恐怖,幸好将军放下杯子,终于开口道:"你能明白卡琳娜和李南对兄弟会的意义吗？"

"长官，我明白。"刘辉立正回答。

将军摆了摆手，示意他稍息，然后摘下金丝眼镜，揉着太阳穴。

兄弟会的核心成员只有十七人，除了十五位如将军一样的活化石正在开普勒452b的人造月球上维护母舰和人造月球基地的运作，废墟上就只有两人，而如刘辉这样的成员也不过数千人——各个基地每年被驱赶出来的人很多，但能在废墟上存活超过一个月且没有被辐射的人，这么多年以来，就只有这么多了。

兄弟会是整个人类生存的星球上最为庞大的势力，其原因就是庞大基数的克隆人，包括刘辉和章霭修去沉日城所率领的坦克，都是由克隆人操纵的。克隆人不需要学习，在培育的过程中就可以为他们选择某方面的专长基因，完成培育以后就会自动掌握这方面的技能，并且绝对服从命令。

过了半响，将军才抬起头，盯着刘辉道："少校，克隆士兵三个月的服役期，我们不足以控制废墟。卡琳娜跟着李南到现在多久了？"

"报告长官，八年七个月十一天。"刘辉马上就给出了答案。对他来说，这是一个很容易记住的时间，因为那正是他遇到李南之后的第五天、章霭修被驱赶出基地之后的第三天。

克隆人一旦离开培养室，"保质期"最长只有三个月，通常是两个月，在此之后他们的精神会发生问题，首先出现的就是精神崩溃，然后皮肤开始溃烂，培育时的专长技能逐渐消失，第三天开始，肿瘤会遍布他们的身体；第五天，生理上的性别特征开始消失，体形膨胀，智商下降；第七天，他们成了它们——废墟上那些恐怖的变异人。除了辐射污染而产生异变的变异人，克隆人也是其中的重要组成部分，当然这类变异人可以接受兄弟会的一些简单指令，比如上一次和流民一起围攻自由会基地。

智商如七八岁孩童、只有本能又无法学习的恐怖大块头，对兄弟会来说就是累赘，但情况异常的卡琳娜对兄弟会有着莫名的吸引力就不难理解了。

将军戴上眼镜，长叹一口气："如果克隆士兵的服役期能达到八年七个月，而且还能在服役的过程里学习新的东西……不，我不做这样的奢望，只要三年，三年就足够了……那么也许我们要考虑的是怎样重建人类社会，而不是控制这该死的废墟。"

"对不起，长官。"

"少校，放轻松些。"将军笑起来，示意刘辉坐下，"你在担任侦察渗透工作时，想出煽动那个东海基地的女孩去接近李南，这是个好主意。"李南很警觉，七年前兄弟会发现卡琳娜是克隆人却如正常人一样时，他就逃脱了兄弟会的追捕，五年前开始就已经很难找到李南了。将军签署了一份文件："现授予你可以调用各地兄弟会资源的权力……李南的价值要远远大于卡琳娜，一定要把李南完好无缺地弄回来。如果无法把李南弄回来，宁可放弃追捕卡琳娜的机会。"

刘辉再次起立："如您所愿，长官。"

"中尉，你请求来见我，有什么要汇报的？"将军望向章霭修，后者马上站起来，但因为紧张而结结巴巴的，说不出一句话来，直至将军让那个女秘书倒了杯水给他，喝下去后才总算正常了些。

"报告长官，李南当年逃离基地，原因就是他不愿让我们解剖卡琳娜。"

"我记得的确是这样。"将军点点头问道，"你有什么新的看法？"

"如果不解剖卡琳娜呢？我觉得李南没有什么特别的异能，

他不可能改变克隆士兵的保质期……对不起长官，是服役期。我们可以再给他一个克隆人，看看会不会有和卡琳娜一样的效果，如果不会，我们只要把卡琳娜捉回来就可以。"

"中尉，你的意见我会考虑的，你要做的，就是协助少校把李南和卡琳娜弄回来。"

"是，长官。"

当章霭修和刘辉离开将军的办公室，女秘书被叫进去，将军抚摸着修剪整齐的胡须，对她说："把章霭修的档案调过来看看。"

"好的，长官。对了，派到李南身边编号 S3 的克隆士兵，是否命令……"

将军摇了摇头："不，李南很警觉，不要惊动，让 S3 潜伏下去。"

"遵命。"

第十六章 王冠之重

在刘小晴战死之后，并没有过多久，她留在这片废墟上的就只有传说了，神弃之地、半自动步枪生产线、无土栽培也开始变成传说，而那些老兵对生产线跟无土技术有意识地噤声，加上废墟居高不下的死亡率，渐渐地连传说也没有了。

神弃之地因为过硬的培训能力，所以它的认证倒逐渐成为废墟中的一个硬标准，在往后的岁月里，不止这方圆几百里，据说在三千里外，有人得到神弃之地给予的认证，仍旧能被大的聚居点认同。一切正如刘小晴生前为那些老兵所做的规划一样，当然那是很久以后的事了，目前的神弃之地和那十支小队，在刘小晴战死之后，如同没有存在过，就这么突兀地消失了。而那幢修复好的据点大楼在发生了不止一次的火拼后，很快又破败下去，渐渐变成被修复以前的模样，当然也恢复了它原本的用途：变异动物的窝，或是犯有严重辐射病的人最后等死的栖身之所。

"你们以为'渐渐'是多长时间？"李南再一次把小娜的手指从她的嘴边扯开，没有回头问身后的几个伙伴。除了白痴修和无胆辉，其他小队还有两三个人在他离开据点大楼时也跟着离开了。

不得不说，白痴修在基地里成绩是最好的，往往他都会主动回答这种问题："按照核前纪年的算法，大约五年以上吧？不、不，十年或更久，会比较合适一点。是的，我确定，孤儿南你不用回头望，我很确定，哪一次考试我不比你们考得好？"

李南没有说什么。小娜回过头，冲着白痴修比了个中指，尽管她只有小孩的智商，但已能分得清好坏，而且她似乎天生就对格斗、枪械有着莫名的天赋，白痴修不太敢招惹她，只是训斥道："你学坏了！小娜，你一个女孩，你不能这么学坏！"

"我抽烟、烫头、文身，但我是个好女孩！"只有寸头、没有文身的小娜不知道从哪儿学来的怪话，让他们一行五六人不住苦笑。

李南停下来，回身对他们说道："在这片废墟，'渐渐'是二十七天。"

渐渐已经没有人提起重建文明纵队了，渐渐没有人说起无土栽培，渐渐没有人再说起刘小晴，那个仿佛天生就是主角的女孩，那个本来可以在基地里好好病死在榻上的女孩。

离那一声爆炸，只过了二十七天，渐渐便离得遥远了。

"不知道再过几年，我是否还有勇气去为她报仇。"李南有些沉重，用力咬着自己的嘴唇，以至渗出血来都没有察觉，"凭我们几个不行的，是的，凭我们几个肯定不行。这些天我想通了，如果可行的话，那些老滑头当时肯定会站出来，然后名正言顺地接收所有的一切。"

他说的老滑头，当然就是神弃之地的那些老兵。

跟随着他的人里，有一个戴着方框眼镜的女孩，有一条眼镜腿不翼而飞，改用布条系着，于是她不得不隔一些时间就扶一扶眼镜："孤儿南，其实我们跟着你是想做一番事业的。"

"我知道，而且不只有你们跟着我。"孤儿南蹲下来，把手放进嘴里吹了个极为响亮的口哨。

陆陆续续，有二十来人从各种废墟里走了出来。他们并不是从据点大楼就一起跟着李南离开的，有的是想看看孤儿南到底要去哪里，有的跟李南一样，与留在大楼里的小队走不到一块去，而有的人，也许是被留在大楼里的小队派出来探听消息的。

"扛起纵队的大旗，只要纵队还在，晴姐就在，希望就在！"女孩再一次扶了扶眼镜，代表着二十多人对李南如此说道。

其他人看着孤儿南，眼里尽是希冀的光芒，希望有一个人站出来，带领着他们走下去。

"其实，你们根本不在意站出来的是谁。"李南苦笑起来，"这二十七天，我一直在想，不，我不是这样的人，我戴不了这么高的帽子。不要再跟着我了，我有我平静的生活，找一个聚居点，你们知道，凭我的枪法，养活自己和小娜不成问题。"李南说着摊开手冲他们耸了耸肩膀，"别这样，喂，我就是一个少年，你们年纪比我还大，我就是一个十六岁的少年，你们还期望我如何？"

回答他的，是冷落的目光，是走过他时吐在地上的口水，是不屑的表情。

他们离开了，离开的方向，各不相同。没有拥抱，没有握手，没有相约再会，毕竟还都年少，没学会虚伪的套路。

看到这一幕，白痴修长长地吐出一口气："我本来想问你问题，现在不必了。"

本来要问的问题，无非是李南为什么这么干脆地放弃了继续刘小晴的理念，但现在来看，除了刘小晴，没有人能再把这一盘散沙捏成一块。如果李南真的答应下来，大家最后的结局，肯定不会比现在好。

尽管他们都对李南不以为意，但没有任何一个人站出来领着大家往前走，他们只期待别人去牺牲，去努力，好让他们可以跟随。这样的队伍，至少不是李南能带领的。

"你们不走？"李南望着无胆辉和白痴修，好奇地问他们。

小娜也好奇地望着他们，不时冲他们做鬼脸。

无胆辉掏出一根烟，不知道他什么时候学会了抽烟，点上烟之后,他抽了两口才开口道:"西南六千米,兄弟会的招兵点,对吧?你打算怎么弄?我觉得你大约想用机甲。"

要快速冲入营地,干掉对方首领,再全身而退,没有比所谓的"移动的冰箱"的动力机甲更好的选择了,毕竟对方是拥有坦克和装甲车的势力,而且看起来弹药也很充足的样子。

李南示意他继续说下去。

无胆辉看起来有自己的方案,说起来头头是道:"你听我说,你的机械维修功底的确不错,你的驾驶水平也不错,但你没有开过真正的机甲,你跟我一样,只是在基地上开过机甲模拟器,对吧?模拟器的分数,你我都知道,不能算数的。"

李南对此不以为意:"每一次我都能拿到S。"

"每一次我都能拿到SSS。"一直没有开口的白痴修说话了,他的话让李南失去了反驳的欲望,因为白痴修的确有这样的成绩。

无胆辉叹了一口气,叼着烟望着他们两个:"每一次我都能拿到SS,比孤儿南好一些,比白痴修差一些,但是我们讨论的是真的机甲。"说着他站起来,指着白痴修那羸弱的胳臂,"真的机甲,操纵它就需要力量。"

"你难道觉得会比我更有力量?"李南笑起来,说到力量,对这两个同伴,他有着碾压式的优势,至少现在的他,从背肌到肱二头肌,从股四头肌到腹肌,无不证明着这一点。

无胆辉伸出一根手指,捅了捅李南坚实的腹肌:"真的机甲,我们说的是真的机甲!"

真的机甲,塞不进李南那副比同龄人来说要大上一圈,在每次搏击对练中占尽优势的壮硕身体,当然,也许可以勉强塞进去,但李南会不会闷死在里面只有天知道。在他接触的所有关于动力机甲的资料中,所有操纵者都身材苗条,无胆辉看起来的确要比孤儿南更为合适。

"会死的。"李南吃定无胆辉是在心虚。

无胆辉这一次没有退缩:"那你就不要让我死。"

"我没这么大能耐。"李南毫不留情地打碎了对方的幻想。

白痴修很紧张地挤过来:"我呢?我干什么?"

"你扮白痴。"无胆辉和孤儿南异口同声地对他说道。

第十七章 关于勇气

　　食人部落的聚居地最外围多了一个白痴,这并不是太引人注意的事,特别是这个白痴四分之三的脸部有着极可怕的辐射异变疱疹,从他身边经过,随时要防备着他那一脸的疱疹破裂,迸出的汁液会污染他人,而被污染的人也会患上这种可怕的辐射疾病,因此所有人都希望离他远一点,如果不是他拿来付账的7.62口径子弹十分足够,也许他连食物都买不到。

　　至于说他为什么是白痴?因为可以用十颗9mm手枪子弹交易的东西,这个白痴居然傻到用三颗7.62口径步枪子弹来交易,尽管两者在某一层面上等价,比如说在聚居地里,三颗步枪子弹能换十颗手枪子弹,但反过来想用十颗手枪子弹去换三颗步枪子弹?那大约只有这个白痴才会换了。

　　当然,这白痴能活一周,是因为他的枪法很不错,在这一周里,有两个想去偷他东西的混混都被干掉了,而且他的行李不多,就算干掉他,能捞到的好处也很有限,让人觉得他并不值得冒险,再加上他那可怕的疱疹,就算杀了他,肉也不能吃,收益少得令人发指,所以从第二周开始,聚居地接受了这个白痴的存在。

　　正如核前年代需要用十年或更多时间来表示的"渐渐",在废墟只要二十七天一样,不过两周,这个一脸疱疹的白痴就是这个食人部落的聚居地的老居民了。

　　老居民,意味着他可以给外来者担保,而他是一个不会玩心眼的白痴,因此他的担保就显得愈加可信。

　　当然,他是个白痴,也许他会被人骗,的确有这种可能。

　　当修理铺的工头让疱白——对,疱白,就是白痴在这个聚居点的绰号，形象地概括了他的外形与性格——介绍的人在这里工作了一个下午之后，修理铺的工头就确认："能跟疱白交朋友的真的是老实人，这家伙的技术没话说，远远超过他的要价。"

于是疱白介绍来的修理工在当天有了个绰号：老实南。老实南带着一个女的，据说是妹妹，有智力障碍，跟老实南一样，长得倒是大块头，只是手上、脸上有着跟疱白一样的疱疹，就算被弄死，也没什么人敢吃。

因为吃人，所以这个部落的人很有经验，但凡吃了组织产生变异、得了辐射病的人，很快他们就会基因崩溃而死，至于为什么，只能归结到神罚上面，因为现在不是核前纪年，没有那么周全的设施，就算有，也很难找齐化验人员来完成一系列的病理推断，于是他们就遵循动物一样的习性：吃了会死，那就别吃。

疱白会出去打猎，收成往往不错，哪怕他是个白痴，但也能让自己在这个聚居点好好活下去。至于壮硕的老实南，倒是有不少人开始打他的主意，只不过当老实南手工造出一个零件，让聚居地首领的那辆核前纪年的两门跑车重新获得新生时，就没有人再去打老实南的主意了。因为首领让人在老实南的住所门上画了一个骷髅头，表明他是首领的人，除非想挑战首领的权威，否则没有人会去动老实南。

"画一个骷髅头我就安全了？"老实南在酒吧里这么问酒保。

酒保给予了他肯定的回答："难道这个聚居地还有人敢自己画骷髅头？别开玩笑了！"说到这里，酒保招了招手让老实南附耳过来，"知道龙小晴吗？重建文明纵队的老大！"

他说得斩钉截铁，龙小晴，而不是刘小晴。

"龙小晴？"老实南真的不知道。

"是的，龙小晴，她父亲龙傲天当年也是一方霸主！"酒保神秘兮兮地对老实南说道。

老实南一口米酒从鼻孔里呛了出来，咳得昏天暗地、不可开交，好一会儿才平息下来，对酒保说道："你吓到我了，一方霸主不是我们能知道的吧？"

"你啊，老实过头了，私下说说，别张扬，有什么要紧？"酒保不以为意地笑起来，拍了拍老实南的肩膀，又低声对他说道，"龙小晴牛吧？人是要重建文明的啊，招惹我们首领？结果怎么样？轰！渣都没有了，没有了，明白吗？废墟就没有这个人了，哪怕她是龙傲天的女儿！"

老实南半懂不懂地点了点头，喝下那半杯米酒："那首领让人给我画了骷髅头看来能保平安了，那敢情好，嘿嘿。"

酒保失去了跟他说话的兴趣，转身去别的桌子跟别人说起老实南："那货就会修机械，是个傻子啊！首领看上他，他也不会求上进，还说什么保平安、敢情好？猪是怎么死的？蠢死的！"

日子就这么平平淡淡地过去，一天又一天，老实南每天都在用心修理东西，然后把赚到的子弹赔给别人，弥补他妹妹弄坏的别人的东西。疱白每天出去打猎，收获总归是不错的，然后每天傍晚他都会去找老实南一起喝上一杯。不知不觉，疱白在这里已经过了一个月了，老实南也住了两周多了。

废墟上并没有核前纪年那种政府机构，所以大多数冲突都靠武力解决，吃人部落也不例外，但不可能每一次冲突都开出坦克与装甲车去解决问题，毕竟这年头就算是炮弹有足够的储存，机械备件和柴油也同样极为稀缺，所以很多时候装甲货车已经是大杀器了，而它的耗油远远比坦克和装甲车少得多。

这一天，首领开着他的跑车，率领着二十多辆装甲货车离开了聚居地。对废墟来说，这足够称得上浩浩荡荡，所有人都在为此欢呼或是惋惜自己没有被带上，将会失去分配战利品的权力，没有人发现几乎所有装甲车和装甲货车都由他维护的老实南和他的妹妹，还有疱白，都消失了。

结局出人意料的简单，那些刹车油里被兑了大量酒精的装甲货车及首领的那辆拉风的双门跑车，在需要刹车时刹不住，松开油门也并没有减缓车速，到了后面，疯狂地踩刹车或是拉手刹都没有一点用——这不是刹车油出了问题，而是机械传动机构出了问题。

"因为刹车油导致减速效果不好，他们会疯狂地踩刹车，而本来处于断裂边缘的连接销当然会因为他们粗暴的动作而完全断裂。油门我设定了到达一百千米时速以上就自动开始巡航速度，并且不可撤销，除非这些文盲能用核前纪年的修车店电脑，要不然他们无法让车减速。"老实南很平静地对疱白说道。

疱白正在撕贴在他和小娜脸上、手上的那些"疱疹"，问孤儿南："就这样？"

"就这样，最后他们会撞上什么才停下来就只有天知道了。"

"但他们总会停下来。"小娜插嘴道。她已经比以前聪明多了，正因为她的智商有长足的进步，所以孤儿南才能放心地让她装傻。如果她是真的智力障碍，带着她行动，那李南和白痴修就是在找死。

她觉得很不过瘾："应该让我用枪把他打成马蜂窝，应该让他盯着我的眼睛，我要慢慢把他杀死！晴姐是个好人。"

肥仔轻轻拍打着她的脑袋，让她坐下来。

没有什么"盯着眼睛"，没有什么"复仇宣言"，只有一场淋漓尽致的车祸，而且在车祸之后，那些从损毁的车里爬出来的幸存者将会遇上一架动力机甲。

无胆辉操纵着动力机甲，大约在傍晚时分赶到了会合点，整个动力机甲连漆都没掉。

从里面爬出来的无胆辉对孤儿南和白痴修说道:"根本就没有任何反抗的人,动力机甲连一颗子弹都没挨。那个首领直接死于车祸,是的,那辆你给他修好的双门跑车里,当然,我用动力机甲把他的脑袋拧了下来,以防他有什么复活的异能。你知道,废墟,很难讲,所以我拧了下来,保险起见。"说着他合掌做了一个挤压的动作。

李南点了点头,张开双手,三个少年紧紧拥抱在一起,丝毫没有复仇的快感,只有发泄般的号啕大哭。已经失去的美好,无可阻止地远离他们的生命而去了,连小娜都感觉到了他们的悲伤。

"有两个消息。"无胆辉伸手拭去泪痕,对着两人说道。

"坏消息。"李南和白痴修做了同样的选择。

"兄弟会发现我们借用动力机甲报仇的全部计划了,而且他们在我把那个首领的脑袋压碎之后的几分钟就出现并说出了你们的名字,包括小娜。"

无胆辉舔了舔嘴唇:"怎么办?如果逃,那我们一起逃。"

第十八章 关于天上人间

在兄弟会的基地里,喷涂着数码迷彩的人形机甲做了几个高难度街舞动作,但周围的克隆人士兵没有为此喝彩,他们默默地进行着手头的工作,这让机甲里的章霭修感觉很无趣,如没有观众的小丑一般无奈,他不由自主地怀念起过往的日子,怀念在重建文明纵队里的时光。其实只有半年,却成为记忆里抹不去的印记,他甚至怀念和李南、刘辉、卡琳娜一起为刘小晴复仇的潜入,怀念他扮成白痴的经历。

"白痴修,不要玩了。"耳机里传来刘辉的声音,章霭修只好把额头上和四肢上的传感器扯下来,打开机甲舱跳下来。他本来想埋怨这些克隆人士兵如同行尸走肉,但等关上办公室的门,刘辉就一巴掌结结实实地扇在了他脸上。

"你想死,不要连累我!"刘辉疯狂地吼着,口水不住地飞溅到章霭修的脸上,他明白章霭修向将军提出那个方案的原因,"之前问你要找将军说什么,你还打包票一定不会惹事!"其实章霭修的目的就是不让李南被弄回基地,他们都很清楚,如果李南被弄回基地,天知道兄弟会的核心成员——那些活化石会对李南做什么?

"白痴!"刘辉揪着章霭修的衣领,用手指捅着他的额头骂道,"你那么有义气就调去别的基地!或者去废墟找孤儿南!你觉得自己的智商比那些活化石高吗?人家从核前纪年活到现在,会听不出你想摘出孤儿南的意思?"

章霭修突然直起腰来,他本来就比刘辉高大许多,一下就把刘辉推开了,压低声音吼道:"我知道我虽然数理分数比你高,但脑子没你好用，可你也别真当我是白痴！你相信孤儿南能控制轨道炮？"

刘辉扯动嘴角耸了耸肩，点了根烟坐下来，笑道："不是我信不信，而是那个时候他报出数据的确是激光攻击卫星经过的轨迹，而且这不是我主动提出来的，白痴，我信与不信，重要吗？"

显然章霭修并不擅长辩论，一时张口结舌，不知道怎么回答才好。刘辉看了他半晌，摇了摇头示意他坐下，低声对他说："不要再做蠢事了，记住，如果你弄得我们都要重新去搞侦察渗透小分队，不要怪我放弃你。"

丢下在椅子上发呆的章霭修不管，刘辉抚着寸发，走出房间。和章霭修不同的是，他并不觉得欠李南什么。他从军服里袋掏出一张用真空透明袋装着的蜡笔画，寥寥几笔却把他的阴森与狡诈勾勒得透纸而出，八年了，他一直收着这张蜡笔画，哪怕在担负渗透侦察的工作期间，也没有让这张画染上汗渍或水渍，就算他中过枪、受过伤，身上留下了无法抹去的伤疤，这张画也没有沾染血渍。他小心地把画揣回衣袋，极目远眺，似乎要透过灰蒙蒙的天际捉住那一丝心底的温柔。

崩塌多年的摩天大楼横在那里，像可怖的伤疤，半张断裂的转椅翻转在这爬满苔藓的砖石间，突兀伸出的椅脚是嶙峋干枯的手。风吹过，椅脚仅存的一个轮子呜呜转动，许是怀念核前纪年繁华往昔的低泣。

雪亮的刀锋削过，这只还带着转轮的椅脚被砍断，跌落在废墟里。冰山收起刀，似乎觉得这样让她的心情稍好了一些。李南摇了摇头，招呼着数字找了些石头把椅脚埋起来，让那被削断的切口不至于轻易被人看到。

他不得不这么小心，这是他和数字走在最后面的原因。面对长达七年的追捕，没有人比李南更了解拥有大部分核前军事技术的兄弟会是如何可怕，他们可以在浆洗过的床单上找到某种人类的体液，然后通过化验确定DNA，推断出这个人曾在此停留……对废墟的绝大部分人来讲，这像一个传说或笑话，但对兄弟会而言，这就跟在废墟里弄一杯辐射超标的水一样简单，随手可得。

除了总有许多古怪笑话的苏珊，李南的话仍旧很多，他抱怨着没有足够的净水、没有核前纪年廉价的公共汽车，也没有航班，然后翻过大楼的废墟，走过躺倒在砖石里的那两尊依稀还能分辨出是白胡子老头和小丑的模型，他又开始抱怨没有中国菜也没有法国大餐，当他开始抱怨没有防晒油时，冰山终于忍无可忍地停下来："是你说要扔掉那辆状态完好的卡车的！否则我们根本不用受这种罪，闭嘴！"

"没有人要你跟我一起走，你可以自己滚蛋。"李南点着半截皱巴巴的烟，没好气地回应道。

冰山扔下肩上从机枪塔拆下来的重机枪，长时间的暴晒和缺乏水分让她的精神压力濒临崩溃，她秀美的脸庞扭曲着，透露着某种与那匹变异的西伯利亚狼相似的狰狞："把导航装置给我！我马上就走！给我导航装置！"

想来劝她的数字，被她拧着手腕一个过肩摔砸在地上呻吟。

惊讶的苏珊开口喊道："喂！为什么打人？"

冰山的掌刀准确地砍在她的颈上，苏珊软软地瘫倒在地上。冰山的右手移到腰间的手枪，向李南张开左手："给我导航装置，或是我送你一颗子弹。"

旺财开始咆哮，龇着那可怖的交错利齿，盯着冰山竖起耳朵和尾巴，几乎谁都可以肯定，如果冰山不让它感觉到危险消失，下一秒它便会扑上去撕开冰山那小麦色的咽喉。

卡琳娜在她身后开口道："不要和我比拔枪的速度。"

敢于向几百人提出轮流决斗的光头女兵的警告也没有让冰山动摇。

"导航装置，或子弹。"

"你到底要导航装置干什么？"李南对冰山的威胁熟视无睹，蹲下抚摸着旺财的皮毛让它轻松下来，然后对卡琳娜说："不要在这里开枪，火药味会让兄弟会的人找到线索，我们用的原装子弹和流民用的复装子弹，成分上有差别。"

冰山瞪着李南，好半天才开口道："我没有时间了，没有导航装置，我很快就会死。"

"到了天上人间再说吧。"李南从地上把数字拖起来，又拍打着苏珊的脸把她弄醒，头也不抬地说，"也许我可以帮你拼装出导航装置，但愿你能将它带出来。"

天上人间是一座荒凉的小镇，因为没有被核暴波及，残留着很多核前纪年的东西。也许时间慢慢掩去了小镇里核前纪年的印记，但不论如何，至少从外表来说，这里不是废墟。单凭这一点，它就足以被称作天堂，只不过除了核前纪年的外壳，小镇内里的一切与废墟的其他聚居点没有什么区别，还是人间。

没有被核暴波及是因为这个小镇古怪的磁场屏障，连卫星也无法取得它的地形图片，也正是因为这一点，这里所有核前纪年的精细电子器件都无法使用，这也是兄弟会不涉足这里的主要原因。

小镇的外面修筑了高高的围墙，上面是几架 12.7 口径的四联高射机枪，大约是核前纪年的民兵装备，但若用来防范想进入小镇浑水摸鱼的流民或变异生物，已是足够的震撼和威胁。

"嗒嗒嗒！"AK 步枪子弹的三点短点射打在李南一行人前面的空地，无疑是任何时代都通用的警告方式。李南按住卡琳娜要抬起的枪口，走到队伍前面举起双手，笑眯眯地大声喊道："我是孤儿南啊！还是老约翰当镇长吗？"

围墙上的守卫不认识李南，但见他提起前任镇长老约翰，总算没有再用子弹来进行交流："老约翰早死了，现在是大块头强森当镇长！"

"强森，我认识，我认识，那个手臂比我大腿粗的家伙……麻烦你和他说一下，哥们儿，十发 7.62 口径子弹，麻烦传个话！可不是你手上那种复装子弹，绝对原装货，你知道原装货能改成达姆弹……"李南化身军火推销员，那十发 7.62 口径子弹被他吹得几乎可以打下航天飞机。

大块头强森很快就赶了过来，但他出现在墙头的第一句话让冰山觉得自己来这个小镇也许比跟李南一起来更妥当："奸商南，你还敢来？你这死奸商，我再也不会上你的当了！上次说帮我们修好三辆皮卡，然后把那辆重卡给你，结果呢？那三辆皮卡一开回来就再也打不着了！"

"不可能！"李南怒发冲冠，仿佛受了极大的侮辱，"我要是看了能发动，你怎么说？"

"能发动个屁！要是能发动，我跟你姓！"

"你跟我姓有啥用？要是我去了能发动，我们这里五个人一人拿一件核前纪年的小玩意走就行了。"李南不慌不忙地开价。

"成！"大块头强森龇着牙吼道，"要是你搞不定，我把你们五个跟老约翰一样活剥了皮！"

没有人愿意冒着被活剥的危险去弄一件核前纪年的小玩意，哪怕是冰山也不愿意，就算死也没必要选择如此新奇的方式。李南只好耸耸肩，独自向那小镇走过去，这时东北方向卷起低低的烟尘，围墙上的守卫用望远镜看了一眼，失声惊叫："废土联盟！"

卡琳娜踹了数字的屁股一脚，低声喊道："要命的快跟上李南！"说着飞快地冲李南跑过去，冰山愣了愣也马上跟了上去。数字和苏珊本来还有点迟疑，但当废土联盟的旗帜出现在视野里时，他们知道只有跟上去才是活命的唯一选择。

第一个冲入围墙大门的，是旺财，也是最后一个。

卡琳娜本来也可以挤进去，但她回头看着狂奔而来的同伴，在门口停下脚步，任由大门在她面前合拢。冰山刚跑近卡琳娜身边，只觉手上一紧，下一秒整个人就飞了起来。她本来也是极矫健的，在半空中一挺腹，整个人舒展开，一个筋斗又再向上翻滚了几十厘米，双手堪堪搭到四米多高的围墙边缘，稍一借力便翻了进去。

围墙上的守卫不禁喝彩："好！"

身为盗贼的苏菲谢绝了卡琳娜的借力，取出小巧的装置套在手上和脚上，如同壁虎一般贴着围墙向上升去。

"大块头！"卡琳娜冲着强森挑衅地吼了一声，然后单手扯起跑近的数字，原地旋转了一圈，在数字的尖叫声里猛然一投，强森这种肌肉男自然不服输，一下接住数字，但他没想到卡琳娜的力量竟使他无法稳住脚步，一下子被砸得摔下围墙。被他拎在手里的数字已然昏了过去，倒是强森爬起来扭动着脑袋，重新攀上围墙，冲卡琳娜竖起大拇指："好！"

李南呢？卡琳娜回首张望，却找不到李南的踪影。她攀过四米多高的围墙，却发现李南并没有进入小镇。她并没有太过担心，自从开始懂事，她就习惯了李南躲在某个不为人知的角落守护着她。

天上人间迎来的第一波攻击，是几千名残手缺脚、被辐射严重感染而走到生命尽头的流民。这就是废土联盟的作战方式，这一波攻势的目的很简单，就是消耗天上人间小镇的子弹，没错，用血肉之躯、用生命去消耗对方的子弹，这种貌似荒诞的作战方式是废土联盟横行废墟的法宝之一。几乎所有聚居点都是废土联盟的成员，而聚居点里缺乏的向来不是人，而是食物，废土联盟每次作战就会向聚居点征发这类成为拖累的人，没有一个聚居点会拒绝。

当小镇用了几万发子弹遏制了这一波攻势，围墙外边留下了上千具尸体，这几千名流民手里的土制枪、冷兵器只是给小镇造成了三名重伤、七八名轻伤、一名死亡，还是不小心自己从围墙上摔下去跌断颈椎而亡的损伤。

废土联盟开始撤退，这是他们的第二个法宝：瘟疫。大量的尸体必须火化，否则小镇就会被瘟疫包围，而小镇往往派出来处理尸体的队伍会被废土联盟的新一波攻势吞下。

"我们完了！"小镇里充满了绝望的哀号。

大块头强森也目光溃散地跌坐在地，冰山扔开已经没有子弹的机枪，开始检查手上那把突击步枪的可靠性，她眼里那丝希望的神色已荡然无存，反倒是废土联盟一退兵马上就去旅馆开房的数字和苏珊，那声音连坐在街边的卡琳娜都听得见，也许是绝望的尽头最后的疯狂？

"李南还在外面。"卡琳娜扔了一根烟给强森，对他说，"他会有办法的。"

谁知这句话却引来身边那些认识孤儿南的小镇居民的嘲笑："李南？就是奸商南？他就是个奸商罢了，能有什么办法？难道他向废土联盟推销毒药,然后让他们都服药自杀吗?"

"这次真的完了,废土联盟吃人的啊,他们从不用担心粮食……"

"指望李南那奸商?还不如指望传说中的神!"

卡琳娜无力地瘫坐在街边的长椅上,是啊,废土联盟每次开战都是几万人,李南又能怎么样?就是一架机甲也扛不住几万人吧?她本来平静的脸瞬间消沉。

退到天上人间小镇外五六千米处的流民大军,密密麻麻望过去尽是人,东一堆西一群地歪倒在那里,纷纷生起火取暖。围在火堆旁边脸色蜡黄的壮硕流民扣着一顶有几个弹孔、锈迹斑斑的钢盔,吸着鼻涕烤着手。

这时流民骚动起来,大约十几个身着迷彩服的军人用枪托驱赶着流民,一个军官模样的中年人走到流民中间,拿着铁皮喇叭吆喝道:"都闭嘴!闭嘴!"

但这些根本不知道纪律为何物的流民的呻吟声、喧哗声一下便把中年军官的话淹没了。

"嗒嗒嗒嗒!"十几把突击枪对空射击,一个流民还在那里叫嚷着什么,一名军人端起枪,一枪就把他放倒了,不住淌出的血总算让流民们消停下来,中年军官扯着嗓子的吆喝总算能听见了:"没病的,会开枪的,出来领两块鼠肉干和半瓶水,要是发现有病或是腿脚不灵活的出来冒充,我把你脑袋打进屁股里!"

脸上有着刀疤的流民揣着不知从哪儿捡来的一把锈菜刀,挤到那些领肉干的流民当中,马上有人说这小子水肿成这样,那脸蜡黄得说不准一会儿就挺尸了,刀疤红肿还泛着脓,还敢来领肉干?

刀疤流民吸着鼻涕不声不响地挤到那人身边，抡起菜刀用刀面抽在那人脸上，那人被扇得原地转了个身，满嘴都是血，吐了口血痰还带着半颗断牙，立马没人敢再开口了。

中年军官看见了，招手让刀疤流民过去："你叫什么？"

"傻、傻子南。"流民说着话，鼻涕没吸住一下淌出来挂在嘴边，他又用力一吸将它吸了进去，含糊不清地说，"会、会打枪，打、打、打死过狗！两只！"

一旁的军人笑起来，说这货傻成这样，想来真是打死过变异狗，怎么看也不像有说谎的智商。

中年军官掩着鼻子让傻子南退开些，对身边的军人说："给他弄把步枪，再给五发子弹，把这小子编进突击队。"

那些军人领着从流民里挑出来的三四百人，走到营地外，两辆皮卡上堆着小山一样的枪，另外两辆皮卡上堆着暗红色的鼠肉干。流民们领了肉干，坐在那里吃起来，穿着迷彩服的军人开始给这些流民分发枪支。

分到傻子南时，他倔强地摇头，不肯接下那把不知什么年代连枪托都蛀了好几个洞的步枪。平心而论，那些军人或是可怜他，或是关照他，总之这把老掉牙的步枪比起身边其他流民拿到的要好上许多，至少没有断掉半个枪托，也没有枪管和护木各自分离。

"别、别、别欺负傻、傻子！"傻子南脑袋一抽一抽地嚷嚷着，他指着那军人身上的突击步枪，"要这个！"这下不单是那些军人，连流民都哄笑起来。

"给他。"中年军官不知什么时候走了过来，指着头顶的几只秃鹰对傻子南说，"给你四发子弹，打下一只，这枪就归你了。要是打不下来，我就杀了你。"

四周几乎一下子就安静下来，尽管废墟上人命贱如狗，但一个傻子没什么眼色，说错几句话就要杀了他？

傻子南似乎一点没注意到那些流民同情的目光，接过枪和装了四发子弹的弹夹，哗啦哗啦扯了几下枪栓，退了三发子弹出来，梗着脖子对中年军官说："一、一、一发！"

"行，一发要能打下来，我收你当勤务兵！"中年军官笑着点头。这是没有校过的枪，就算是专业的狙击手也不敢保证一发命中。要是傻子南真能一枪命中，收他当个勤务兵也是划算的。

傻子南端起枪，两条鼻涕又掉了下来，一旁的流民看着这傻蛋不住摇头。但就在这时，枪响了，一只秃鹰直直地掉下来，许多流民几乎都合不上嘴。

中年军官点了点头，从傻子南手上把枪拿过来，叫一个军人带他去洗澡："给他一套军装，先不要给他武器。"

傻子南咧嘴傻笑着，仿佛不知道在生死边缘刚走了个来回。一旁的流民自问没有这枪法和运气，无不叹息着傻人有傻福。

天上人间小镇遍地尸体的外面，站着废土联盟的使者："你们居然违反约定卖给3H56E基地汽车！你们必须为此付出代价！"

3H56E是一个类似沉日城的地方，但那里的重工业比沉日城更强一些，甚至可以自产迫击炮，然而缺乏交通工具让那个基地无力向外扩张。那名使者嚣张地呐喊着："给你们一个小时，交出五千吨粮食、一千升净水，废土联盟可以考虑原谅你们……"

整个小镇都笼罩着沮丧的气氛，正因为老约翰卖给了3H56E一辆启动不了的卡车，小镇居民害怕和3H56E联合会惹怒废土联盟，才会支持强森弄死老约翰上位，但谁知道废土联盟的人全然不讲道理。其实在废墟里，也许道理本就在步枪的射程之内。

没有人觉得奸商南会改变什么，连卡琳娜也不再提起李南的不知所踪，只是尽量仰着头，似乎灰蒙蒙的天际有什么奇怪的景象。冰山走过来，不知道想和她说什么，但卡琳娜扔下一句"头痛，先去睡了"便径直进旅馆房间休息了。

冰山看见了光头女兵发红的眼眶，这使她愈加伤感，连卡琳娜也不看好李南能活着回来，李南回不来，那他之前许诺的导航装置自然是不必期待了。没有导航装置，冰山知道自己是回不去了，那她也许应该计算一下生命中还余下多少日子。

小镇里，人们不知道是该筹备废土联盟所要的物资，还是调派人手去防御废土联盟的下一次进攻，谁知道呢？总之小镇居民忙碌地穿行于街上，似乎都有着各自的目标，没有谁理会抱着双腿坐在路边哭泣的女孩。也许唯一开怀的只有旺财，它在镇里追逐着某条心仪的母狗，从不担心李南是否会回来。

远离天上人间小镇的山腰，兄弟会依着小溪搭建的临时营地里，一名上尉向刘辉敬礼后傲慢地问道："少校，天上人间小镇保留了许多核前纪年的元素，我们和废土联盟之间的对峙让这个小镇得以保持中立，现在你让我放弃前哨阵地，废土联盟必定会吞并那个小镇！为此引起的后果，你考虑清楚了吗？"

"方舟"号航天母舰保存了当时核前纪年的高尖端技术，但并不是所有高尖科技都能应用在废墟上，比如兄弟会曾因纳米级加热装置对电压的稳定性有着极高要求而放弃这项装置，它在核前纪年当然没问题，但废墟上大部分的生活用电都是采用手摇式发电，这显然是无法适用的，所以兄弟会当时派人进入天上人间小镇，用几百发子弹换回了一个微波炉。

也许没有占领那个小镇，并不是因为磁场屏障，而是担心一旦开战，会引起废土联盟的加入，混战中会毁了那个小镇，毕竟那个小镇处于兄弟会、废土联盟的势力范围分割点。

刘辉端着咖啡杯,伸出脚用作战靴把凳子钩过来,招手让上尉坐下,然后微笑着搭着对方的肩膀,几乎整个人都压在上尉身上:"上尉,我不喜欢你的语气,但我承认一点,你考虑得不是没有道理,所以嘛,这黑锅,我本人是……"

上尉痛苦的惨叫还没发出,一个咖啡杯已塞进他张大的嘴里,他抽搐着,脸上的肌肉可怕地扭曲,很快就停止了挣扎。刘辉拔出刺透上尉心脏的利器——最后一节是三棱刺刀的甩棍,嘴角无声地翘起来。

"军官集合!"刘辉大声地冲帐篷外吼着,拿起洁白的毛巾擦拭三棱刺刀。

所有军官来到帐篷里,刘辉指着上尉的尸体微笑道:"我不喜欢讨价还价,想和我讲条件的人,就是这样的下场。我也不喜欢通过比你们高的军阶来启动你们血液里的纳米炸弹,那样一下子就死掉了,我更喜欢用这个,可以让你们在死前经历痛苦折磨。"他轻抚着三棱刺刀的边缘,那些军官看着上尉的尸体,再看着刘辉脸上不改的微笑,只觉得他比变异人狰狞的嘴脸更让人颤抖,"听着,李南和卡琳娜必须完好无缺地到手,明白吗?"

"是!长官。"所有军官马上立正回答。

刘辉指定了新的上尉,也就是死者的副手来负责指挥,然后收起那把恐怖的甩棍,站起来和新任上尉握手:"袭击废土联盟的后勤部队,用坦克连在峡谷口斩断他们返回的路线,逼迫他们去向天上人间索要李南和卡琳娜,作战计划我不干涉你,只要实现作战目标就行了。"

"如您所愿,长官。"新任上尉连忙立正敬礼。

站在队列里的章霭修被刘辉握住了手:"中尉,你率领后备部队，必要时压上。在捕获李南和卡琳娜之后，协助宪兵分队看管好这两个人。你主要的责任是在废土联盟不愿屈服时进行斩首行动，不要去干涉部队正常的行动。"

"是，长官。"

"解散。来两个人，把这家伙嘴里的咖啡杯给我弄出来，上帝保佑，这家伙的牙齿没有把这个钛钢杯咬坏……"

章霭修离开帐篷，回到后备队的驻扎地，他没有心情关心克隆士兵是否做好作战准备，只坐在小溪边看着枯黄的水草无力摇摆，他摊开手，躺在掌心的是一个回形针，这是刚才刘辉握住他的手时留下的。

他和刘辉都清楚，在这磁场异常地带的边缘，那些电子枷锁是没法起作用的，而这个回形针对李南来说足以打开任何枷锁。刘辉让他不要干涉部队指挥，那是以防到时李南逃脱，为他摘开责任，但谁知道这是否能瞒得过那些活化石？做还是不做？如果不做，章霭修知道刘辉以后会更加看不起自己——之前不是觉得对不起孤儿南吗？现在给你机会了啊！如果做，就算瞒得过总部，但势必又有更多把柄捏在刘辉手里。

章霭修捏着那个回形针，不知道是否应该将它扔进小溪，假装刘辉从没给过他这个玩意。也许应该期盼孤儿南不要被捉住，这样他就不用做这道他绝对不喜欢的选择题了。

然而，恐怕精神正常的人都不会寄希望于李南能在数万人的废土联盟大军中脱身吧？章霭修苦笑起来，把那个回形针揣进口袋。到时再说吧，他现在着实无法做出决断。

第十九章 关于伪装者

　　废土联盟的第二波攻势已经展开,就算天上人间小镇愿意拿出他们要求的物资,也不可能在一个小时内全部筹备好,而废土联盟压根没指望小镇能按他们的要求提供物资,提出条件不过是为了摧毁小镇居民的斗志而做出的一种示威或恐吓。
　　三四百名流民分散兵线向小镇进攻,这并不需要谁来组织,能在废墟活下来并且身体壮实的人绝对都经历过枪林弹雨,如何在纷飞的弹雨里让自己活下来,这些人自有一套法门。
　　小镇高射机枪所能覆盖的范围内看不到一个冲锋的流民,而在火力相对薄弱的地方,打头的四五十个流民已经在四十米处开始和小镇的防卫者对射。这和勇敢毫不相干,至少在流民身上是找不到与这个词汇相关联的东西的,只是他们手上那些破烂步枪在这个距离能多少有些准头罢了。
　　傻子南并不在这一拨突击的流民中,他换了一身迷彩服,跟在中年军官后面,呆滞的眼神几乎向所有人宣示了他是个傻子这一事实。也许正是因此,一群正在研究小镇攻防的军官并没有因为军事机密而赶他离开。这时,傻子南突然放了一个巨响无比的屁,让人目瞪口呆的是,他居然开始扯自己的裤腰带,因为笨拙而解不开腰带的傻子南急了,从桌上拿起一把汤匙想把腰带割断,很显然,并不锋利的汤匙是无法割开牛皮腰带的,于是傻子南坐在地上,准备用那把汤匙把裤子弄成开裆裤。
　　幸好军官们终于反应过来,在一片嬉笑声里,中年军官喝止了傻子南,问他想干什么。傻子南结结巴巴地说:"屁、屁、屁响了!屎要来!"看样子如果不喝止他的话,他是准备在这里就地解决问题。

中年军官让他去外面处理，谁知傻子南拼命摇头："你给、给我、我面包，我、我、我帮你打人拦、拦刀，不、不能走开！"

这傻乎乎的话让军官们停止了嘲笑，要知道在道德沦丧的废墟，用十发子弹就可以找到人卖命，但用十把突击步枪也无法换来真正的忠诚。正因为他是个傻瓜，不会说谎，所以这种发自内心的忠诚让军官们觉得难能可贵。

"带他去解决个人卫生问题。"中年军官对身边的卫兵吩咐了一句，又对傻子南说这里没有危险，让他去弄妥个人卫生问题再进来就好。傻子南才"哦"了一声，不情不愿地跟着卫兵走出门。

"快点拉！拉完弄干净再穿裤子，不要搞得一身都是！什么倒霉差事，让我来伺候你这傻子！"卫兵把傻子南带到营地边缘的树林，极不耐烦地交代完便逃也似的准备离开，谁知傻子南在他身边又"喂、喂、喂"地叫起来，他只能掩着鼻子回头走过来，多少次在生死边缘徘徊的经历让他望着傻子南隐约觉得不对劲，他下意识地端起突击步枪，在扳开保险时才察觉是什么地方不对劲——眼睛！傻子南那对眼睛哪里还有之前的半点呆滞？

这是他一生中最后的念头，一把第三节被改成三棱刺刀的甩棍从他的下颚捅进去，在后脑勺透出。

废土联盟召集流民作为前几波攻势，但它能存在于废墟、与自由会甚至掌握大量核前纪年科技的兄弟会分庭抗礼，就不可能完全只靠流民的性命来打出势力和地盘。在离流民几千米外的树林边的混成团营地，不论是战壕、人员、火力，都体现了一个优秀的纪律部队的素质。尽管没有动辄以坦克、机甲作为支援火力，红外、热成像装备基本普及到单兵的兄弟会那么奢侈，但众多的轻重机枪、RPG火箭筒、20mm反器材狙击枪，搭配牵引式

100mm榴弹炮、四联37mm高射炮，就算兄弟会出动一个营的兵力，也不见得能讨到什么便宜。

驻守在营地右后方混成团直属榴弹炮连的车库哨兵嗅到空气中的味道越来越难闻："好臭！"

两个老兵抱着枪骂起娘来："谁在里面？再不出来就炮火覆盖过去了！谁知道是不是天上人间在放化学武器！"

"老兵哥！老兵哥！"穿着作战服的李南从树林里跌跌撞撞地跑出来，一手按着头上的钢盔，一手扯着腰带，身后的枪托跑两步颠一下，敲到他的头盔上，模样极为可笑，李南气喘吁吁地叫着，"小弟是作战股长的勤务兵，在司令部刚蹲下就被警调连驱赶，跑到南边，机炮连又威胁要揍我，小弟绕到这里实在忍不住了啊！老兵哥，来，抽根烟，不好意思，不好意思！"

榴弹炮部队的士兵讲究的是快速进出炮位、打击精准，一般的岗哨勤务本来就没有冲锋陷阵的步兵连严格。哨兵端着枪问了口令，见李南答上来了，又看李南的可怜劲，两个老兵接过烟，虎着脸骂道："榴弹炮连就不会揍人吗？你要不把那东西弄走，信不信你怎么拉出来的，一会儿哥几个让你就怎么塞回去？"

李南点头哈腰地应着："老兵哥，借把工兵铲给我，我立马就去挖个坑埋了！"

炮兵连队一展开火炮就要挖阵地，工兵铲倒是不缺，主要是空气中的味道太臭了，哨兵就去拿了一把工兵铲给李南，李南倒也会来事，把那包烟塞进哨兵手里，拎着工兵铲屁颠屁颠地跑进了树林里。

哨兵刚把烟点着，角落里的暗哨开口道："给我也来一根避避臭吧，这新兵简直就是化学武器！"

哨兵笑着扔了根烟过去，暗哨点着烟总算感觉好了一些，渐渐地，那臭味似乎也淡了一些，也许那个狼狈的家伙已经把排泄物埋起来了吧。

哨兵对暗哨低声道："抽烟记得拢在袖子里，当官的来了要被发现，被责骂事小，要是有人来摸哨，那烟头就是催命符！"

暗哨应了一声，又问到时间换哨没有。

"还有一小时四十七分呢。"哨兵看了看表，随口回了一句，他没想到这句话结束了同伴的性命。在角落里的李南捂着暗哨的嘴，原本横在颈上的三棱刺刀猛地捅进了暗哨的后腰。如果是自由会的人，李南还下不了手，即便是普通流民，李南也没有狠到可以漠视人命的地步，但对于不时牺牲人命的废土联盟，他决绝得没有半分迟疑，轻轻地把失去生命气息的暗哨放倒在地上，那两个老兵抽动鼻翼闻着空气里弥漫的腥味，李南一扬手，工兵铲唰地一下飞出，嵌在其中一个老兵的脑门上，还没等另一个老兵回过神，孤儿南奋力投出的甩棍正中他眉心，巨大的惯性把他带得往后退去，那三棱刺刀直接将他钉在了树干上。

从榴炮连的车库再过去就是司令部了。李南从老兵身上费劲地拔下甩棍，捡起那三把枪看了一眼，都是外表光鲜、膛线差不多磨光的玩意，李南撇了撇嘴，扔下这几把枪，搜罗了他们身上的弹药，看了一下表，还有一小时四十六分才有人来换哨，也许在去司令部之前，还有时间先去一趟团属工兵连？

天上人间小镇的街边，正在哭泣的冰山看见有人伸手到她面前："李南会回来的。"

大大咧咧的卡琳娜平静的语调里有着出离悲哀的伤怀，但对于正在计算自己还能活多久的冰山，哪怕是一根救命稻草也是好的，她一把握住卡琳娜的手，借力站起来，抬头问道："他有消息传来了?"

卡琳娜摇了摇头,又点了点头,松开拉着冰山的手向旅馆走去,头也不回道:"你有命活到他回来再说吧。"

冰山有点疑惑地跟上去,但在东海基地数理第一的冰山智商绝对是没问题的,还没走进旅馆就想通了症结所在:为什么他们一行人走到哪里,哪里就战火丛生,巧合吗?废墟不相信运气,不论是好运气还是坏运气。如果取决于运气,也许本来不该有核前纪年和核后纪年的概念,大家都应该生活在那个人均活到八十岁的旧时代,并一直继续下去;或者根本就不应该存在废墟,核暴时人类的运气如果很差,众多的死火山复活,只要某个巨型火山喷上一年,人类生存的这个星球大约也不会有什么生命存在了。如果把一切归结于运气,那么坐着等死,也许是最合适的事情。

有人在操纵这一切,冰山是这么想的。现在是要小镇交出食物和净水,也许下一步,就是交出他们这一伙外来人。

卡琳娜走进旅馆,一脚踹开某个房间的门,拥抱着的数字和苏珊吓得尖叫起来,卡琳娜上下打量他们一眼:"给你们三分钟,出来布置防御阵地吧,如果你们还想活下去的话。"

她沉默地扛起桌椅,把它们堵在各个出口,也许这在重火力面前压根没有什么意义,但卡琳娜不想停下来,不想去考虑如果李南回不来该怎么办。哪怕现在她与被培育时的专长基因已经很好地融合,并且这些年来通过训练学习和战斗,也许她已经比孤儿南强了许多,但她从懵懂时就习惯了依靠那个帅气的少年。

不知哪本旧时代的书说过,无论多灿烂的花朵,离开平淡无奇的枝头,就是死亡。

街上,新任镇长大块头强森带着一群和他一样肌肉盘虬的男人,将高射机枪拆开,依靠人力背着向流民进攻的突破点跑去,也许他们跑到那里之后，把高射机枪组装起来，废土联盟的这一波攻势就将结束，但下一波攻势应该就是废土联盟的正规部队，任谁都知道那将不是这个小镇所能抵挡的。镇里的几名长者匆匆忙忙地筹集着废土联盟要的物资，希望在击退这波攻势后，对方能接收物资选择退兵。

废土联盟混成团的营地里，李南绕过工兵连的舟桥排，转到爆破排的野战炊事车边，掏出几块废墟上随手可得、不知道什么年月的干电池慢慢拆开，开始鼓捣干电池里的黑色粉末。就算他在基地的数理成绩不好，但氢氧化钙与氯化铵生成氨气至少还是知道的。用干电池里的黑色粉末提炼出氯化铵并不是什么难事，而氢氧化钙不就是石灰吗？氨气不就是臭蛋壳的味道吗？炊事兵闻到臭味，怎么也得来看一下是哪些食物变质了啊。

二十分钟后，氨气弥漫开来，工兵连野战炊事车边的炊事兵开始骂娘："哪个王八蛋那么命好，搞了那么多鸡蛋来吃？吃完也不收拾，臭蛋壳熏死人了……"

用毛巾掩住口鼻的李南一听，全身汗毛都竖了起来，百密一疏啊！这是以恐怖直立猿肉为军粮的部队，不是他生活的那个基地，也不是自由会的基地，更不是兄弟会分部！一个工兵连是不可能配给那么多鸡蛋的。李南苦笑着捂紧毛巾，不能再等了，他从树林里慢慢靠近炊事车，有个在切肉的炊事兵抬头看见他，开口骂道："又来偷肉吃！你自己身上没长着吗？馋了自己割一块煮了吃就是了，还新鲜呢！"

李南一言不发地扑上去，一拳狠狠地砸在炊事兵的喉结上，那捂着喉咙的炊事兵不住后退，眼里尽是惊骇迷茫，他不知道为什么有人为了把他当食物，他永远也不会知道答案了，被一拳击碎的喉结很快就让他窒息倒下。

　　李南伸手接过炊事兵脱手而落的菜刀,扶住他软倒的身体,轻轻将他靠在车边,又将菜刀搁在案板上,远远看过去就像这家伙靠在炊事车边偷懒打盹一样。他踮着脚,沿着炊事车转过去,在炒菜的炊事兵不知道同伴已去了另一个世界,仍在骂骂咧咧那个吃了好多鸡蛋的家伙,正骂得起劲,突然下巴一紧,"咔嚓"一声,被扭断颈椎的炊事兵便歪着脑袋瘫倒了。

　　李南看着大锅,忍不住一口呕了出来,他控制不住地呕了四五分钟,直至呕出酸水才两眼血红地停下来。

　　可能因为这里是邻近混成团驻营腹地的关系,李南在草丛中搜寻了许久,竟然没有发现暗哨,一个哨兵抱着枪心不在焉地站在那里,不时打着盹。李南看了有点迟疑,没有找到暗哨他始终觉得心里没着落,但时间只有不到四十分钟,当李南考虑是不是要想点别的主意来引开哨兵时,炊事车那边隐隐有人在怒吼着什么。所谓箭在弦上,不得不发,李南已没有其他选择,他猛地冲出去,比起毫无察觉的炊事兵,那个百战余生的哨兵第一时间抬起了枪口,并且在李南冲近他面前时持枪直刺。尽管李南侧过身体,刺刀仍在他的左臂带出血花,虽然李南马上用三棱刺刀捅穿了对方的心脏,但他已经挂彩,而更让他不安的是,这名哨兵在临死前扣动了扳机,尽管那时枪口是朝天的。

　　几乎只过了一秒,整个营地开始喧嚣起来,李南已没有时间去包扎臂上的创口,他冲进帐篷才发现爆破排的炸药并没有自己想象得那么多,他们甚至没有器材库,只有几箱塑料炸药就堆放在这个工兵连的轻武器弹药帐篷里。

　　李南拿了些炸药,因为电子起爆装置在天上人间磁场屏障里是没什么用的,于是他又搞了几根雷管,拖了一箱手雷冲出帐篷。

一个排长从三十米外跑了过来,李南突然脖子上青筋迸现地高吼道:"左边!左边!往那儿跑了!"

那个排长下意识向左边看了一下,但废土联盟里能穿上正规部队军装的都不是简单的角色,而能当上军官的,哪怕只是工兵连的军官,那也是从死人堆里爬出来的人精,排长刚一侧头,战场上磨炼出来的下意识反应让他双臂收拢,抱着枪侧倒在地上,立马一个战术翻滚,身体刚翻过去便抬手出枪打了三发短点射。

子弹准确地掠过李南刚才所在的帐篷门口,但李南已躲进帐篷里,这时一个班的士兵冲了出来,排长爬起来做了几个战术手势,那些士兵娴熟地分成三个战斗小组,把帐篷包围起来,却听工兵连的文书在远处呐喊:"有旗语传过来,榴炮连车库的哨兵被杀了!"

天上人间里怪异的磁场,使得古老的旗语有了用武之地。

帐篷里李南如负伤的野兽一样咆哮着:"啊!我和你们拼了!"

排长冷笑着示意士兵们端起枪,作为不负责正面作战的工兵,如果把这个渗透进来的敌人干掉,再往上升一级应该没什么意外。

帐篷门口的布帘刚往上一扬,那些士兵立刻扣动扳机,都是老兵,没人会往放弹药的帐篷里射击,突击步枪的枪口喷薄出火舌,子弹在帐篷门口编织出一张网!从帐篷里冲出来的东西立刻被这张火力网包围,排长出于直觉第一时间卧倒在地,剧烈的爆炸声响起,等他翻身爬起来,周围的士兵已倒下大半,除了两个在地上呻吟的,其他的都被那箱防御性手榴弹击倒了。

尽管没有套上预制破片,但废土联盟从某个核前军事基地弄到的这种很古老的手榴弹杀伤半径足足有三十米!整箱手榴弹凌空爆炸,除了在爆炸中心三十米外又有树林遮挡的排长,那两个活下来的士兵绝对是幸运女神的宠儿。

尽管猜测李南也被炸得尸骨无存，但排长仍然吹响哨子，召集了七八个士兵过来，指派其中一人进入那千疮百孔的帐篷看看，结果士兵进去后骂了一句就走出来冲排长摇了摇头。

当排长走进帐篷也不禁骂起来，几个钢制枪柜被搬到帐篷出口附近，无数割裂帐篷迸射进去的手榴弹碎片嵌在那几支枪柜上，而帐篷的另一面被划开一道口子，李南早已消失无踪。

事实上，天上人间小镇不单抵挡不住废土联盟正规部队的进攻，也很快被第二波攻势的流民找到了突破点。除了枪械武装比进攻的流民强，防守围墙的小镇居民有着远比流民安稳生活，因此无论是枪法还是嗜血的疯狂程度，都远远不是拿着枪的流民的对手。至于大块头强森和他的那班扛着高射机枪的手下……这场战斗已经遗忘了他们。

数百流民不停地绕着围墙跑动，强森和他的那些肌肉男背负着沉重的高射机枪疲于奔命。在这么高负荷的运动下，强森和他的追随者大约坚持了四十分钟，终于认识到往日在健身房的卧推挺举数值并不能为他们解决所有问题，哪怕只是力量问题。他们已经被拖垮，坐在地上任由流弹从头顶飞过也没有动弹。

"起来。"卡琳娜单手持着孤儿南的那把 MG3A1 机枪，伸腿把强森的一个手下踹得在地上翻了个跟斗。

冰山抱着第一次见到李南时就极为眼馋的 MK48Mod0 机枪跟在光头女兵后面。

"别折腾了。"强森喘着气摇头道，"东北方的围墙快撑不住了，最多十分钟，大家都得玩完。"

光头女兵冲冰山侧了侧脑袋，后者点了点头，带着苏珊和数字向东北方奔去。卡琳娜冷冷地用枪口对着强森的一个手下："你们被征用了，我数到十，还没站起来就从你先杀起……一，二，十。"

卡琳娜快速拔出的 .45 口径手枪冒着轻烟，强森的那个手下眉间开了个洞，血不停涌出。强森和那些男人连忙挣扎着爬起来，惊恐地谩骂道："上帝！你不会说数到十吗？"

"我没读过书，只会杀人。"卡琳娜冷漠地回答道，然后指着刚才被数字抱来的一堆铁铲，对强森说，"在这公园里，依靠后面的人工湖挖一条弧形壕沟，要注意，不是一条平滑弧线，而是锯齿组成的弧线，明白吗？"就算有炮弹飞进来，锯齿状的战壕也不会导致附近的士兵被波及。

强森沮丧地捡起一把铁铲："有屁用啊，那么多流民，手榴弹一扔过来……"话没说完就被卡琳娜扇了一耳光，强森更加愤怒了，嚷着让卡琳娜有种放下枪和他干一架试试，而回答他的，是 MG3A1 机枪厚实的枪托。

"五年前老约翰还是镇长时，我和李南来过这里，你不是试过了吗？我以为掉了两颗后槽牙会让你长点记性。"卡琳娜不屑地看着强森和他的手下，又踹翻了两个发呆的家伙，"挖啊！笨蛋！你们不会把每个锯齿的战位挖成中间高、两边低的样子吗？再在每个战位两边各挖一条防榴弹槽，防弹槽要有铁铲头那么宽、两个铁铲头那么深！和战壕底部一样长！一个人负责挖三个战位的长度，我回来后检查不合格的，最好先自杀，会比让我动手愉快一些……"这样的战位，就算手榴弹扔进来，防弹槽也会吸收大部分的冲击波和爆炸碎片，剩余的爆炸物将垂直向上冲出坑道。

"有谁试过面对兄弟会和废土联盟的攻击而活下来的？如果有，就扔下手上的铁铲，站出来！"卡琳娜扛着机枪边吼边踢着那些动作慢的男人，"一个也没有是吧？你们简直就是温室里的花朵！你们就是一堆狗屎！是一群只会颤抖哭泣的小女孩！听着，要不让我觉得你是个合格的士兵，然后我带着你们活下去；要不我就让废土联盟把你们杀了，做成肉干当军粮！"说着卡琳娜吹了一个响亮的口哨，那匹不知道跑到哪里去的西伯利亚变异狼快速跑过来，卡琳娜指着强森对旺财说："要是有人停下来就咬死他，然后咬死所有你可以干掉的人。"那匹狼似乎听懂了，一下子立起身，把前爪搭在强森的肩头，吓得其他人纷纷加快了手上的动作后才把强森松开。

"我的女孩们，我去给你们争取半小时左右的时间。"

卡琳娜提着机枪向东北方的围墙而去，瑟缩发抖的强森和他的手下看不见她脸上绝望的悲伤。

尽管把钢制枪柜堆在帐篷口，但整箱防御手榴弹的爆炸引起的近距离冲击波还是震得孤儿南呕血。他割破了一顶没人的帐篷，躲在里面包扎自己的手臂，又给自己打了一针破伤风，吃了几颗早已过期的旧时代止血药片，然后才从帐篷里手忙脚乱地跑出来。那些正在搜索渗透进营地的敌人的士兵，没人发现某个搜索小队后面多了一个李南。

通过分给那些士兵一些巧克力或香烟，李南从这支小队转到那支小队，渐渐地，废土联盟混成团的司令部就出现在他的视野里，但李南感觉很不好，不知道为什么，他对三百米外的混成团司令部的帐篷群直觉上有种难以表达的不祥感觉。

"老兵哥，咱们不去搜那边？"他给一个老兵点上香烟，满脸懵懂地发问。

享受着不要钱的香烟和恭维的老兵自然乐意卖弄一下自己的见识："新来的吧？这你就不懂了，镇压聚居点，靠那些武装流民就行了，要攻打这种城镇，就得我们上场才能拿下，但要碰上兄弟会、自由会呢？"

"那就不用咱们卖命了？"李南傻乎乎地说，"那敢情好，呵呵，我听说兄弟会和自由会的那些人好可怕哦！"

老兵把烟拢在袖子里美美地抽了一口，吐了个烟圈，苦笑道："是很可怕，一旦遇上兄弟会和自由会，我们的作用就和现在攻打城镇的武装流民一样，炮灰！明白吗？真正决定胜负的，是团长和他的特勤小队。"

李南摇着头说："不信，老兵哥你吹牛！一个小队才多少人？老兵哥，你不厚道！"

"八人，特勤小队有八人。"老兵显然被李南的质疑弄得有点窝火，感觉自己的权威被动摇，不禁压低声音对李南说，"机甲知道吗？大约你是没见过的，见过的人大都死了！"说完便得意地笑起来。

前面有个老兵看不过眼，抽着李南孝敬的香烟回头道："那机甲是特勤小队干掉的，又不是你干掉的，你不就和我一样被叫去当苦力搬了一回机甲残骸吗？摆什么谱啊！别欺负人家新兵了。新兵，快滚回你的小队去，一会儿查到你不见了，轻则拳脚，重则鞭挞，我打赌你不想被打的。"

李南一副恍然大悟的样子，急急地谢过老兵，背着步枪离开了那支搜索小队。之前吊李南胃口的老兵不解地问同伴："你这家伙今儿转性了？突然变得这么好心肠？"

那个提醒李南的老兵笑起来，扬了扬手里那包李南匆忙离开忘记讨回的香烟。

缩在司令部帐篷外围的李南心里有点打鼓，他原本打算劫持废土联盟部队的最高指挥官，要求对方让他和卡琳娜一行人离开，但恐怕是行不通了。能干掉机甲的特勤小队啊！就来一辆主战坦克或武装直升机，李南都要能跑多远就跑多远，何况是机甲，机动性和火力绝对不是几架坦克或武装直升机可以相比的。如果说机甲是突击步枪，那坦克和武直大约就是前装燧发枪，有着几个时代的差距。

如果说几十辆坦克和武直干掉一架机甲，李南还不会觉得恐怖，问题是这个特勤小队也就八个人，这不是用数量优势弥补质量劣势，而是说明这些家伙真的有实力跟机甲对抗。

李南以往也没少和废土联盟的人交火，但率领流民的大多是营连级别的正规部队，团级的这还是第一次碰到。事实上，天上人间小镇又不是李南的，废土联盟也不太可能出动团级的正规部队来找他麻烦。

走，现在应该还来得及。李南望了一眼小镇的方向，又无法下决心离开。近十年的时间，他真的已经把卡琳娜当成了自己的妹妹。不，确切地说，是一种类似女儿的感觉。要知道，刚遇上卡琳娜时，她尽管有着成人的外表，却连吃饭都不能自理，当时刘辉和章霭修不止一次地劝李南扔掉这个白痴女人。

当时他还不知道卡琳娜是克隆人，那几个月里，他带着她在废墟里游荡，一次次地教她背大约没人在意的唐诗宋词。他忘记不了不知道在多少次的教导下，卡琳娜终于开口背出"床前明月光"时的欣喜。

李南掏出一枚核前纪年的硬币，喃喃道："人头就去，字就走！"他把硬币弹起来，看着它翻转而下，废墟里黯淡的光线映射变幻，他突然生出一个念头，也许这硬币永远翻转，不要落下，反而能让他更开心一些。

这时，那枚硬币消失了，李南抬起头，竟不知道中校什么时候来到了他跟前。中校拿着那枚硬币在端详，李南吞了一口口水，挤出一个讨好的笑，问道："长官，是人头还是字？"

中校"咦"了一声，混成团里在他面前没有被吓得发抖的家伙向来不多。他笑起来，脸颊上烧伤的疤痕似乎是另一个狰狞的嘴巴："你想要人头，还是字？"

人头就去，去哪里？去司令部的帐篷群，还是去开始新的旅程？字就走，往哪儿走？往司令部的帐篷群走，还是走出废土联盟混成团的营区？

李南本来微弯的腰一下子挺直，那翻转的硬币并不能决定命运的去向。何去何从，他其实心里早有了答案，只是知道选择的后果才不愿去面对。

中校看着面前笑着的李南，和刚才讨好的假笑不同，他笑得连眼角都皱了起来，那是发自内心的笑容，他对中校说："谢谢。"

在混成团里，中校每日听过太多的恭维，这让他很厌烦，但李南这一声真挚的"谢谢"让他点了点头，他看得出自己机缘巧合拿走这个小兵的硬币倒是帮他解开了心结，所以便坦然受之。

这时，远处凄离的警报声突兀地响起，中校皱起眉头，要知道在天上人间小镇附近所有的电子元件都无法工作，哪怕是简单的警报器电路。也就是说，在脱离磁场屏障的峡谷处出现了问题，那里留下的守备部队拉响了警报。

看着从司令部奔过来的小分队，中校把硬币塞进李南手里："小子，可惜你这身迷彩服了。"说罢便快步走向司令部，与向他而来的八人小队会合。八人小队里的那个高个子见李南跟了过来，冷冷瞪他一眼，道："滚！吃人肉的畜生。"

"我没吃！"李南委屈地争辩着，"今天作战股长才给我这迷彩服的，我没吃那肉干！"

中校听着,停下步子,饶有兴趣地围着李南转了一圈,然后点点头说:"小子,我相信你,不过你要是骗我的话,我马上就杀了你。"

李南没好气道:"我就是不想吃才抛硬币的。闲着没事骗你好玩?得了吧,我不伺候了,废墟上总能找到吃食,穿这衣服就得吃人肉,我是干不来……"说着把迷彩服扯下来抛在地上,转身就要离开。

孤儿南知道这次中奖了,这个脸上有两张嘴的家伙必定就是团长了。就算要按原计划挟持他,也绝不是在这个据说能干掉机甲的八人小队面前动手。李南向来觉得不到万不得已,就不能做硬碰硬的铁血硬汉,除了死得早些,没什么好处。他打算脱身离开后再伺机动手。

"站住!"叫住他的是八人小队里一个壮实的家伙,他递给李南一个铁盆,"自己吐,还是我揍到你呕出来。"

吐?李南在炊事车呕了一次,被他这么一说,想起那大锅又觉得恶心不已,张口就呕了起来。

八人小队里一个背着电台、戴着黑色头罩的女人拿出一个类似手持式扫描器的东西,蹲在李南的呕吐物前扫了好一阵,站起来对中校点了点头,说:"有没有吃人肉不知道,至少他呕吐出来的食物残渣的确没有辐射超标,并且从昨天到现在,这家伙没吃什么东西。"

李南心里庆幸着还好在炊事车吐过一次,不然他在接近天上人间小镇前干掉的那两盒过期午餐肉对在废墟生存的普通人来讲实在是太过奢侈,要是被扫描出来还不知道要怎么解释才好。

他瞄了一眼那个包裹在黑色紧身作战服里的女人,摇了摇头。尽管这个女人每一寸肌肤都透着野性的诱惑,但李南觉得跟兄弟会的将军身边的女秘书相比,还是少了一种优雅的气质。她似乎对自己的身材很有信心,无疑这种黑色紧身作战服穿在她身上,只要是正常的男人都会被吸引目光。可是李南却让她感到愤怒——他只看了一眼,还摇了摇头!她对中校摇了摇头,说:"这个新兵来历不明,我不建议……"

"这小子我看着顺眼,就要他了。"中校脱下身上笔挺的常服,露出和八人小队一样的黑色紧身衣,又不知从哪儿拿出一个黑色的头罩套上,转身对李南说:"如果我发现你吃人肉,不论什么原因,我会杀了你。"

废土联盟里会有不吃人肉的团长?李南心里诧异,但脸上还是带着傻乎乎的表情点了点头。不能否认,人要装精明可能会有难度,要装憨厚也不太容易,可是要装缺心眼,实在并不为难,何况李南对此已驾轻就熟。

这时,远处传来马嘶声,嗒嗒驶来十七八辆马车,堆放在马车上的居然是外骨骼装备!在废墟里,外骨骼装备不比一辆装甲车便宜多少。李南数了数,前面四辆马车上整整有二十套外骨骼装备,还有众多重火力摆在后面的十几辆马车上。

"后勤保障分队应到十九人,实到十九人,请长官指示!"领头的军官向中校报告。

中校还礼之后,对那军官说:"这小子加入你们,把十一号的外骨骼调给他,让他携带近战装备就可以了。三分钟后脱离磁场屏障,马上行动。"

李南一时间有点反应不过来,要知道外骨骼就是人类研究机甲的雏形,而这些外骨骼显然不是中校和八人小队用的,因为他命令后勤保障分队接收李南,又调了一套外骨骼装备给他,不言而喻,这些外骨骼就是给这支后勤保障分队用的。

十九个装备外骨骼、训练有素的军人，再加上携带的武器装备，怕是一个坦克连也能被全部歼灭，居然是给什么见鬼的后勤保障分队？保障谁？保障这九个全身黑衣的家伙？核后纪年的忍者吗？

马车奔驰在残破的公路上，后勤保障分队的军人在给李南讲解怎么操作外骨骼："小子，用心点，你大约只有五分钟，如果学不会等死吧！"其实，李南虽然没有机会运用实物，但与外骨骼相关的资料不知道读了多少，哪里需要他来讲解？李南表面上唯唯诺诺地应着，心里有一种荒谬的感觉，如果不是马车不断绕开残破公路上的汽车残骸，他很怀疑自己到底是不是身处核后纪年。

脱离磁场屏障后，所谓的后勤保障小队开始穿戴外骨骼，李南的速度并不比他们慢多少，这让他赢得了不少好感。李南知道现在不是装傻的时候，战火中，没有人希望有一个拖后腿的队友。

外骨骼提供的额外力量使得他们一个个都扛着巨大的反器材狙击枪、多管火神炮、重型迫击炮，还携带着两三把其他枪械和四五个沉重的背包，而他们行进的速度明显没有受到影响。李南只分配到了一把突击步枪和一个基数弹药，还有九把沉重的、单是刃部就长达一米五的纳米合金刀。这些合金刀李南倒是不陌生，曾在一个废弃的航天基地见过，但它本不应该出现在战场上，因为它原本用于加工航天母舰、太空战机的大型数控机床，然而他手里的这些合金刀被加上握把，与巨大的刃面相比，那成人小臂粗的握把竟显得如此纤细。

后勤保障分队启动了外骨骼，背负着沉重的装备以每小时超过五十千米的速度向峡谷的方向奔跑，让孤儿南震惊的是，这九个穿着黑色紧身衣的家伙居然靠着双脚奔跑在后勤保障分队的前面!

"知道之前的十一号是怎么死的吗?"跑在李南旁边的十二号一边操纵着外骨骼,一边通过对讲机和李南聊天,"他救过长官的命,但长官还是枪毙了他。因为他吃人肉,只有畜生才这么干。记住,李南,我们是人,不是畜生。"

也许应该有一个英雄,带领着正义的军队讨伐废土联盟,这支正义军队的口号就是:我们是人,不是畜生!这样才更合乎情理一些,但李南万万没想到这话会出自废土联盟的精锐部队成员之口。

"准备迎敌!"对讲机里传来刚才那个检测李南呕吐物的女人的声音,然后前面那九个黑衣人身影一阵扭曲,就这么突兀地消失了。李南松了一口气,那九个家伙装备了传说中的生物纳米作战服,并不是超人,生物纳米技术也很神奇,但至少仍是科学范畴内的东西。

这时,十二号、十三号命令李南跟着他们,轰鸣的火炮声让大地不住颤抖,他们这三架外骨骼穿行在炮火中向峡谷的北边山崖冲去,许多穿着废土联盟迷彩服的尸体和山坡上巨大的弹坑一起残破地瘫在地上,证明他们曾经努力地抵抗过。

兄弟会呈战术队形的豹VII坦克分队在峡谷一头缓慢而稳定地前进,防守方的火力点刚一开火就会被兄弟会的坦克一次性炸飞!仅存的几个反斜面炮位还是在做着象征性的还击。李南在爬上峡谷之前突然听到尖锐的呼啸声,所谓新兵怕炮,是说刚上战场的人会被火炮巨大的声响吓呆,而不是被称作战争之神的火炮只收割新兵的性命。

李南一听声音就知道炮弹是朝他这个方向而来,连忙操纵着外骨骼就地滚到弹坑,几乎同时,三四发重型榴弹狠狠地砸在方才他站立的地方，可怕的冲击波震得弹坑里的李南全然无法控制地喷了几口血。

通话器里传来中校的声音："干掉对方的炮兵观测员！各单位上报损失！"

与此同时，兄弟会的豹VII坦克后面凭空冒出几簇长长的火舌，多管火神炮的金属风暴撕开坦克薄弱的后部装甲，空气中扭曲着现出那些黑衣人的身影，整整一个连的坦克发动机被摧毁，开始燃烧，发出剧烈的爆炸声。李南操纵着外骨骼从弹坑里爬起来，看到炮弹将沉重的炮塔高高地掀飞，那原本稳定向峡谷前进的钢铁洪流成了一堆燃烧的残骸。

李南听着通话器里点名的声音，十二号和十三号已然没了声息。这时，一架漆着醒目的兄弟会标志的机甲从燃烧的坦克后面的山腰转出来，猛然跃起，足底的引擎喷发出炽白的火焰，在空中同时锁定废土联盟几个仍在抵抗的反斜面炮位，几发飞弹让反斜面炮位失去了防御作用，接着剧烈的火光和声响迸发，将这些炮位掀上半空。

"长官，在攻击对方重炮群时遇到兄弟会机甲！"

"见鬼，我这里也有一架机甲，正在屠杀我方士兵！"

"十一号！保障分队十一号，汇报你的位置！把合金刀运输到8735号无名高地……十二号、十三号！马上把十一号携带的近战装备送抵……"

"长官，十一号、十二号、十三号在二十秒前失去联系！"

在兄弟会重炮群猛烈的炮火里，操纵着外骨骼的李南在不住震动的地面上艰难地站起来。他知道，中校要用这些可以加工航天战舰的合金刀去对付兄弟会的机甲。他操起突击步枪，走到十二号和十三号身边，这一次他无法扣动扳机，也许是面对这两个不吃人肉的军人，他没有了正义感，也许是那脸上长着两张嘴、萍水相逢却又颇有些知己之缘的中校让他感到内疚。

这时，如同流星的七八发榴弹轮流砸在李南前方二三十米处一个早就阵亡的炮位，强劲的冲击波将李南再一次掀翻，通话器又响了起来："我是七号，掩护我！我在向十一号失去联系之前的位置进发！"

李南甩着脑袋再一次站起来，无意中望向天上人间小镇的方向，却发现不知何时那个小镇冒起滚滚黑烟，卡琳娜还在那里！李南望了一眼那几个时而隐身时而现身向那机甲开火的黑衣人，自言自语道："死道友，不死贫道！"

他将外骨骼的功率开到最大，疯狂地向天上人间小镇奔去，哪怕有外骨骼承受大部分的反冲和颠簸，将近七十千米的速度也让李南颠得头昏眼花，他听见通话器里七号的声音响起："发现十一号！十一号回来！报告，十一号突然脱离战场！十五号、十六号，你们马上把他截下，长官在等着近战装备！"

李南从外骨骼的后方显示屏看见两架外骨骼正在向他追来，其中一架手持的多管机枪已经喷薄出火舌，但外骨骼毕竟不是坦克，没有猎歼系统，除了几颗流弹敲击在李南的外骨骼后背的近战装备上发出"当当"的声响，要指望击毁李南，是不太可能的。

另一架外骨骼已经越来越近，毕竟他们使用这装备比李南这个刚刚接触的纯理论派强太多。李南咬着牙向前迈进，直到远远看见那十几架停在那里的马车，他取下背着的近战装备，大喝一声，操纵着外骨骼向天上人间的方向掷了过去，外骨骼提供的恐怖力量在这里得到了体现，那上吨重的近战装备足足飞行了百米才跌落下来。

李南马上停下来端起突击步枪，对着那些拉车的马扣动扳机，此时他距离那些马车不到五十米，闭上眼睛也不会打空。

追赶而来的两名后勤保障分队成员看见倒在血泊里的马匹，痛苦地惨叫："不！"

因为磁场的屏障，外骨骼会失去动力，单纯靠肉体的力量把超过一吨的近战装备拖行百米，要花多长时间？十五号和十六号显然没有心情去做这样的算术题，因为不论需要多长时间，都足够兄弟会的机甲折磨那九名黑衣人了。

两名红了眼的保障分队队员从外骨骼里出来，操起枪械，尾随李南而去。

五十来名兄弟会的克隆士兵在机甲的掩护下，搭乘三辆装甲运兵车堪堪出现在十五号、十六号的视野里，十五号没有回头，只咬着牙对十六号说："快点解决，然后跟上我！"而十六号似乎也没有察觉让他单人解决三辆装甲运兵车和五六十名兄弟会士兵有什么问题。

哪怕在逃窜中也开着通话器的李南被树枝抽在脸上，起了一道血痕，他连伸手去擦的念头都没有，只是拼命向前跑着——他听着十五号和十六号的对话，已是心惊胆战，他知道这些所谓保障分队的军人一看就很强悍，但没想到会如此强悍！他面对的，就是这样两个可以单人解决三辆装甲车的家伙。这还不是让他惊恐的根源，废墟上能活下来且不受辐射污染的人中没有善男信女。飞奔中的李南，内心经历着煎熬，他背叛了那位甚至连名字都不知道的中校，也许欺骗一个陌生人在核前纪年不值一提，但在废土联盟里坚持着良知、拒绝和畜生一样去吃人肉的中校总是让李南心中不忍，可他没有选择，不论是兄弟会或中校取得胜利，对他和卡琳娜来讲都不会有什么让人愉快的结局。

那位去解决三辆装甲车的十六号内心倒不煎熬，只不过在想等捉到李南后，一定要将这新兵好好折磨一番！面对三辆装甲车倒没费什么力气，他携带的一颗毒刺导弹把一辆装甲车变成了火球。常年和兄弟会作战的十六号很清楚那些枪法精准但有些呆滞的兄弟会士兵的套路——先是停车，两辆装甲车交叉火力侦察，然后两个作战小组下车抢占制高点，其他士兵寻找掩护继续前进，要是前进受阻就呼叫炮火，兄弟会有的是炮弹，正如废土联盟有的是人命当炮灰。

当另外两辆装甲车停下来时，十六号马上在通向制高点的山林小径设置了两个简单绊雷陷阱，然后抱起反器压狙击枪缩在山石后面，除非那两辆装甲车的侦察火力中有不可估计的跳弹，否则这个角度是不可能打中他的。

在那两个绊雷陷阱被触发时，十六号快速起身出枪，那两辆装甲车开始掉头返回，接下来就是兄弟会的重炮群火力覆盖了。就在装甲车掉头露出硕大的后半部分时，十六号准确地打中了那两辆装甲车的油箱。

兄弟会的几十名士兵、三辆装甲车，没有擦破他一点皮，但在他进入树林追踪李南时，大约不到一百米的距离，他已经遇到了三处陷阱，没错，他都识破了，本来他就是陷阱行家，但除了第一处，在避开另两处陷阱时，粗糙而致命的竹箭在他闪避时弹射出来，一支擦破了他的脸，另一支则徒劳地射中了他的防弹衣。

是一个怎么样的人，才会在一百米的距离里设置这么多简陋的陷阱？难道这个家伙从不打算和别人面对面作战吗？他想依靠这些陷阱来解决敌人？十六号除了对李南设置陷阱的速度感到钦佩，就只有恶心。这些陷阱简陋得如同儿戏，比如那两支竹箭，就算射中，大约也就是擦破点皮，根本就没有半点技术含量。如果他知道这些陷阱是李南在干掉榴炮连车库的哨兵之前设置的，那么大约连那一丝钦佩也不会有了，除了恶心，还是恶心。

另一侧远远传来枪声，还有十五号的咒骂声。十六号不准备再和李南玩这种过家家游戏了，他端起手里的多管机枪，扣下扳机，向前进的方向开火，子弹如一把巨大的骑士剑，将前方那些畸形的树木拦腰削断，一条充满枯枝败叶的道路出现在他面前。他端着枪，快速地在树木间跳跃奔跑，也许再过三四秒，和十五号合围就可以捉住那个可耻的李南。就在前进了二十来米时，突然脚下一空，他连忙向前一扑，但沉重的多管机枪和弹药箱在没有外骨骼支持的情况下让他远远不如平时灵活。

摔下时，他才知道除非装备了外骨骼，否则无法避开这个宽三米多的陷阱。他跌进陷阱底部，不禁惨叫起来，一个捕兽夹紧紧地夹在他腿上，刚才被他的多管机枪扫断的几截树干也掉下来狠狠地砸在他背上。

十六号被砸得呕了好几口血，实在无力掀动背上的树干了，只好佝着身子咬牙用两把刺刀撬开那个捕兽夹，抽出血肉模糊的腿，无力地趴在地上，庆幸还好只是腿被夹到，而不是脑袋被夹到。

"这无耻的家伙倒是个做陷阱的天才！"十六号趴在那里，喘着气喃喃道，"这才多长时间，十五号还追着他呢，他是怎么挖出这么大的陷阱还做好伪装的？想不通……"

不知过了多久，十六号还没想通李南是怎么弄出这个陷阱的，就听见有人拖着重物在林间穿行的声音传来，还没等他开口，十五号的谩骂声就响了起来："你不得好死！长官看得起你，你居然就这样背叛了他！"

"小子，告诉我为什么？"十六号在陷阱里喘息着问道，"你是兄弟会的人？"

"你硬要这么说也无不可。"李南在陷阱上面不知道在拆着什么,边拆边回答,"但严格说,我是被兄弟会追捕的人。"

十六号更加迷惑了:"那你为什么要背叛中校?为什么?你不知道可以跟兄弟会抗衡的,只有废土联盟吗?而在废土联盟里,除了中校,你还能找到谁来保护你?难道你想和那些畜生一样吃人肉吗?当然,我承认自由会可以跟兄弟会分庭抗礼,但他们是讲究契约的,除非你付出足够的代价,否则他们不会庇护任何人。"

"我比你更清楚自由会,朋友。"李南笑起来,说,"我也对出淤泥而不染的中校心存敬意,你我都知道,他的坚持在核后纪年意味着什么。光荣的孤立,我明白他是个可敬的人,所以我只是拆走了十五号的枪械里的撞针,还给他留下一把刺刀,让他可以磨断手上的绳子。我还给你们留下一捆二百米长的绳子,如果十五号动作够快,完全可以把你拉上来,然后用这绳子绑住那些近战装备再用外骨骼把它们拖出磁场区域。"

十六号听见李南站了起来,拍打着身上的尘土准备离开,开口道:"小子,等等,你告诉我,你到底是怎么在这么短的时间里挖出这样的陷阱的?还有,为什么你对中校心存敬意却又要选择离开?"

"毒树生毒果,如果你阅读过核前纪年的书籍,不会对此陌生。"李南的声音渐渐远去,"如果中校真的要坚持他的正义,那么也许追随我是一个很好的选择。"

何其狂妄的言论啊,磨着手上绳子的十五号怒吼着:"放狗屁!你这该死的!"

十六号却沉默了,他读过很多核前纪年的书,知道什么叫毒树生毒果,李南说的未尝没有道理。尽管他们不吃人肉,但他们的装备、配给不都是吃着人肉的废土联盟提供的吗?他陷入迷茫,以至十五号把他弄出陷阱也颓废得不想说一句话。

　　李南穿行在树林间，他当然不会真的期待中校来追随他，那不过是一时兴起的装腔作势罢了。他不可能告诉十六号自己手上有一份老约翰给的详细地图，标注着天上人间小镇周围哪里设置了陷阱——就算十六号不跌进这个陷阱，也会跌进另一个陷阱，只要他往这个方向前进，这就是必然的结果。而李南在干掉榴弹炮连车库的哨兵之前布置的那些简陋的陷阱，只不过是为了降低对手的警惕，将对方引向这个布满陷阱的区域。

第二十章 关于力量

天上人间小镇公园里，那些挥汗如雨的壮汉大约是因为那匹西伯利亚变异狼在一旁瞪着的关系，一刻也不敢偷懒。强森不时吆喝着某个想停下来的手下站起来干活，他可不想因为别人偷懒而去面对狼吻。

这些壮汉在健身房训练时，那些沉重的铁块上标的数值并不是弄虚作假，所以当他们真是下力气干活，至少在东北方的枪声还没有平息下来前就挖完了卡琳娜要求的战壕。

当一个壮汉扔下手里的工兵锹，准备喘一口气时，突然听见强森那因为恐惧而颤抖的吼声："我要砍下你的头，在我被咬死以前！"

那壮汉抬起头，只见强森捏着手里的铁锹，眼看就要向他甩过来，那头西伯利亚狼对着强森龇着锋利的獠牙。他唯一的选择就是爬起来，拿起铁锹，去帮其他还没有挖完的同伴赶工。可是这条战壕很快就挖好了，土被堆在战位前方当胸墙，如果再往下挖，那就不是战壕，而是引水渠了。

人被逼急了，总会想出法子。强森为了让那匹狼不再保持随时向他扑来的姿势，开始组织手下在每个战位上挖防炮洞。如果不是东北方向的枪声平息下来，卡琳娜带着一批幸存的小镇守卫回来，恐怕他们会挖到抽筋为止。

"你们全部被征用了！"卡琳娜对着那批被带回来的守卫说，"谁有异议，站出来！你有异议？还有你？我为什么要带领你们放弃围墙？很好！"然后她拿着.45口径手枪继续发言，那两个站出来的人随着两声枪响再也不会有异议了。

"我讨厌说教,我不是你们这些浑蛋的家庭老师,请记住这一点。我也不想重复告诉你们,落在废土联盟手里就会变成军粮,这是见鬼的废墟里会说话的小孩都知道的事实!强森他们是狗屎,你们就是蛆!你们有多少人?多少人?三百多人外加二十多挺机枪守不了那道围墙!那些拿着膛线被磨光、握木枪托被蛀断的烧火棍的流民也不过三百多人!我们只有四个人就守住了阵地,挽救了你们可怜的性命,你们难道不觉得可耻吗?狗屎和蛆没有问'为什么'的资格!我说,你们做,然后让你们那软弱可怜的人生能够继续下去!或者站出来,让我看看你们的勇气!"

面对那两具还有余温的尸体,没有人想展示自己的勇气,于是卡琳娜开始调配幸存的二百多人:"交叉火力懂不懂?你准备用机枪去撕烂前面那个机枪手的屁股吗?把高射机枪安装在那幢楼房的里面……浑蛋!"她一枪托砸在一个守卫的背上,力量大得让那人扑倒在地,不停呕血。她招手让数字过来:"你带上他们,给这两架高机做上伪装,动作快点。"

数字磨磨蹭蹭地不太愿意离开苏珊,但马上下腹一痛,他捂着肚子听见卡琳娜骂道:"你再待在这里,下一脚就往下三寸……"

"我们现在算是什么?"强森的一个手下郁闷地发着牢骚,他一边给身边的弹夹压着子弹,一边唠叨,"我们到底被谁征用了?至少告诉我被哪个势力征用了,对吧兄弟?现在这样算什么?女王的近卫军吗?"

强森仰头灌下一瓶水,抹了嘴巴的手拍在手下的后脑勺,苦笑着说:"管好你的嘴。女王的近卫军,如果这会让你觉得好过一点,你可以这么称呼自己,兄弟。但是听我说,想保护你的生命,那么她是对的。"

兄弟会与混成团特勤小队的战斗,正如废土联盟某个老兵说的一样,这与混成团的正规军并没有太大关系。当数字刚刚给高射机枪做好了简单的伪装,呼啸而来的炮弹就摧毁了双方展开争夺而为此付出几百人命的围墙。废土联盟的炮弹显然比人命值钱些,短暂的炮火覆盖后,混成团投入了三个步兵连,依靠围墙外面一个废弃的核前纪年的铁路小站,开始向小镇发起凶猛的攻势。

带着强节奏的火力掩护和跃进,战斗很明显处于混成团的控制中。在一次如同骤雨的投弹过后,小镇南侧的核前纪年银行营业部被混成团控制,混成团在这幢明显高出其他建筑物的九层小楼投入了一个机炮连,迅猛的火力压制让小镇守卫压根抬不起头。

除了小镇公园战壕里卡琳娜率领的二百多人,从混成团投入机炮连开始,小镇几乎就失去了抵抗力,连枪声也变得零星,从南面传来小镇居民的惨号声,还有废土联盟的士兵得意的狞笑声,被刺刀捅死的民众的惨叫声让弥漫着硝烟的战壕里的人们不由自主地颤抖。许多人开始觉得跟随卡琳娜是个正确的决定。如果仍在守卫那道围墙,南边的居民的惨叫声应该就是他们的下场。他们开始望向卡琳娜,也许这个女人是他们最后的稻草,哪怕他们自己都不太相信,但至少现在正在惨叫的还不是他们,不是吗?

"出来二十个人,要能用机枪、能听指挥的。"卡琳娜对战壕里望着她的人如是说,但那些人一听,马上把眼光望向别处,这让卡琳娜气得骂娘,"强森,点二十个人出来,马上!"然后她让冰山带着这二十人去做一次示威性的反攻,再马上撤回来。

冰山没有说什么,只是背起那把机枪,默默地领着那二十名壮汉准备出发,爬上战壕时她突然回头问:"李南到底还能不能回来?回答我。"

卡琳娜冲她比了一个割喉的动作,说:"你问了许多次了,我还是那句话,你能活下来直到李南回来吗?回答我。"望着冰山的背影消失在视野里,卡琳娜突然扯住身边一个女人的领口,将她揪过来问:"我记得你在小镇里是开发型屋的,我留长发会不会好看些?"

这个为了躲避炮击而从家里跑到战壕来的中年妇女居然比强森那些肌肉男硬气,她左右看了一下才开口说:"如果你不说粗口的话,我想,留起长发会比刚才带人去反攻更吸引那个帅气的少年。"

扯着她领口的手松开,卡琳娜帮她拉平弄皱的衣服:"真的?"

中年妇女严肃地点了点头,然后轻轻拥抱卡琳娜,在她耳边说:"孩子,我知道你担心那个李南,想哭就哭出来吧。"她轻抚在卡琳娜背后的手能明显感觉到光头女兵的不安。

卡琳娜愣了一下,马上就轻轻推开对方,低声说了一句"谢谢",然后高兴地说:"打完这一仗,老娘就给李南找一打留长发的妹子!"

卡琳娜知道,要等李南就只能坚守,不能突围,至少在李南回来前,她可以负伤,可以流血,但不能流泪,否则战壕里的这些家伙会四散而逃,最后废土联盟的人不费一颗子弹,直接用刺刀就可以把他们变成军粮,而她无法靠着四个人和一匹狼支撑到李南回来。

就在这时,废土联盟的军营突然被猛烈的炮火覆盖,几乎不间歇的炮火如犁田一样反复踩踢着混成团的营地,连躲在小镇公园战壕里的卡琳娜都无法听见一点声音,规模如此庞大的炮火爆炸声让她的耳朵暂时失聪了。

只有不住迸裂的焰火和被炸飞到半空扭曲着的残破人体、武器残骸不停闪现,废土联盟的这一支军队,在几分钟内就崩溃了。

望着天上人间小镇南边一个闪动的白点,刚从机甲上下来的章霭修笑了起来,这是之前他安排在小镇的卧底,通过反射阳光,用密码的方式传递信息过来。一个有价值的目标,兄弟会自然有办法渗透。他看着闪光的节奏,很快就破译密码,连忙对刘辉说:"阿辉,那卧底说李南不在天上人间,我们杀进去把卡琳娜捉回去交差!"

对刘辉来讲,李南向来不是考虑的因素,给白痴修一枚回形针,就是他能做到的极限了。他抚着自己的胸口,那张蜡笔画就静静地躺在那里,从来不曾改变。当年被要求注入纳米炸弹,他其实和章霭修不一样,并不是贪图兄弟会的资源和丰富的粮食供给。他知道自由的可贵,但软弱使他没有选择和李南一同离开,而纳米炸弹进入血管时,他的生命已由不得他自己做主。

他明白她被捉到兄弟会基地会得到怎样的处置,比任何人都明白。刘辉用力地捏着那个被上尉咬坏的杯子,似乎这样能给他更多的勇气。他看着手上这个核前纪年生产的杯子,他喜欢这个杯子是因为上面印着一句话:That I love you more than life。他不断质问自己,这算是为了心里守护的某些东西而做出的冒险吗?不,他不敢肯定,也许他只是恐惧到时自己会被任命去监督活体解剖吧?但不论如何,他还是下达了命令:"撤退。"

"可是这不是……"章霭修不解地张开口,他不明白刘辉为什么下达这样的命令,不用去面对李南这个曾救过他们性命的家伙又能讨好兄弟会的高层,这不是一个很好的机会吗?

"管好你自己的嘴,记好我和你说过的话。"刘辉抛下冷冷的一句话,捏着那个杯子重新走进帐篷。

章霭修极为恼火,他倒是习惯听从刘辉的命令,但在场还有好几个军官,他们都是从各个基地被驱逐出来、在废墟里生存了一个月并不被辐射的人，最后被兄弟会征召进来的，他们可不是除了服从命令、没有喜怒哀乐的克隆人士兵。章霭修觉得很没有面子，不禁低声骂了一句："整天揣着个杯子学将军，你再怎么学，也不是将军！"

马上有人踢了他一脚，章霭修抬起头，发现是刚才驾驶另一台机甲的军官。

"老千辉自然有他的理由！"

事实上，每个军官小臂上的便携战术屏幕同时跳出了刘辉公布撤退的原因：克隆士兵生产的周期还有两个月，这两个月里他们所率领的克隆士兵要夺回之前撤出的基地，防止废土联盟的反扑，如果在不用火炮的情况下进攻小镇就无法接受可能会产生的损失。

军官压低声音，刚才他们的两架机甲并没有留下混成团的特勤小队，他觉得刘辉也许会让他们两个当替罪羊："你不要跟上尉一样，被他找到机会当立威的榜样。"

章霭修不以为意地扁了扁嘴，他觉得从出生起就一直在一起、两家大人关系也很好的刘辉不至于会这么对他，不过他也知道对方是好心劝他，于是笑着点点头，接受了对方的好意，然后吼道："把混成团保障分队那两个家伙拖上来，不老老实实交代，我让他们后悔来到这世界上！"

他心里仍有些不忿，那兄弟会这次的军事行动算什么？难道是为了怕那个卡琳娜被废土联盟的人打死吗？章霭修甩了甩脑袋，他觉得这个世界上大约没人会喜欢卡琳娜，尽管她的五官也算周正，但感觉就像一头野兽！他觉得除了旺财，大约没有雄性会喜欢卡琳娜，也许刘辉真的担心卡琳娜被杀掉而被高层斥责？应该就是这样……管他呢。

那两个被俘的混成团后勤分队的成员被押上来,章霭修决定在他们身上发泄一下被刘辉当众训斥的不快。

当李南再一次回到天上人间时,他昏迷着躺在担架上。当永远想通过浑水摸鱼避免正面对抗的李南试图用同样的手段去干掉混成团整个榴炮连时,兄弟会的炮火给了他一个教训,如果不是在接近混成团榴炮连时,一种从被兄弟会的追捕中磨炼出来的直觉让他马上跑出了混成团营地外——之前十六号中招的陷阱跳了进去,也许他会同混成营地里的士兵一样,找不到一具完整的尸体。事实上连李南藏匿的营地边缘的陷阱也被波及,如果他不是通过陷阱里的暗道跑到小溪边才昏过去的话,就会被活埋在陷阱里。

小镇里还有些过期青霉素、阿司匹林,大家张罗着给李南灌了药,中间他醒过几次,一醒就呕血,呕着就昏过去。来回折腾了几次,没半个月李南就瘦了一圈,强森和他的那些手下都张罗着要在小镇公墓给李南挖个坑准备后事。

卡琳娜俨然成了这个小镇的太上皇,指挥着小镇居民挖这里砌那里。他们本来想把那道围墙修起来,被卡琳娜阻止了,改在小镇外围挖了许多散兵坑、猫耳洞,风景度假区的几幢核前纪年的小别墅则被加固成小碉堡。

李南躺了个把月醒过来,睁开眼看见墙上贴着小镇地图,被红蓝笔做了各式军事记号,不由自主骂了一句。就算没出门,光看地图也可以感觉到这里被卡琳娜弄成了一个小型军事基地。

站在李南床前的卡琳娜,光头上长出了一茬头发,看上去比光头愈加彪悍:"李南,我讨厌东躲西藏的日子。"她把这个小镇改造成了属于她的军事基地,也许以后还会有第二个、第三个……她平静地说,"无论谁来,老娘管杀不管埋。"

在这个不能使用电子仪器的小镇，除非对方用集束炸药或重型火炮把小镇完全抹去，但这样的话，对手除了炮火后的废墟，还能得到什么呢？而只靠没有炮火掩护的步兵进攻，如果给卡琳娜一些时间训练居民，她的话的确不是妄言。

"李南，我的导航装置呢？"这是听到他醒来后冲进来的冰山说的。

强森也挤了进来，一脸霉气地说："李南，数字要自杀了。"

卡琳娜正是为此而来，她可以放倒十个数字那样的小身板，但对拿着打火机坐在炸药堆里的数字，她也是无能为力。镇上的老人、神父，许多人都劝过数字，但很明显，并没有什么效果。

被卡琳娜改成弹药库的小镇警局，堆积在一起的许多炸药被安上雷管，而数字叼着烟，落寞地坐在小山一样的炸药里。他望着虚弱的李南，脸上露出白痴一样的笑容，这让李南感觉到担心，看来数字的精神状态并不好。

李南一言不发地走到数字身边坐下，似乎数字的右手捏着的不是一把导火索，而是巧克力。他熟练地伸手从数字身上掏出半包烟，拿了一根出来，又塞了一根在数字嘴里，然后惊诧地望着数字："你这火机坏了？"

他一把从数字的左手抢下那个核前纪年的限量版打火机，点着烟，又把火凑到数字嘴边，这个动作哪怕是不想活下去的数字也下意识把右手的导火索拿开一些，更让他张口结舌的是，李南给他点完烟后又再一次把火机塞回他手里。

"很奇怪？"李南吐了一口烟雾，自言自语一样地说，"你觉得我应该怎么样？哭着喊着求你活下来，然后你跟疯子一样告诉我，你有非死不可的理由？还是把你的打火机抢过来，再把你打昏拖出去？下一次呢？除非一枪打死你，否则等你再次重演这个戏码？"李南实在很虚弱，抽了几口烟就拼命咳起来，"你看我这样子，强森他们据说都给我掘好墓地了。也许下一次，我死了，谁来劝你？到时唱一出自杀的独角戏，很闷的，哥们儿。"

数字本来茫然的眼神不由自主地有了焦点，他不知道是应该怒吼还是大笑，哭笑不得的表情取代了方才漠视生死的笑容。

"李南，我是个没用的人。"数字终于开口了，他看着捏在手上的导火索，似乎觉得自己这样有些滑稽便把它坐在屁股下，吸了两口烟，又看看周围的炸药，他把那根烟弄熄了，耸了耸肩说，"看，就算想自杀，我还是不敢在炸药堆里抽烟……苏珊说得没错，我就是个废物。是的，卡琳娜比我更像个男人……"

当战斗以废土联盟的溃败收场，苏珊开始拒绝数字。她有意识地保持着和数字的距离，似乎更愿意黏在卡琳娜身边。渐渐地，连吃饭她也不愿和数字一起。

在小镇面临废土联盟的攻击而岌岌可危时，数字没有像个男人一样站出来，做一个力挽狂澜的英雄，但当卡琳娜站出来，征用强森和他的手下，分派给他们任务，又带着他们三个去增援东北方的围墙，她几乎马上就迷上了拿到指挥权的卡琳娜。

"男人让女人着迷的，不就是那么一点点面对危难敢于挺身而出的血性和英气吗？"数字带着哭腔复述着苏珊的原话，他说着说着号啕大哭起来，"我想至少点燃这导火索，能证明我还有那么一点见鬼的血性吧。"

李南把烟头弹出门外，对数字说："至少在这废墟里，你能养活她……"

"她不需要我养活，她是一个盗贼，也许废墟里找不出一件需要我去摆弄的电子仪器，但各势力在废墟里的聚居点绝对不会缺少打不开的保险箱！"看起来李南劝说的效果并不太好，数字更激动了。

李南摊开手,无奈地说:"你能保护她,你还有一手过得去的枪法……"

"拥有感知异能的盗贼,尽管跟你和冰山不能比,但至少她的枪法比我强多了!"

"你很细心,会做饭……"

数字终于忍不住痛哭起来:"可她说她是一个正常的女人,不需要一个男奴隶!"

李南终于忍不住"扑哧"笑了起来。眼看数字又要去掏屁股下的导火索,李南再次从他口袋里掏了一根烟出来:"嘿,陪我再抽根烟吧。"

烟头在沉默里燃烧着,长长的灰烬似乎下一刻就要掉下来,李南终于开口了:"八年前被基地驱赶出来,我和阿辉、阿修还有其他几个人一起在废墟里游荡,谁都知道,枪法是靠子弹喂出来的,而所谓异能,是生死关头激发的人体潜能,这种潜能如果被保留下来,才会成为所谓的异能。"

李南的脑海里想起将军那让一切凝固的异能,这显然跟他述说的异能是完全不同层面和概念的事物。他很快就甩了甩脑袋,把那些画面抛开,毕竟他是为了安慰一个失恋的朋友,而不是来举行一场辩论赛或抬杠大会,他接着说下去:"当时我们十来个人,枪法最好的是我,但比现在的你要差很多,更没有什么狗屁异能。我们每天战战兢兢地躲避着可能让我们失去生命的变异生物、变异人、吃人肉的流民……甚至没有一个测量水和食物是否辐射超标的仪器,是的,那种小仪器,五十颗 7.62 口径原装子弹就能换一个的仪器。就算有子弹,我们也不知道去哪儿换,就算知道去哪儿换,我们也不敢去,怕被捉住吃掉。为了避免被辐射污染,我们只能翻找那些包装完好的核前纪年食物，但时间过去太久，要在废墟里找到一点包装完好的旧时代食物跟赌钱时连开五十把'大'的概率差不多。"

说到这里，他想起白痴修有一天饿得要疯了，想去吃一只不知道死了多久的野狗，李南和同伴只好把他绑起来，结果白痴修就咬自己的大腿，他竟然饿到想吃自己的肉！

"如果不是在一个废弃的超市找到两袋肉干，也许我们只能弄几只变异老鼠给他吃了。"他长叹一口气，对数字说道，"后来遇到卡琳娜，你知道，兄弟会在试验把克隆士兵投放在废墟，让他们自生自灭，尝试这样会不会延长'保质期'。那时我们也不知道卡琳娜是实验体中的一员，我们当时带着有着初生婴孩智商的卡琳娜活得很艰难。"

李南慢慢陷入回忆中，有一回，担任前哨的无胆辉遇到兄弟会的人，他回来时告诉大伙，看见兄弟会在测试其他基地被驱赶出来的人员有没有被辐射污染，只要注射针剂后就可以被兄弟会接纳，同时他也看到兄弟会在回收实验体，那些如卡琳娜一样背后有着几个接口的克隆人。在听说兄弟会的人回收实验体后会马上进行活体解剖时，他们决定逃离。

李南苦笑一声："但你知道兄弟会的力量，是的，我们很快就被包围了，然后一个接一个地被擒获。"

他当时捂着卡琳娜的嘴藏在一个废弃的水塔里，那些水很臭很冷，却让兄弟会的仪器探测不到他们的体温。

"一个个同伴被捉走，刘辉走过水塔时望了我一眼，你明白吗？他发现了我，但他迟疑了一下，没有说什么就走了。"李南把手里燃尽的烟头随意扔在地上踩熄，吓得数字几乎要崩溃。

李南回忆着当时那一幕，白痴修是唯一一个没有被绑起来的人，因为兄弟会有足够的食物，他是主动要求加入并注射有血液炸弹的针剂的。当白痴修走过那个水塔时，他们一起在废墟游荡了几个月，对彼此的习惯实在了如指掌。

"他停了下来，白痴修停了下来。"李南讲述的往事听起来要比真实的过往更简单，更有戏剧性，也更吸引人。

"他告密了？"数字听得入神，自己也点了根烟，急急地问道。

李南摇了摇头："不，他没有，他停下来对着我笑了笑，我知道他发现了我们。有兄弟会的士兵向停下来的阿修走去，阿修就拉开裤子撒了一泡尿，然后跟上兄弟会的队伍走了。"

"这和我不像男人有什么关系？"数字回过神来。

李南把抽完的烟扔在地上踩熄，拍着屁股费劲地站起来，望着数字道："我也不知道，只是每个在废墟里活到现在而没被辐射污染的人，大约都有自己的故事。你像男人也好，不像男人也好，我想每个为活到现在而努力过的人已经给了你答案。"李南扶着墙好让自己走得稳一些，头也不回地说，"若你觉得那些为你的生命努力过的人给出的答案，还不如一个和你分手的女人的气话更有力，我再多说，大约也不能改变什么。"

李南就这么走了出去，没有再回头。他让冰山扶着自己去车库里找寻那些不能启动但看上去尚算完好的汽车。拆下几个车载导航仪后，李南说这些可以拼凑出一个还能用的导航装置，如果他的身体能好一些的话。

"李南，你确定你能行？"他身后传来一个声音。

孤儿南回过头，看见数字不知何时走出警局，跟在他身后有些尴尬地笑着。

卡琳娜提出建立一个基地的愿望本来没有让李南动心，但也许是危难关头卡琳娜的身影让这个小镇的人们看到了希望，一些老人表示：见鬼的核前纪年小镇！谁在乎？至少生活在小镇里的人，谁也不想为了保存一个核前纪年的小镇原貌而使得自己任人鱼肉！他们支持卡琳娜的行动，其实之前小镇的人们也有这个打算，否则他们不会去修筑围墙，只是因为磁场屏障，没怎么经历过正规部队训练的小镇居民并不懂如何把这里弄成一个有防御力的基地。

在冰山离开小镇的那个早晨，李南去送别她，她对李南说："不要问我为什么一定要弄到这个导航装置，不要问我要去哪里，你没有能力解决我的问题，我知道你在伪装，你在机械方面有着某种程度的异能或是接近异能的能力，但你知道，荆轲并没有改变什么，只有刘邦、凯撒那样的人物才可能改变些什么，而你连斯巴达克斯都不是。"

李南惊讶于一向少言寡语的冰山居然对遥远的母星故乡的历史了解程度不下于自己，这并非自大，而是在废墟里很少有人会关心这些。

"至少，我知道要导航装置，我知道要去哪里，你知道自己要什么吗？"冰山就这么背着那把 MK48Mod0 机枪离开了小镇，留下茫然有所思的李南看着小镇外面那就算重型火炮把混成团的营地犁了一遍，也不过是将废墟炸成废墟——从不曾改变的废墟，第一次感觉也许他真的需要一个基地。

"我觉得磁场异常应该是人为的。"经历了一次自杀的数字似乎想通了一些什么，看起来比以前活跃了许多，尽管仍有些腼腆，"如果是地理上的磁场问题，影响的区域不应该这么小，也不应该这么分明——前进一步电子仪器就失效，后退一步就正常。"

不论卡琳娜还是那些小镇长者都觉得数字说得颇有道理，就连刻意远离他的苏珊也不禁把眼光投向这个她之前看不起的男人。数字拿出一个石板，中间放着一个类似汤勺的东西，看上去就像核前纪年书籍里记载的遥远的母星故乡使用的那种叫作"司南"的古董指南针。这是在小镇某个收藏爱好者那里仿制的，也许在小镇待久了，被异常的磁场同化了或是其他什么原因，总之它没有军用指北针那么灵敏。

"这就是我们要的。"数字向大家展示着这个笨重的指南针，"如果我的推测成立，这个以小镇为中心的人工磁场应该有某个入口可以开启，我们按司南大致的方向去搜寻……"

数字最后要到了十个人跟着他去搜寻可能存在的入口。卡琳娜站在小镇外面，看着将要远行的李南，迟疑了一会儿，终于还是开口道："你决定了？"

她少见地没有带上粗口，没有连吼带骂，让李南有些不太习惯。

"是的。"李南挤出一个笑容，却掩不住重重离愁。

卡琳娜低着头踢飞脚边的小石块，有点扭捏地说："要不我去找那种职业套装来穿？"

"你饶了我吧，大姐！"李南被逗得笑起来，"你就是你，不必硬要和谁一样。"

当看见她抬起头哈哈大笑时，李南知道自己再一次被耍了，不禁也笑起来："好了，现在不用担心你被人欺负了，如果数字那家伙真的找到什么人工磁场，想必也不止一个，也许在别的城镇也存在，如果他的假设成立的话……"

"行了，你很啰唆。"卡琳娜笑着对李南说，"快滚吧！少了你还不会吃饭吗？"

李南紧紧地拥抱着卡琳娜，这让她有点手足无措，李南在她耳边低语道："你就是我的妹妹，你知道，在我的生命里，无论如何这一点不会改变。"李南松开她，踮起脚摸了摸她头顶刚长出来的头发，"手感不错，哈哈哈！"

"滚吧哥哥！"卡琳娜作势要去踢他，李南笑着跑开，边走边回过头向她挥手。

卡琳娜突然想起来当她还不太能说完整的话，跟着李南在废墟游荡时，每当找到安全的营地，李南就会找来一些残破的纸片坐在她身边读，她便在李南的读书声里慢慢睡着，也许正是因为那些让她头昏脑涨的句子，才使她成为废墟上第一个需要睡觉的克隆人，也渐渐开始变得不像克隆人。

"父亲是一个胖子，走过去自然要费事些。我本来要去的，他不肯，只好让他去……"她零星记得李南曾经读过这样一段文字，她自然不知道它出自哪里，也不知道有什么意义，只是不知为何，看着李南背着巨大的背包远去的背影，这行文字便浮现在脑海中。其实李南体脂很低，跟胖子也没什么关系，但脑海里浮现的这段话让她站在已改造成军事基地的小镇前泪流满面。

第二十一章 渐已漂白的真相

　　李南跟数字聊起往事时，是这么说的："有一天，担任前哨的阿辉遇到兄弟会的人，他回来时告诉我们，兄弟会在测试其他基地被驱赶出来的人员有没有被辐射污染，只要愿意注射针剂，就可以被兄弟会接纳。"

　　事实上，真相绝对没有这么简单。

　　当年孤儿南、无胆辉和白痴修带着智力还没有达到成年人水平的卡琳娜，为刘小晴报完仇之后，无胆辉带来了两个消息，其他人都选择了先听坏消息。

　　坏消息就是兄弟会发现了他们借刀杀人的全盘计划。

　　"好消息呢？"李南问无胆辉。

　　"如果通过检测，证明没有被辐射污染，包括小娜在内，我们都可以加入兄弟会。"无胆辉对李南说道，"当然，因为借刀杀人的计划，我们比其他人多了一场考试，他们会根据考试的成绩来决定我们的军衔，也就是说，我们从加入开始就是军官，而不是从士兵做起。"

　　"那你们肯定是我的下属，以后看见我都必须敬礼，要不你们先习惯一下？"白痴修一听就高兴起来，因为在基地时，他的成绩要比孤儿南和无胆辉好得多，这让他对考试有着莫名的信心。

　　李南从无胆辉的口袋里掏出一包烟来，点上一根："跑得掉吗？"

　　"我不知道，但如果你说逃，我们就逃。"无胆辉已经习惯了跟他们在一起，并没有犹豫，至少在此时来讲，他是发自内心的。

　　"我们没有被污染，不要怕。"李南看着颤抖的白痴修，用力捶了他一拳。

"你怎么知道？我们又没有盖革读数器！"白痴修说的是一种用于测试水和食物是否辐射超标的仪器，如果超标的话……"你要知道，一旦超标，一旦检出被污染，兄弟会就会弄死我们的！"

这就是兄弟会要他们去测试反而不见得是个好消息的根本原因，因为会死人。

李南笑起来，对他说道："不，在修理铺就有一个，这就是我让你每天打完猎去找我喝一杯的原因。是的，修理铺有一个被焊死在虎钳上的盖革读数器，看起来那些文盲压根不知道它是什么，以为就是个水平仪之类的东西，它不发出嘀嘀声，只会显示读数。我又不能把整个虎钳搬回住所，于是让你每天傍晚都去找我喝酒。"

话虽如此，但兄弟会面对患辐射病的人，态度是真的很可怕，这在废墟中是广为人知的，一旦主动去兄弟会进行测试，如果被检测到辐射污染，没有宽恕，只有死路一条。

"不加入兄弟会，我们又将去何处？"李南突然把这个问题抛给白痴修。

他们当然还有额外的选择，那就是加入废土联盟，但有一个问题，那就是废土联盟吃人，被他们干掉的吃人部落的首领——那个可以调动数辆坦克和装甲车的家伙，其实可以视作废土联盟外围组织的成员。不加入兄弟会，难道他们去加入废土联盟？

"我可以浪迹天涯！"当时的白痴修瘦得像麻秆一样，这么赌气地回答道。

不过他也只是赌气，最后还是跟着李南一起走进了兄弟会的据点。

测试有着一套严密而详细的流程，包括抽血及大小便取样，还有 X 光和核磁共振等检查,甚至为了保证检查结果的准确性,他们被要求提前一天入住据点的房间,等于被软禁在各自的房间里,定时吃喝,定时睡觉。如果不是无胆辉提前告诉了他们流程,李南几乎要打算越狱了。

在完成所有化验和检查后,李南忍不住问执行流程的兄弟会成员:"每个人,每个想加入兄弟会的人,都要进行这样的检查?我是说,这些检查需要很高的成本吧?任何一个人都可以不用付出代价来检查?"

刚把孤儿南、卡琳娜、白痴修的血样放进保温箱里的兄弟会军官,摘下眼镜,取出绒布仔细地擦拭一番,然后戴上眼镜:"是的,都可以来检查,这是没错,但是谁告诉你不用付出代价?不,不论检查结果如何,你们都付出了自己的人生作为代价。"

说完后,他明显不打算长谈,收拾好医用手提箱便离开了。

李南陷入沉默,他在回味军官的话,如果检查不过关,那么不用说,面对的就是死亡,那的确是用自己的人生在付检查费用,可若是检查过关了呢?加入兄弟会。李南突然明白了那位军官的意思,加入兄弟会也是在用自己的人生支付检查费用。

白痴修一时还有点不明白:"可是,我们没有付出哪怕一颗子弹或压缩饼干啊!"

"白痴!"卡琳娜低声骂道。

"嘿!你想明白了?"白痴修问卡琳娜。

卡琳娜冲他做了个鬼脸,并没有回答他的问题。

无胆辉坐在据点外部的维修间,他在完成自己的考试,而通过测试的白痴修和孤儿南即将要去面对他们的考试,所以他还得肩负另外一个任务,那就是带着卡琳娜。

其实从一开始他并不支持李南捡回这个女孩,但渐渐相处之中,他们一起经历了许多人与事,面对过变异兽,面对过生死抉择,对废墟来说,一年多已是一段漫长的岁月,而在这漫长岁月里一起经历的那些起伏,让无胆辉望向卡琳娜的眼神里有着一种别样的温柔。

他欣赏她清澈的眼睛,如孩童一样的眼睛,没错,哪怕她是一个克隆人。

感情向来不是交易,所以没有值不值,也不存在是否有逻辑,只有愿不愿意,只有动不动心。

"如果我离开,你愿意和我一起走吗?我会照顾你。"无胆辉看着左右无人,低声问卡琳娜。

她侧过脑袋,想了好几秒,然后认真地问他:"李南也走吗?你照顾他吗?"

无胆辉点了点头:"如果他也跟我走,那我肯定会尽我所能照顾他。"

"嗯。"她想了想,用力点了点头。

无胆辉看着低下头画画的卡琳娜,苦笑起来。他知道她还分不清爱情和亲情。

"你太小了,等哪一天你真的明白了,再回答我这个问题吧。"无胆辉长叹一口气,给自己点上一根烟。

一张纸伸到他面前,她清澈的眼神望着他,阳光下他甚至能看清她脸上细小的汗毛。

那是一张蜡笔画,潦草几笔就把他的阴森与狡诈勾勒得透纸而出。

他接过画,刚想说什么却听卡琳娜对他说道:"我不小了,真的,不信我给你看。"

说着她放下蜡笔,摸向第一颗衣扣。

"不！不许这么干！你还不懂，答应我，不要对任何人这么干，包括李南那个王八蛋！"他咬牙切齿，而她有点不明白他为什么这么紧张，可她明白，无胆辉眼中透露出来的，是对她的关怀，所以她用力地点了点头。

"你先在这里画画，我、我去看看李南他们怎么样。"他突然有些慌乱，有种想要逃离的感觉。

考试的结果，出乎白痴修的意料。当然，无胆辉一早就知道会是这样，但他没想到李南的成绩会比他更好。

兄弟会并不是基地，所以不会只考核数理化，想做一个军官，要完成的责任，就是尽可能减少伤亡，尽可能全面、快速地完成任务。

无胆辉的结果是两个S，他没想到李南居然是三个S，也就是零伤亡，百分百完成了作战任务。白痴修其实也很不错，只不过比他自己的预期差，只有A。

"A级应该会让你当副排长再兼班长之类的职务，不错了。"无胆辉安慰着白痴修，而他两个S的成绩，至少会负责一个排或一个小队，至于李南，那要看情况而定了，"也许会让你出任连长一类的职务或副大队长？不知道，要看你的运气。"

"没什么所谓。"李南的兴致不高，并没有因为自己取得满分而欣喜。

无胆辉扔了根烟给他："怎么了？"

"身为队伍的带领者，该怎么处理所有危机，晴姐都讲过。"李南点着烟，抽了一口，泪便淌了下来。这是他能拿到SSS的根本原因，但他再也找不到她了，再也无法跟她分享自己的喜悦。

"这里风沙太大了。"李南边拭泪边说道。

其实还有一件事他不知道如何开口，那就是晴姐生前给过他一块假皮，可以藏匿一些如开锁铁丝之类的小玩意，而不知道是不是巧合，兄弟会注射针剂的位置正好在那块假皮上，也就是说他跟无胆辉和白痴修不一样，血管里并没有随时可以被引爆的纳米机器人。

无胆辉和白痴修望着他，紧紧地拥抱了一下他，没有人去拆穿。一瞬间，大家都沉默下来，连喋喋不休的白痴修也失去了开口的兴致，但沉默其实在废墟里同样是一种奢侈。

任命一个军官，并不像核前时代，在考察完能力之后，还要走许多流程。他们在昨天完成检查，今天马上进行测试，日落之前完成测试，晚上不到九点，他们三个人的任命就下来了。

他们的预估都错了，没有一项是正确的。无胆辉并没有带一个排，也没有带一个小队，只是被任命成一支动力机甲小队的副队长，但他负责的可不是普通步兵，而是动力机甲，所以倒也没委屈他。正常来讲，一个步兵营的战力是绝对比不上三台全副武装的动力机甲的，而他这个副队长可以指挥包括自己在内的四台动力机甲。

"不是说副大队长吗？连长？怎么让我去当所长？"李南也是一脸茫然。

给他的任命，是军械所的所长。大约是他的机械维修水平要比他的指挥作战水平更让上头重视。当然，这也没有愧对他的成绩，军械所所长的级别和管理的人员等级当然不会比一个营长小。

最让人无语的，是白痴修。

"你们完蛋了，我会钉死你们的！哈哈哈哈！"白痴修得意地狂笑起来。

因为他没有一个手下，被任命为特别调查员，隶属兄弟会内务部。

多年以后,仔细推敲起来,这些任命不是没有理由。无胆辉是他们三个人里首先加入兄弟会的,被评定为较高的信任等级,他有良好的数理基础,又有不俗的带队能力,被认为是可以培养成嫡系的人马,于是才放到了动力机甲部队。李南就不同了,他原本是刘小晴手下的得力小队长,甚至还担任观察手,在后者战死后,李南用尽手段为刘小晴报了仇,但他没有接下刘小晴的旗帜,也没有带着那二十多名愿意跟随他的人一起投奔兄弟会,于是李南被视为需要考察是否另有目的的对象,把他放在军械所,既不浪费他的特长,也没有亏待他。

至于为什么会把白痴修放到内务部,那是因为他是三个人里最容易被说服和洗脑的。他没有什么立场,也没有明显的阵营倾向,至少他的忠诚度是被看重的,所以兄弟会觉得可以把他培养成自己手里的刀。

然而当时,李南他们并没有想这么多。

"看起来至少我们不用为了养活卡琳娜而担心了。"李南长长地吐了一口气。

因为卡琳娜的智商是无法应付这些考核的,而且不论他们中的哪一个人,都不赞同让卡琳娜去当兵。她已如他们的家人一般,如果他们为兄弟会战死,那也不用担心卡琳娜的生活,兄弟会在对待军烈属这一点上做得极好;如果他们伤残,只要还能工作,兄弟会就会给他们安排一个教官或是仓库管理、办公室文员的岗位,让他们可以活下去并且活得有尊严。

在废墟上,没有伤残到不能工作的情况。所有人,不论是朋友还是敌人,都在尽量回避这种情况,如果真的出现这种情况,那么几乎所有的当事者都会选择干脆地告别。这不是旧时代,没有人愿意那样活着。

不管如何，大仇已报，颠沛流离的生活也画上了一个句号，看起来孤儿南和他的朋友们也将过上美好的生活，日子就这么一天一天过下去，也许平淡，但真实而幸福。

但时光总是不如人意，无论是核前纪年还是现在这个年头，所有的宁静和幸福总是如此脆弱。白痴修也没想到自己在加入兄弟会之前随口的一句戏言"我可以浪迹天涯"，最后会应验到李南跟卡琳娜的身上。

在他们加入兄弟会半年后的某个夜里，白痴修匆匆赶到军械所，在门口遇见了同样匆匆而来的无胆辉。

卡琳娜的智商通过这一年多的成长，已经和正常少女没什么区别，她看着坐在客厅里一言不发的无胆辉和白痴修，马上就知道情况不对了。

"这么晚过来，连卡琳娜都看出你们有事了。"李南没打算跟他们绕弯子。

无胆辉望了白痴修一眼，然后又望了卡琳娜一眼，他的眼神有着超越友情的滚烫，那张蜡笔画无论何时都在他心头，他没有等下去："有人发现卡琳娜出身的问题了。"

所谓出身问题，就是卡琳娜其实是克隆人，她是以李南的家属、普通人类的身份进入营区的，现在被人发现这个问题，随之而来的就远远不止这些了，正如无胆辉接着说的："发现这个问题之后就有更多问题，例如她在家属区待的时间远不止三个月，而卡琳娜看起来一点问题也没有。"

这个问题当着卡琳娜的面提起，着实有点尴尬，就如同对着某个人说"按理你应该早就死了，但你没死，所以要把你拉去切片研究"。

事实上，这是一件事。

"上面还没有确定，要做选择了。"白痴修终于开口了。

如果等到上面确定要把卡琳娜捉去研究，那就根本不用去做任何选择，因为那时已经没有选择的余地。

"关键在于卡琳娜不是兄弟会的成员，我们当初棋差一着。"无胆辉懊悔地捶打着自己的脑袋，他抬起头望向孤儿南，"现在我们让卡琳娜加入兄弟会，这样的话高层总不可能向自己的士兵下手吧？"

白痴修点头附和："没错，条令规定，严禁无故残害自己兄弟会的成员。"

李南拿过无胆辉的烟，狠狠抽了几口，他的双眸之中有着远超十七八岁的成熟和忧虑："你们是被灌了迷魂水还是吃错药了？如果无胆辉说他被感情冲昏了头脑，还能让人接受，白痴修，你增肌增到脑子里去了？"白痴修远比半年前强壮了许多，所以李南这样说道。

"这么傻的办法，你们也能提出来？我们不是制定规则的人，现在也不是核前纪年，规则是否会按它被设计的方式执行？他们只在意如何执行才对兄弟会更有利。如果他们觉得一定要把卡琳娜拉去切片，嘿，不必避讳，真的，我就这个问题和她聊过，她远比你们两个浑蛋想象得坚强得多。如果兄弟会觉得把她拉去切片是必要的，他们就会提出额外的规则来让一切合法化，比如说卡琳娜触犯了某个条例，需要被监禁，哪怕是一个月，然后换一个长得一模一样的克隆人过来，说卡琳娜失忆了，我们有什么办法？"

于是几人再次陷入沉默。

"逃吧。"无胆辉打破了沉默，他终于下了决心。

白痴修似乎也如释重负，把自己背着的背包扔在桌子上："我都准备好了。"

　　"不，你们留在兄弟会。如果咱们四个人想好好活下去，想长久活下去，那从明天开始，从我辞职开始，你们就要跟我划清界限。"看起来孤儿南为了这一天的到来准备了许久，"我们无法如晴姐一样活着，但我们有自己的方式，也许卑微，和野草一样，但只要活下去，我们就有希望。你们留下来才有机会让我们活着，如果没有内线，两个人逃走和四个人逃走，没有任何区别。当我离开后，他们要找到我也不会太容易。我从到这里的第一天就在为今天做准备。他们会在无数个聚居点找不到军械所里大家熟知的'靓仔南'！是的，改变自己的习惯去埋没真相，去活着。听我说，我有办法对付纳米机器人，真的，我不是自杀。"

　　接下来，逃亡的旅程开始了，就是李南日后跟数字提起的他和卡琳娜藏匿水中，他捂着卡琳娜的嘴，藏在一个废弃的水塔，水很臭很冷，却让兄弟会的仪器探测不到他们的体温。

　　其实远远不止这些，如果没有一位柔弱而善良的人的帮助，李南觉得他们早就死在当年了。

　　当年为了逃避兄弟会的追捕，李南也学会了许多本事，而兄弟会的队伍，不止一次没有发现他们踏过的"死尸"，就是他们要寻找的目标。

第二十二章 关于秋后算账

蹄声敲打在空旷的废墟，回荡开来，颇有些宣示实力的霸气。

两匹变异的高大灰马比任何全地形车辆都适应这残破的路面，马上的骑手兴奋地挥舞着手里的冲锋枪，向同伴吆喝着："岩石，这次咱们不长脸都不行了！"他这么说的依据，是那个被拖在两匹马后面的女人，三天前干掉他们聚居点的二十多个好手从容离去，今天他们真是撞了狗屎运，如果不是岩石巡逻时内急，根本不可能捉住这个在睡觉的女人。

那名被唤作岩石的同伴，冷哼一声，没有说话。首领老了，如果不选出新首领，部落迟早被人吞并，长什么脸都没用，被吞并的部落的下场都是惨不忍睹的。这时他的同伴在马上淫笑道："这娘们被咱们拖着跑了大半个小时了，我看也没什么力气了，不如爽一把再回去？"

"老鼠，我至少断了三根肋骨。"岩石皱着眉头回了他一句。趁这女人睡着下手时，他挨了她一下，重伤吐血，他可不想冒险再来一下。

那个被称作老鼠的同伴听着吐了吐舌头，打消了之前的念头，要知道岩石是出了名的能扛。

后面的女人尽管枪法极好，技击也相当有水准，但她并没有超于常人的力量抵挡两匹奔马，她显然也不可能长时间跟随奔马的脚步，所以又过了十来分钟，她终于被拖倒在地。

奔马快速地拐过一个弯，冲上那段还算完好的高速公路，后面的女人被惯性甩得重重砸在一堆汽车残骸上，马上的骑手并没有停下来察看她的伤势，只要拖回部落里时她还有一口气就足够他们得到奖赏了。

被公路上的石块、废铁划得遍体鳞伤的女人,在这段高速公路上拖出一条血迹,她不住地呕血,把公路缝隙里灰黄的杂草染得鲜活。

"见鬼!"岩石不禁咒骂了一声,招呼着绰号"老鼠"的同伴让马缓下步子。一辆还算光鲜的皮卡不知什么时候从一旁的山坡上冲下来,撞到公路上的汽车残骸才停下,而这辆冒着烟的皮卡与原本路面上的残骸恰好堵死了这条路。

"救救我……救我……"从皮卡里传来断断续续的呼救声,岩石和同伴对望一眼,笑了起来,也许运气来了挡都挡不住,能够在废墟里拥有一辆皮卡的人,身上必定有许多好东西,如果是平时,他们是不敢向这种人下手的,因为这样的人通常都有不错的火力装备,但现在这辆皮卡的主人受了重伤!不得不说,比起拖在马后已经抽搐的女人,搜刮这辆皮卡的主人对他们有着更为实际的好处。

打开驾驶室的门,浑身是血的少年从里面滚出来,岩石没有理会他的呻吟,上前踢开那个少年,一把扯下驾驶室里一个硕大的背包扔给老鼠,再一手用枪顶着被他踢开的少年的胸口,一手把他扯起来,按在车厢上,开始搜他身上的东西。

"天啊!面包!他是从核前纪年跑过来的吗?包装完好的鲜奶!岩石你看,还有紫菜!"老鼠翻着那个巨大的背包,尽管没有找到子弹和枪械,但里面的每一件东西都让他惊喜得失声高叫。

老鼠第一次感觉识字是这样美好,是的,如果不识字,里面的东西十有八九又是他没见过的,也许他会认为是没用的东西而扔掉。他扯开一包紫菜,抓了一把塞进嘴里,拼命地嚼着,含糊不清地说:"好吃!好吃!"

岩石则吞咽着从李南身上搜到的巧克力，拧开一个酒瓶，单是闻着那味道就知道远非聚居点酿制的土酒可以相提并论。岩石喝了好几口，喘着粗气道："这死孩子连一把枪也没有，能活到现在真是奇迹！"

老鼠不太相信地走过去，终于在李南的裤袋里摸到一截黑乎乎、三十多厘米长、看上去是钢管的玩意。他看了半天都没弄清楚，于是扇了李南两个耳光，揪着他的衣襟问："这是什么？"

李南伸手拿过那截钢管，有气无力地说："这是、这是……"不知被他拨弄到什么地方，岩石突然看见一道黑色的光闪过老鼠的咽喉，他下意识地端起枪口，但心口一痛，顿时失去知觉。

站在李南身前的老鼠怎么也捂不住颈间渗出的鲜血，血从他的指缝间喷溅出来，他无力地瘫倒在地，抽搐着如同被开水煮烫的大虾。李南慢慢地从岩石心口抽出那把尾端是三棱刺刀的甩棍，正是这把甩棍先割开了老鼠的咽喉，再捅进了岩石的心脏。

李南解开马后的女人，正是他刚才从望远镜里看到的冰山。喂她喝了一些水，又给她的伤口喷了些速效止血药，草草包扎后，抱起她放到驾驶室里，李南拎起刚被那两个家伙翻出来的袋子，收拾好东西，又从马鞍上把冰山的沉重的装备取来扔进车里，打开引擎盖，扔掉发烟罐，发动车子离开了这个地方。只有那两匹变异马似乎还眷恋着失去生命的主人，咬食着公路裂缝里的一簇簇杂草，久久流连在那里，不肯离去。

"你怎么找到我的？"苏醒的冰山惊诧地看着面前的李南。

李南显然不准备和她对话，沉默地踩着油门，直至那辆皮卡的速度攀至最高。在路况极差的核后纪年，一百八十以上时速的代价就是冰山不住地用脑袋撞击驾驶室顶部。当李南停下车，把一堆伪装的杂草搬开,把车开进去再布置好伪装时,冰山发现他们处在一个核前纪年的地下停车库。

"你的背部有严重的割伤,需要做缝合处理。"不知道为什么,李南再也没有了之前的幽默和微笑,帅气的脸阴沉得如同废墟的天。他就这么抱着她,爬着地下停车场的消防通道楼梯。

冰山拼命挣扎着要从李南怀里下来,众多伤口扯动之下的痛楚让她没有力量挣脱,她尖叫起来:"不!不要做手术!孤儿南,你滚开!你又不是医生!放我下来!"她咬着牙,似乎宁可脱一层皮,也要挣扎下地。

"如果是因为你的背上有和卡琳娜类似的接口,那么不用挣扎了。"李南爬了两层楼,翻过消防通道崩塌的砖石和杂物,这才把整句话说完,"这个我早就知道了,那没有什么。"

"不!我才没有什么接口呢!"冰山声嘶力竭地尖叫着,"我出生在东海基地,我的名字是6772#89A56C1,我才不是卡琳娜那种克隆人呢!"她又说出了父母的名字,还有在东海基地的老师、邻里的名字。

李南没有理会她,开始是抱着她,后来体力跟不上,只好改成扛着她,艰难地爬上七层楼梯,踹开那道消防门,走进一个爬满变异老鼠的大厅。冰山可能也骂累了,终于消停下来,看着李南割下一截核前纪年的消防水管,剖开以后编成一个网兜把她兜起来,然后爬上一个通风管道的出风口,再吃力地将网兜里的冰山拖上去。

年代久远的消防水管剖成的绳子在这过程中断了七八根,好在总算把她拉了上去。李南挤在通风管道里,太过强健的肌肉除了提供力量,也比脂肪要消耗更多的能量,这在核后纪年是一项不可忽视的负担,而更重要的是,壮硕的李南几乎把那通风管道塞满，只能慢慢地蠕动着向前，那不知何年何月就存在的通风管道发出让人牙酸的声音，许多尘土纷扬着飘落。

漫长的通风管道似乎永远没有尽头，冰山就这么慢慢被扯着往前，开始伤口还有疼痛的感觉，后来也麻木了，加之失血过多，渐渐地就昏睡过去。李南咬着牙在前面挤着，听没声音了还会叫她两声，后来竟听见传来轻轻的呼噜声，一想她又不是内脏受伤，也就没去管她，只管努力往前爬。

李南从一个出风口跳下去，又把网兜里的冰山扯下来，但长时间挤在通风管道里，憋得手脚酸麻，一下接住冰山重心没调整好站不稳，两个人一起摔倒在地。冰山在极其刺鼻的消毒水味中呻吟着睁开眼，发现眼前是个没有窗户的房间，只有一扇厚实的铁门，无数的死老鼠如地毯一样铺在房间里，被她压在身下的李南正躺在许多死老鼠之中。

爬起来的李南搬弄着墙上一个类似监视镜头的装置，门上那盏灯开始变成红色，墙上伸出一个铁环，李南刚一拉住，房间的地板就慢慢倾斜，直至露出一个很大的口子，那些老鼠尸体就纷纷掉到下一层去了，然后房间四周的墙壁伸出许多小探头，喷洒着消毒水，呛得冰山在李南怀里不住咳嗽起来。

那扇铁门打开，李南扛着她进去时，她愣住了，这简直和书里描述的旧时代的医院一模一样：雪白的墙壁，雪白的床单，还有穿着白大褂的男女推着病人穿梭走动。几个荷枪实弹的警卫打量着李南，嫌弃地说他又壮了些，愈加浪费粮食。

"不用怕，那些老鼠一天要倒掉几次，刚好我们碰上还没倒罢了。"李南看出她的惊愕，将她放在一架轮椅里，推着她边往里面走边说，"当然，这也算这里的一个防御手段。"那些老鼠掉下去的房间大约是焚化间吧，如果从监视器里发现来者不怀好意或是陌生人，墙上不伸出那个铁环的话，那么倒下去的怕就不单单是老鼠的尸体了，还有夹杂在老鼠尸体里的来访者。

进入手术室后，穿着白大褂的医生驱赶李南出去，冰山突然感觉到一种莫名的孤单，她死死揪着李南的手，哪怕被两匹马拖在地上，锋利的碎石和铁渣划破她的血肉，她也不曾哭泣，但不知道为什么，被李南又抱又扛地折腾到这里，从不曾有过的软弱突然占据了她的脑海。

"她的伤口有辐射反应！李南你给伤者打了破伤风和抗辐射针没有？没有？那你还送她来干什么？滚出去！"

耳边是医生凶巴巴的吼叫，伴随着李南唯唯诺诺的讨好，麻醉剂开始在她体内起作用，意识渐渐模糊，她的脸上绽开微笑，不知不觉松开了李南的手，却把坚强外壳里最柔弱的东西，系在了李南脸上那道让她无法忘却的刀疤上。

意识渐渐恢复过来，趴在床上的冰山侧着头，长长的睫毛轻轻颤动，还没有睁开眼睛就突兀地听到声音："醒了？"她下意识缩起腿去抽靴边的匕首，谁知道摸了个空，只听有人对她说，"喂喂！别乱动，小心背后缝针的地方裂开！"她猛然睁开眼，雪白的墙壁，雪白的天花板，雪白的床单，李南大呼小叫地站在她床前，如一只护犊的老母鸡。

麻醉剂的药效还没有过去，她暂时不觉得伤口疼痛，只是麻麻的，不太舒服。她觉得自己多了一些什么，又或者少了一些什么。望着床前的李南，她的眼眶有些发热，这和核前纪年的书籍中描述的情与爱也许并无太大关系。是的，她还不太明白爱情是什么，但至少她知道自己热泪盈眶的原因不只是想哭。

"你不是说我跟卡琳娜一样吗？"她突然发难，倒竖着的眉毛如两把柳叶刀。

李南搔着头发,"嘿嘿"傻笑一阵,说:"我又没脱你衣服看……好了好了,不要起来,我问过医生,的确是没有什么接口,这一次算是我弄错了,好吗?"

她心满意足地笑起来,仿佛让李南低头是一个了不起的胜利。

在这间白色套房里,冰山度过了记事以来最为轻松的三天,读过很多核前纪年书籍的她感觉也许这才是生活:一个受伤的人,就应该带着几分倦意趴在床上,翻看几本推理小说或是言情小说,在还没有感觉饥饿时,就有人捧着一碗热腾腾的香气扑鼻的皮蛋瘦肉粥送过来,自己可以慢条斯理地一勺一勺吃完,不用担心一只变异蟑螂会从某个角落跳进碗里,也不用注意有不知从哪儿钻出来的老鼠正咬着自己的皮靴……

惬意的日子总是很快就过去,冰山觉得自己刚刚感叹了一声,几乎房间的四壁还在回荡着她的感叹时,李南告诉她:"我们该出发了。"

离开的过程倒是比来时简单许多,直接用尼龙绳从某个窗口攀下去就好。

当她问起自己的装备和那辆性能似乎还不错的皮卡时,李南苦笑着回答她:"你觉得我可以用什么支付你的医药费,还有这三天的病号饭?"她马上拉开李南的背包,发现里面除了许多包装完好的核前食物,还躺着她的那个导航装置,这让她松了一口气。

重新踏在满是沙石和废铁的废墟上,行进在夹杂着沙尘的风中,冰山有时分不清这三天是不是自己的白日梦,也许她仍待在那个雪白的房间里,现在不过是一个残酷的梦境?也许过一会儿李南就会端着一碗肉粥来到她面前……她抬起头看着走在前面的李南,无奈地发现这艰难的跋涉就是她的现状。

夜晚来临，围在篝火旁，沉默了一整天的李南终于开口了："我还是觉得你和卡琳娜大约是同一个地方出来的。"

心情本就很差的冰山压根没心思接他的话，她觉得这个玩笑实在太不高明了。

李南很不识趣地重复了一遍，这让她有些恼火，瞪了他一眼，没好气地说："这就是你哄女人脱衣服的借口？你得知道我并不吃你这一套！"

李南阴沉着脸，第三次重复了那句话。她站起来，拎起自己的背包。

"不要急。"李南拦住她，"当时你要求加入自由会骑兵一营时，理由是什么？"

"我有神弃之地的 B+ 级通行权。"冰山重新找回了自己坚硬的外壳，不得不说，这让她有种发自内心的自信，"你的枪法很好，但作为一个机枪手绝对是不合格的，所以不要质疑一个专业的机枪手的资格。"

李南不与她争辩，只是从篝火里拾起一根燃烧着的木头，三两下用沙土弄熄上头的火，走到十步远的旧时代地铁出口，用木头碳化的一端在半截残墙上画了个约莫五厘米直径的圆圈，然后抽出身上唯一的热武器——一把MR73左轮抛给冰山，对她说："打两枪看看。"冰山气得嘴唇发紫，这么近的距离，当她是没摸过枪的孩童吗？她看着退到身后的李南一副看好戏的模样，也不说话了，打开弹仓，把大威力的原装 .357 马格南子弹退下来，装上废墟里几乎遍地都有的复装子弹，持枪稍一瞄准就扣动扳机。

第一枪射在圈内，稍偏左下，一块小瓷砖成了粉碎，极为明显。冰山马上做了修正，第二枪正中李南画的那个圆圈中心，然后第三枪、第四枪、第五枪、第六枪，几乎都重叠在第二枪上。

接过冰山几乎是砸回来的手枪，李南也不恼，反倒一改之前的阴沉脸色，笑眯眯地说："我也来打两发试试。"说着装好子弹，瞄了许久，打了一枪，倒也算精准，但第二枪就直接跑出了圈外。

"你试试，好奇怪哦！"李南又把枪递给冰山。

冰山举枪就射，居然也偏出了圈外！她不禁"咦"了一声，深吸一口气，仔细瞄准，但直到打完子弹，仍无一发打进圈内，她皱着眉头退了弹壳，又装上六发子弹，可是情况并没有改变，还是没有一发命中。

"行了。"李南制止了再次装弹的冰山，拿过左轮示意她坐下，"看来你自己并不知道自己是克隆人。"

这话实在伤人，刚刚坐下的冰山一下子又站起来，瞪圆了本来就很大的眼睛，死死盯着李南，要是眼光能够杀人，大约李南早已横尸于此。

李南把那把MR73拿出来，指着准星上那个用于夜间射击的磷光点给冰山看。显然方才他要枪时，不知道怎么做的，把磷光点刮去了一圈，现在那残存的磷光点仍是圆形，但圆心变了，按着这个磷光点瞄准怎么可能不打偏？

眼看冰山要发作，李南连忙开口："少安毋躁好不好？你就是要打我一顿出气，至少也要等我说完吧。你走过去看看之后几枪的弹着点，虽然偏在圈外，但弹着点是重叠在一起的，说明你的枪法没问题，为什么你没考虑修正？"

冰山被他问得张口结舌，一时不知道如何回答他的问题，只隐约觉得有些不对劲，嘴上却不服软，反驳道："那也是我反应迟钝，没想到你这死家伙使诈罢了！最多就是傻些，和克隆人有什么关系？这个玩笑真的让我很反感，你不要再扯了！"说到后面，她竟涨红了脸，吼了起来。

李南点了点头，收起枪不再说话。两人坐在篝火边，除了火里的木头不时爆出几点火星，便只有远处同样荒凉的废墟传来几声狼嚎，一时间两人都不知道如何牵起话头。过了半晌，冰山开口道："我守上半夜，你守下半夜。"

　　李南毫无异议，从背包里扯出毯子就靠在旁边睡觉了，不一会儿传出愈来愈响的呼噜声。冰山许是无聊，坐了一会儿，低声叫了李南几声，但他睡得香甜，又有人守卫，不用担心野外变异生物，哪里能叫得醒？

　　又过了一阵，西南方突然响起枪声，远远望去竟能看到大火燃起，不等冰山去叫，李南就一骨碌爬了起来，侧着耳朵听了一会儿就眉开眼笑地拍着冰山的肩膀："听着有几把好枪，走，咱们去浑水摸鱼弄点家伙防身！"

　　所谓看山跑死马，这话用在废墟上倒也极贴切。不到三千米的距离，中间又有许多倒塌的建筑堵死去路，或是有变异生物刺鼻的尿味，除非想在黑夜里直接面对不知有多少的变异生物，不然他们只能绕路，结果李南和冰山足足跑了半个多小时才到目的地。

　　两人只有那把左轮，只好潜伏在阴影里，等双方停火再去冒充胜利者的手下捞些便宜。听了一会儿，李南低声说："看来这回要捞好处怕是不容易。"

　　冰山听着枪声，赞同李南的说法。攻击方应该只有几个人，不然不可能拖得这么久，而防守方虽然人多，但惨叫声不住响起，并且枪声杂乱无章，明显是被攻击方掌握着节奏在压着打，溃败只是时间问题。人少的一方取得胜利，他们要冒充手下浑水摸鱼势必就难了。

冰山看着那把 MR73，准星上的磷光点不知道什么时候又被李南补上了，她看着磷光点，一直在想刚才那个问题，为什么自己不去修正呢？偏右下，那瞄左上一点就好了，为何自己没考虑这一点呢？

"为什么？"想了半天不得其解的冰山终于还是问李南，"为什么不会修正就说我是克隆人？"

李南打了个大大的哈欠，抹了一把脸才答道："你的枪法不是后天练出来的，不是子弹喂出来的，是培育时的基因决定的，也就是说你一旦培育完成，身体就具备一个机枪手的素质和作战技能。按照一个机枪手的习惯，一把刚刚校正过的枪，射击也没有超过一千发子弹，是不可能偏得如此厉害的，一定是你没有瞄准或是风速等问题造成的。这就是你的枪法的根本，你对枪械的判断完全出于基因，所以你不会去考虑修正，只会尝试让自己更专注，结果……"李南伸了个懒腰，低声笑道，"当然，如果只是这样，也许你只是笨一点，并不能说明你是克隆人。但你笨吗？我记得你提过，在东海基地，你数理第一。你这样的人，也许会是书呆子，但要说你智商低，你能说服自己？"

冰山握着枪的手有些颤抖，尽管一开始只有她自己察觉了这一点。

夜风里，攻击者的零落枪声偶尔响起，却总能让防守方传来凄厉的惨叫，很显然攻击方想尽快解决这个问题，他们在制造伤员，企图以此来降低防守方的士气，达到让对手主动投降的目的。这场战斗已经进行了太长时间，尤其在攻击方人手并不宽裕的时候，这是废墟，有许多不可估计的意外因素，也许会有许多变异动物等着分享战后的尸体，也有许多机缘巧合的独行客，如李南他们一样等着浑水摸鱼。

"停火！停火！我们投降！"防守方的枪声一下子平息下来，攻击者也没有再开枪，远处传来野兽骚动的咆哮，不知是那些在地上翻滚哀号的伤员引起了它们的注意，还是弥漫的鲜血唤起了它们的食欲。

攻击方沉默了大约三分钟，然后用反器材狙击枪准确地打断了聚居点边的一盏从核前纪年挺立至今的路灯，开始向投降者喊话："枪械集中放置在路灯下，男左女右，退后三十步，双手放在脑后，趴在地上，否则不接受任何投降！"

冰山正在注意麻木地放下武器的防守者，准备等攻击方露面后看看有什么机会浑水摸鱼，这时李南凑过来耳语道："快点，这便宜占不了。"他清楚地听出来喊话的攻击方就是废土联盟混成团中那个给他检测呕吐物的女人的声音。李南并不认为凭一把甩棍、一把 MR73 手枪就能对付那些身着生物纳米战斗服的特勤小队及配备外骨骼的后勤保障分队，何况当时他扔掉近战装备，让他至今对中校有着抹不掉的内疚。

肚子猛然一痛，是被冰山一肘撞了上来，李南痛得弯着腰忍了好半天才死命咬着牙关没有惨叫出来。冰山冷冷地道："你到底凭什么认定我是克隆人？不要用刚才那些烂借口！"

李南直起腰，苦笑道："神弃之地的 B+ 级通行权，你记得吧？"

她知道李南不是在开玩笑，却也没心思搭话，只一脸铁青地点点头——任谁被别人指认成克隆人，大约也不会有太过愉快的心情吧。

"你的伤就是在神弃之地缝合的。"李南迟疑了许久，终于在冰山冷峻的眼神逼迫下无奈地说出了真相，他甚至有些后悔提起这个话题，又不能不提，反正话已经说到这儿了。李南避开冰山的眼神，报出一串坐标。

冰山愣在那里，如同被掠去灵魂的躯壳。明明记忆中在神弃之地得到了资格，为什么会不认得那个地方？她的泪水无声淌下，失去神采的眼睛左右张望着，似乎想捕捉一点什么东西来依靠，好让自己不至于崩溃。但这荒芜的废墟上从没有什么可以永久依靠的东西，不论是现实里，还是精神上。

"你怎么知道我要去哪里？"冰山似乎聚集了心里所有的勇气，揪着李南喊着，连压低声音这种必要的措施都不顾了，"是不是我说了梦话？一定是这样，你骗我！那压根就不是神弃之地！"

"那么你告诉我，神弃之地在哪里？"李南没有安慰她，如果不能直面现实，也许冰山永远只能是一个克隆人。每个克隆士兵都觉得自己很正常，在培育时，他们就被灌注了事先编好的、全无漏洞的记忆。

李南之所以能报出那串坐标，绝对不是因为冰山说梦话，而是这串坐标所在的地方就是兄弟会培养克隆人的基地！李南轻轻拨开冰山揪着他领口的手，但冰山抓得如此紧，他拨了几次都没能让她松开，只好开口道："我打赌，你全然不知道你为什么要去那里，也许你觉得本来应该让我带你去。"

冰山无力地松开手。是的，她找导航装置时就不知道为什么要去那里，只知道一定得去，否则她会死得很惨。原本她也没指望李南真的给自己一个导航装置，所以在拿到导航装置之前，她一直在考虑跟李南一起上路会不会格外麻烦。

要一个人突然接受自己是克隆人的事实，哪怕理由再充裕，显然都不是太过容易的事情。冰山一回过神来，几乎没什么迟疑就准备把手里的MR73塞进自己嘴里，李南一直盯着她，就怕来这一出，于是立马劈手将枪抢了下来。

"MR73？好货色！"他们身后传来声音。

李南一下子觉得颈后的汗毛都立了起来，连忙一手按住冰山，一手慢慢地把手枪放到地上："朋友，我还有一些子弹，要是你能收下，我想那是我的荣幸……"说着就要伸手去兜里掏所谓的子弹。

"我认出你了。"他们身后的声音嘲讽道，"新兵，你以为自己这么帅气的脸在这废墟里很不起眼、很平平无奇吗？还是这见鬼的废墟上有许多跟你一样恰好左脸有一道刀疤的帅哥？"这是当时给李南检查呕吐物的那个女人的声音。

李南死死按住冰山，他深知在生物纳米作战服面前，轻举妄动只是自取灭亡。事实上，他的担心有点多余，被抢下枪的冰山失神恍惚地坐在地上，不再关心一切。

脑海里的记忆是如此真实，家人、成长的记忆、青涩的初恋……她忽然发觉自己无法分清虚实，到底什么是自己真实经历过的？什么是虚假的记忆？根本无法判断。她如同行尸走肉，被人从地上扯起来，然后和李南一起在身后的枪口的押送下，茫然向前。

聚居点简陋的议事厅里，浮肿的脸上尽是病态的苍白的中校坐在中间那张残破的沙发上。聚居点年老的首领倔强地盯着中校，似乎觉得自己就算不能做点什么，也该说点什么，以挽回失败的耻辱。

"你们没有捉住岩石，我们部落里最好的战士。陌生人，拿走你们想要的东西，然后离开吧。"年老的首领尽力让自己看上去有那么一点尊严，"你们很强大，但你们的人数不会太多。这附近有超过二十个聚居地！岩石三天内就会带着上万人杀回来！陌生人，这不是核后纪年刚开始的那段人烟稀薄的岁月了，现在的废墟有足够多的人,多到你无法依靠几个强者就为所欲为!"

　　脸上如同长了两张嘴的中校没有理会他,他的胸膛不住起伏,看样子为了对抗体内的病症花去了绝大部分精力。尽管他可以不损一兵一卒征服这个聚居点,但很明显他对自己虚弱的身体无能为力。中校终于无法控制地剧烈咳嗽起来,随着腥臭发黑的血块不住呕出来,他身上的那些绷带也不住渗出鲜血。

　　"老先生,如果你指望的是岩石和一个叫老鼠的家伙,那么我不得不告诉你,他们已经死了,连尸体都被废墟上的野狗撕碎。"李南被押进大厅时,刚好听见年老的首领说的话,不禁苦笑道,"并且你面前的这个痨病鬼是废土联盟的混成团团长,至少曾经是。"

　　年老的首领终于停止用人数优势来威胁废土联盟混成团团长这一可笑的行径,但他并没有屈服,而是愤怒地回头训斥身后的几个壮汉:"废土联盟!听到没有?这就是你们用枪口顶着我逼迫其他人投降的下场!"

　　如果还有比死亡更悲惨的事,无疑就是死后会被当成军粮吃掉。那几个壮汉听到废土联盟这四个字早已吓得脸色煞白、嘴唇青紫,看上去似乎比呕血的中校更接近死亡。

　　"你是不祥的乌鸦!"老人回头冲着击碎他最后一点希望的李南怒吼。

　　李南仿佛不在意背后指着他的枪口,突然变身为中校的外交发言人:"不,我还可以给你带来一个好消息,那就是哪怕在废土联盟,这位中校也从不吃人肉,他视吃人肉者为畜生。我想大约这对你来说会好受一些?"

　　终于停止咳嗽的中校大拇指一弹,硬币在空中掠过一道银线,李南伸手接住,听见中校虚弱地说:"是人头杀掉你好?还是字杀掉你更好?"他说的人头和字是指那枚硬币的两面。

李南苦着脸道："要不我把它吞进去？"

"那就剖开你的肚子拿出来！"那个给李南检测呕吐物的女人狠狠地在他身后说道。

李南摇头道："估计等拿出来，胃酸早就将它腐蚀得分不出正反面了。"

中校咬牙道："不如一试？"

"还是算了吧，我怕痛。"李南耸耸肩，苦笑道，"我那时听说你们干掉过机甲，早知道你伤成这样，当时就不该把近战装备拿走……喂喂！放轻松点，好吧，我承认我吹牛，我当时只能那么做，小镇里有我的朋友，我不可能眼看着小镇里的居民变成军粮！"在身后枪械的上膛声里，李南无奈地说了实话。

"十六号。"中校有气无力地叫了一声。

那个被李南骗进陷阱的军人马上立正应道："到！"

"你跟着他走。"中校做了一个令人惊奇的决定，接下来的安排也让所有人意料不到，"如果我死了，你们其他人就跟着这小子吧，十六号在他身边，你们应该可以联络得上……"一口气说了这么多话，中校又拼命咳起来，这次他左肋的绷带几乎被渗出的血染红，天知道这么重的伤势他是如何支撑下来的。

"我养不起他们！"李南失声惊叫起来，对精通机械的李南来说，他太清楚维护那些外骨骼和生物纳米作战服的成本了，那可不像搜刮几颗子弹或是保养一把突击步枪那么轻松。

中校一边咳着血，一边笑起来，他脸上那道伤疤就像大笑的嘴，他已说不出话来，只是看着李南，拍了拍十六号的肩膀，然后冲李南挥了挥手。在带上十六号离开这里，或是拒绝带上十六号而被枪杀之间，李南作为一个正常人，并没有太多选择空间。

"我认识神弃之地的路,要不我带你们……"李南搀扶着两眼无神的冰山,在离开聚居点后对十六号这么说道。

十六号没有穿外骨骼,扛着多管机枪走在前面,头也不回道:"不必费心了,我们都知道那里怎么走。"

当李南忍不住询问中校为什么变成这样子时,十六号停下来,解下多管机枪沉重的弹药箱,点了一根烟,良久才开口:"保障分队阵亡了五个人,有两个人被俘。特勤分队因为缺乏近战武器,根本无法破坏机甲的防御,有三个成员被击伤……"回到废土联盟后,因为中校的特立独行让他在联盟里没什么朋友,于是在发现这种情况后,废土联盟里和中校有积怨的其他势力马上就向他们动手了。

"这都是你造成的,对吧?"十六号叼着烟,斜眼打量着李南,"我不会违抗中校的命令,但中校并没有说不能杀掉你身边这个痴呆的女人。如果你还是个男人的话,决斗吧。无论你是否能活下去,我保证不动这个女人。"

"我从不把生死寄于他人之手,无论是谁。"一直沉默的冰山不知何时眼里恢复了神采,她甩开李南向前走去,没有半分迟疑。

十六号并不认为纤细的冰山是个问题,他残忍地笑起来。直接杀死李南,与杀死冰山让李南痛苦,无疑他选择后者,这对他说是更为痛快的报复。

这种废墟上的决斗,没有公证人,没有人喊开始,没有限定武器,与其说是决斗,不如说是互相谋杀。

如果不是十六号手上的多管机枪在发射子弹前需要启动马达的时间,而冰山的手已经放在腰际的枪上,时间足以她开上两枪,那么十六号绝对会背起多管机枪立即开火。

在冰山跨出第七步时,十六号以闪电一样的速度拔出手枪,枪口划出一道弧线对准冰山之前已扣下扳机，这是无数子弹喂出的经验，这样枪口在刚好对准冰山时，扳机就会被完全压下。

"叭！"一把手枪飞上半空，打着转掉下来。

冰山持着 MR73 的手就在腰际，这是核前纪年遥远的西部时代牛仔的拔枪方式。拔枪，射击，决定胜负，不存在瞄准这个概念，因为在拔枪的瞬间，与枪无比默契的手已经决定了枪口的指向。冰山吹了吹枪口的轻烟，把手枪收入袋中，十六号被击飞的手枪刚好砸到地上。

十六号黑着脸捡起手枪，在他准备把手枪对准太阳穴时，冰山对他道："你输了，回答我一个问题，你就可以留着性命找机会杀死孤儿南，如果你愿意的话。"

对十六号来说，杀死李南是他不可能做到的事情，不论是中校的命令还是李南在陷阱里放他一马的事，何况作为一名正直的军人，刚才失败的决斗后，他不可能再对李南动手。

他摊开手，示意冰山快点问。

"你们经常和兄弟会交火，是否发现对方的那些克隆士兵有什么变化？"

十六号想也不想开口道："当然，以前那些实验室培养的克隆士兵背后有着许多恐怖的接口，近两年的就没有了……不过没什么区别，都是一样死脑筋，只要熟知周围地形，有足够的时间，以你的枪法，可以单独干掉几十个那样的克隆士兵。"

冰山还准备再问一些什么，被李南截住了话头："决斗完了，那么让我们继续前行吧！如果你不想跟着我的话，十六号，你走吧，你知道我并不稀罕你们这支保障分队和什么狗屁特勤小队！我觉得如果不是为了给你们这些自以为是的家伙当奶妈，凭中校的身手，绝对不至于落得这样的下场。"李南拖着冰山的手走在前面，低声对她说:"你应该问我,而不是问其他人。你现在真的和卡琳娜一样了。"

这种西部牛仔的拔枪方式,是喜欢看遥远的母星故乡的一些历史书籍的李南重新发掘出来的,而后再教给卡琳娜。冰山之前从没有用过这种方式,而今却能运用就证明她可以学习新的东西,那她就和卡琳娜一样,不再和那些克隆人士兵一样了。

他们去了一个倒塌的旧时代超市,十六号被李南叫去找些挖掘工具,冰山问道:"那么克隆人没有背后的接口,还有什么其他地方与人类不同呢?"

李南从地上捡起一块小小的碎镜片,也许是这超市的镜面外墙?谁知道呢。李南把它仔细地擦拭干净后递给冰山:"翻起你的左眼睑。"

冰山惊讶地发现,碎镜片里,自己的左眼睑有一个类似文身的黄色符号:LXV。也许看得懂希腊数字的人,可以确定这是第六十五的意思。第六十五什么?这是个不用回答的问题:第六十五个克隆体。

"你从什么时候发现的?"在经历了几次打击后,进一步的确认已经不能给她造成什么冲击了,但她的语气里仍有掩不去的淡淡忧伤。

李南说记不清了,记不清是什么时候了。其实从见到冰山的第一眼,他就发现了这一点。因为之前的那六十四个克隆体,孤儿南至少见过两个以上一模一样脸孔的尸体,如果这还不足以让他记忆深刻的话,那么五年前,他曾经看见一个克隆体皮肤溃烂、开始裂变。这也是他选择让冰山认清自己身份的原因,也许这是唯一可以让她摆脱克隆人结局的方法。李南也并不清楚是否有效,但他和冰山在一起这么久,已经习惯了有这么一个朋友,他想为她尽力做点什么。

挖开超市的地下停车场，众多旧时代车辆里只有一辆货柜车的传动、油路机构还算完好，李南用三四天时间清洗了油路，修缮了电路，又在附近搜索了一点柴油，这辆货柜车终于在连生产它的公司都不知所踪的年月里，咆哮着冲上了废墟。

"去天上人间找卡琳娜吧。"李南拍着十六号的肩膀，仍是一脸人畜无害的笑容，"我不知道把你放在哪里。"

全程目睹整个过程的冰山一时也没反应过来李南的意思。也许她不懂，是因为她并不是一个军人，哪怕存在行伍的记忆，那也只是培育时灌注的基因。

十六号一听就明白了，李南无法将自己的后背交给他，而十六号也无法将自己的后背交给李南，所以才不知道把他放在什么位置合适。十六号没说什么，扛起那挺多管机枪，沉默地向天上人间的方向走去："望之不似人君！"

中校可以把自己的部下托付给曾经背叛过他的李南，只因为认同毒树结毒果的理论，觉得把残余的特勤分队和保障分队交给李南就能继续完成他未完成的理想或使命。李南却没有信任十六号的肚量，所以十六号才说李南看着没有领袖的气质。

"是的，我不是。而你我都认同中校才是。"李南坐在驾驶室里摸了摸自己的脑袋，微笑着说，"也许中校太累了才让你们跟着我。你不能否认，这也是可能之一。"

十六号狠狠地往地上吐了一口唾沫，自顾自向前走去，李南在他身后吼着："嘿！给自己取个名字，哥们儿，没有人应该带着一个编号活着！"

十六号停住脚步，过了一会儿头也不回地挥挥手，继续他的旅程。

"人君？废墟上缺乏的也许只是人性，人君比野狗还多！"李南喃喃自语，挂上一档，松开离合，踩下油门。

货柜车跑了几百千米后，李南弄到了一辆SUV，总算舒服了一些。车窗外，残砖断瓦连绵不绝，正午里也多了几分阴森气息，那些杂乱生长的扭曲枯黄的植物展现着顽强的生命力，哪怕在如此恶劣的废墟，它们也尽力伸展着根系。但对车里的人来说，它们那众多的节瘤、古怪的枝叶，比变异动物更诡异。

冰山并不愿意回到兄弟会的基地，甚至想把李南拼出来的导航装置砸烂。李南一再劝她，却无法分辨她是否和卡琳娜一样，已经脱离了克隆士兵的保质期，看来只有回到实验室附近，一旦发现她的皮肤溃烂就马上泡到实验室的培养液里才是最稳妥的选择。

冰山对实验室有着无法改变的憎恶："你知道吗？我宁可让自己变成变异人，也不愿回到那地方。"她打了一把方向，绕过路面上的障碍，李南如同汽笛一样的呼噜声却不曾为此改变节奏。于是她踩下油门，冲着一个路面的大坑冲过去，李南一下子被颠得离座而起，头撞到车厢上，痛得立时醒了过来。冰山咬牙切齿道："我和你说话呢，孤儿南！"

如果被谁叫这个绰号却不至于生气，大约除了白痴修和无胆辉，也就只有冰山和卡琳娜了。前者是从小长大的兄弟，在基地里叫习惯了，后者则是因为李南好歹有过父母，但她们是天生的孤儿，所以被痛醒的李南发火，当然不是因为她叫了这个绰号。

"你疯了！"李南怪叫起来，"这样轮胎会起包的，然后会爆掉！你以为现在和核前纪年一样，到处都有修车店吗？到哪里找能用的轮胎？这轮胎估计比我爹的年纪还要大！我看你脑子坏掉了！"

伴随着尖锐的刹车声，李南嘴里比他父亲还年长的轮胎在路面上磨出黑色的轨迹，然后车门被踢开，冰山扯着自己的行囊跳下车，甚至没有一句道别的话。李南捂着头追下来，拉着她的手，却马上被她甩开。李南再一次扯住她，冰山回过头，一言不发地盯着他。

李南提着那个据说可以操控轨道激光的手提箱，问冰山是否还记得这个玩意，在冰山给出肯定的回答后，李南却突然说起不相干的事："七年前，卡琳娜还不太懂事，跟小孩一样，有一次我们被兄弟会的人围住，卡琳娜吓得都要哭了，我当时也实在想不出什么法子，也许把枪对准自己的太阳穴扣下扳机是唯一的选择……"

李南永远也不会忘记他以为必死的那一天。当时他带着卡琳娜在废墟上艰难度日，幸好手上还有那个从基地带出来的导航装置，这让他可以搜寻到许多核前纪年的快餐店、超市、便利店。

"就是无胆辉说的导航装置？"冰山打断了李南的话。

李南有点尴尬地点点头，冰山狠狠瞪了他一眼，想不到自己一直寻找的东西就在她身边。

李南讨好地笑道："你看，要是那时在自由会基地我就把它给你，你不是当时就会去兄弟会基地吗？那时你还没意识到自己的记忆是被灌注的，十有八九一回去就会被人活体解剖……"看着冰山的脸色，李南识趣地没有把后面的话说出来。要不是这个军用导航装置，冰山离开天上人间后，李南还追踪不到她呢！怕是得变成那个叫岩石的流民的战利品！

这个导航装置是军用款式，不是民用的手持式，而且本来是用在大型装甲载具上的导航装置，所以耗电很厉害，尽管李南拼凑了一个手摇式发电机，还弄了个稳压器，但很显然，并不足以为这个导航装置充电,往往他摇了一夜,充进去的电量差不多就是开机搜索卫星那十几秒的消耗,所以李南不得不带着卡琳娜进入当时钢铁联盟的势力范围。钢铁联盟的势力范围都是核前纪年的重工业、能源基地,正是因此,他们在核暴中受到的伤害是最大的,许多人被辐射污染导致变异。

那时的李南还没有成长到足以原谅"神弃之地"的地步,他宁可死也不会向那些人讨一瓶水!

他向冰山缓慢地讲述了这些年他一直躲藏的根本原因。

"异能,一瞬间就让时间凝固,而那十二具动力装甲却不受影响!"

李南有些苦涩,这些年,他仍没有找到哪怕一丁点线索,甚至除了他,似乎连将军拥有这个异能都没有人见过,大约见过的人都死了,包括那些操纵动力装甲的人——毕竟克隆士兵也就几个月的寿命。

"我觉得东海基地或是自由会,也许还有沉日城,一定有他忌讳的东西,但我没有找到。"李南摇了摇头,"我决定不再等了,因为我觉得至少我应该尝试把她救出来。"

身穿职业套装的她,李南从不曾忘记,是她让自己和卡琳娜幸免于难。

卡琳娜有了成年人智商后,忘记了许多以前的事情,但她没有忘记那一天。她常说那身着职业套装的女秘书是她的圣母玛丽亚。李南却总是深深愧疚,他发誓总有一天要把那位女秘书从将军的阴影里带离。

"你想想,那个不分青红皂白就屠杀了十几个势力的将军,那是一个什么样的人?"当年李南离得很远,并没有听到将军关于人奸的理由,尽管这个理由不一定能说服李南,但至少将军并不像李南以为的那样，"一点原因也没有！就是他到了那里，看不顺眼就要杀光，甚至不接受投降！我们可以想象她生活在将军身边，是如何恐怖！"李南少见地激动起来，用力捉着冰山的胳膊，"将军是什么人？一个没有人性的家伙，他制造克隆士兵，屠杀流民，这家伙是个疯子，可怕的是这个疯子还有绝强的超能力！"

有一句话他没说出来，那就是他不会再这么看着了。是的，他长大了，不再是那个看着晴姐牺牲而无能为力、只能如丧家之犬一般逃入下水道的孩子！他不会再看着那善良而脆弱的女神枯萎在将军手里而自己什么也不做！

"你准备和古代勇士一样屠杀凶龙，最后去救出你的公主？"冰山极少见地用调侃的口吻问李南，"现在想说服我加入，跟着你去拯救公主？我呢？是作为你屠龙的诱饵？还是你凯旋后为你喝彩的路人甲？"

李南搓着手，讨好地搂着冰山的肩膀说："哥们儿，不要这么不仗义嘛！卡琳娜和数字要建基地，中校给的人我又不敢用，天知道他们什么时候在背后给我来上一枪，只能找你了。说实话，我也害怕，要不早些年我为什么不去救她出来，但卡琳娜说她讨厌这么躲下去，我觉得也对……既然都准备堂堂正正过日子了，那女秘书对我有恩，肯定不能看着人家那样过着惨绝人寰的日子……"

哥们儿？侧着头不去看孤儿南的冰山有一枪打爆他脑袋的冲动，她狠狠地用脚后跟踩在李南脚尖上，一肘砸在李南的胸口，甩开他搭在自己肩上的手，回头望一眼捂着胸口蹲在地上的李南，冷哼一声，准备离开。

"卡琳娜看着脾气不好，也就是骂骂咧咧，还没真跟我动过手……你看着斯文，倒真下得了手，妈啊……好痛！"李南蹲在那里大呼小叫，抬头才见冰山已经走远，连忙叫道，"喂，那我自己去，要是被捉住了，连给我一枪的人都没有，真的会被捉去活体解剖啊！"

冰山停住脚步，过了一会儿终于转过身，但就算走过李南身前也没有搭理他，径直上了车，大力关上车门，发动汽车。

李南还在那里揉着胸口，见那辆SUV奔驰而去，跳着脚嚷嚷："喂！喂！"

那辆SUV停下来，快速地倒车过来，看那十足要撞死李南的架势，吓得他连忙往旁边一滚。车停下来，冰山按下车窗："你等等，我下车去给你另一只脚也来一下，估计两边平衡就不痛了。"

李南连忙拎着那个导航装置拉开车门跳上去，只是叫道："开车开车！"

不论什么借口，能把她劝住就是好借口，何况他真的不曾忘记要救出女秘书的愿望。

天上人间小镇的东南方，那幢七层高的楼房在核前纪年是这个小镇的大部分政府机构办公所在地。那段和平年月里，在这幢楼一层的不规则小房里办公的，似乎是妇女权益方面的机构，或是国民警卫队？天知道，反正核前年代的资料现在早已残缺不全，唯一可以肯定的是，这个机构不怎么被重视。

苏珊小心地挪动着房间里唯一的家具，一个硕大的书柜，那个对磁场感应较为迟钝的古老的司南，正是指向了这处。想上来帮忙的壮汉强森被苏珊伸手挡住，她回过头望着数字，两个人铁青的脸色和额头密密麻麻的冷汗让强森有点不知所措。

"不要动！"数字对着想走出房间的强森吼起来，他的声音因为慌张而有些尖锐，将他心中的恐慌感染到了强森身上，原本对这里的状况一无所知的强森现在被他们吓得不敢动弹。

苏珊抹了一把额上的汗，对强森说："把这个书柜推开，不要用爆发力，不然我们三个也许永远也出不了这个房间。"她和数字都看清了书柜后的机关，对他们两个来说，单是看到的系统布线就足以判断这是一个重力感觉防御系统。

在磁场屏障，任何电子器件都失效的情况下，也许一个重力防御系统本就是最佳的选择。强森搓着手，却不敢出力推书柜，犹豫着问道："这、这到底是怎么一回事？"

苏珊给他描述了一遍重力系统的工作原理，很显然对强森来讲，众多的专业术语和天书没什么区别。数字让她去专注破解机关，把向强森解释的任务接了过来："大块头，你知道地雷吗？踩下去就会爆炸的地雷。"

这玩意就是三岁小孩也知道，强森自然没有理由不懂。数字舔了舔嘴唇，比画道："这个房间的地板就是一颗巨大的地雷的压板，我们就压在上面。"他的话几乎让强森瘫下去，幸好他接着说，"你想想，一只蟑螂爬过地雷，会不会触发它？"

"大概不会吧？"强森的声音都颤抖了。

"一只蜘蛛呢？也许不会，但一只变异壁虎呢？那就很难讲了对吗？也许大一点的会触发地雷，小一点的就不会，也许没有变异的壁虎爬上几只也不会触发地雷，也许一只本来不会触发地雷的变异壁虎在地雷上跳了个街舞，于是就……"

看着强森拼命点头，数字推了推眼镜，拍着他的肩膀说："问题在于我们不清楚咱们三个对这个重力防御系统来讲，是蟑螂还是变异壁虎，所以最好不要跳街舞，不要用爆发力。"

书柜终于被缓慢地推开，后面的机关外壳也被苏珊破解，被剥开外壳的装置是一个类似永磁真空的断路器，那就说明后面有电力系统运作，否则这个断路器就失去了存在的意义。很快，苏珊停下来，因为她随身携带的辐射测试仪开始不停闪动红灯。他们三人并没有太多其他选择，只能把拆下的沉重金属外壳再安装上去，来屏蔽辐射。

"什么情况？"卡琳娜在外面高声喊问着。

数字搔着头发，许多头皮撒落在他的黑色镜框上，他断断续续地说："里面有个断路器，是的，只有一个运动部件的断路器，它靠磁力运作，里面应该有电子仪器……也许是通过辐射来形成真空，抵抗强大的磁力……"最后他还是想出了一个法子，"我们可以弄一些导磁性能好的金属来屏蔽磁场，那些机甲坦克无法在这个磁场里工作，是因为如果套上足够屏蔽磁场的金属罩，就没有发动机能驱动那么巨大的重量！但我们不需要移动，也许我们可以给这个房间安上足够厚的铁板……"他的结论是，"这个近三百立方米的房间，用导磁性好的金属板把它填满，在中央留下半立方米左右的空间给我，我的手提电脑应该能够工作起来，我想我有把握破译这个插卡式密码锁……"

卡琳娜在外面粗鲁地打断了数字的话："开锁用的是一张卡片？"

"是的……"

"待着别动！"卡琳娜骂了几句脏话。数字明显是在说疯话，别说这个小镇哪里能找到那么多导磁性好的金属板，就算能找到，怎么弄进去？把这幢楼拆掉吗？再说里面还有个重力防御系统，塞进那么多金属板，谁能保证重力系统不会被启动。

她吩咐手下："告诉镇上的人，帮我打开里面的锁，或者我离开你们这个见鬼的小镇，让你们随时被拉去当军粮。卡片，把所有能找到的卡片和类似卡片的东西，都给我弄过来！"

卡琳娜看着急急忙忙离开的手下，想起李南在沉日城藏身的那间房子，那是一幢和这小楼极相似的建筑。其实在上一次跟李南离开当时还是老约翰当镇长的天上人间后，在废墟的这些年里，她和李南在各地发现了不下几十幢和这房子相似的建筑。如果可以解开这道锁，掌控磁场，也许她拥有的不止天上人间这一个基地，她相信那些相似的建筑一定有着类似的开启磁场的控制台，那么在排除重型载具的情况下，她将有数十个属于她的基地。

这是除了追寻异能的秘密，李南和她变换身份混入各个聚居点的另一个原因。长达八年的逃亡，她和李南无时无刻不想结束这种流离的生活，但他们知道除非可以建立起足以和兄弟会抗衡的基地，否则一切都是空谈。然而几年前来天上人间时发现的这个房间，给了他们希望——把小镇变成军事基地后，在数字的"灵机一动"下，用古老的司南察看这间房子的异常只不过是表象。

"天上人间所有的秘密都与这房子有关。"当年在天上人间小镇里，落魄的数字就是提出了这个设想才会被李南收进自己的队伍，并且在长达几年的时间里一直庇护着他。

李南和卡琳娜发现，至少有二十个足以连成一片的废墟都能找出这种相似的房间，而这些几乎完全一样大小、都只有一个硕大书柜的房间，在李南那个可以测算卫星轨迹的导航装置上有着相同的标志：绝密军事基地，尽管它们表面看上去连一个猫耳洞都算不上。

他们决定回到天上人间挖掘这个秘密。如果在别的废墟启动磁场屏障，那突然失效的电子器件一定会引起民众的恐慌，招惹兄弟会的注意。只有天上人间，才是最理想的实验室。

第二十三章 关于爱情

  位于梦幻之城的兄弟会总部,基地内有着规划良好的道路与绿化——如核前纪年描绘的树林,而不是废墟里那些比变异怪物更扭曲的植物。在一座庞大的工厂门口,停着那辆在枪林弹雨中毫发无损的考究的加长轿车,先行下车的女秘书拉开马车式的后开车门,身着笔挺军服的将军走出来,门口的卫兵马上立正行持枪礼。

  走进全封闭式的工厂,白色的主基调更映衬得将军一行人十分醒目,但无论是生产线上忙碌的克隆工人还是途中三人成行敬礼的卫兵,都没有让将军高兴起来,他低声对秘书说道:"你知道我看见什么吗?"

  "在您的领导下,梦幻之城光辉的未来?"女秘书轻柔而动听的声音使人分辨不出这是对将军的讨好还是嘲讽,"或是在千百年以后,世人将铭记您的名字?重建后的人类家园矗立着您的雕像?"

  哪怕在钢铁联盟的炮火中,将军仍保持着古井无波的平静,然而此时,他的脸上闪过一丝不快。在沉默地行进了几十米后,将军开口道:"什么狗屁梦幻之城?我只看到一堆数据你明白吗?这些看上去勤劳工作的人和尽职的士兵,都如同程式里的 1 和 0 一样,只不过是在执行着编写好的代码……"走进这座工厂似乎让将军感觉不再需要遮掩自己的情绪,现在稍显激动的表情使他看起来更像一个鲜活的人,而不是伟人。

  如同被狼养大的小孩会习惯四肢着地奔跑,也许他扮演伟人的时间太长了。在走进宽大豪华的办公室后,将军很快就恢复了平静睿智："谁还记得这颗废墟星球原来的名字叫作人类的第二故乡？谁又还在乎梦幻之城本是所谓的新硅谷？"

女秘书没有回应将军抒情式的感叹，她手上的超薄平板电脑闪烁着各处传来的信息，事实上平日需要她处理的资料并不太多，计算机和各分部的负责人会筛选掉大多数无用的消息，但今天的异常让她不得不停下脚步处理这些文档。

她将一些信息转发给将军，将军也不得不停下来，打开左小臂上的战术屏幕，上面最为显眼的一行字是红色的，那是最高级别的警示信息：S3已失控！而这条讯息附带的短讯是黄色的：S3已超过服役期，仍未发生病变。

"一个好消息，一个坏消息。"将军接过女秘书端来的咖啡，感叹道，"远古的寓言总是不分民族、人种，闪烁着智慧的光芒，塞翁失马，焉知祸福……帮我起草一份作战计划吧，我想只有绝对的力量才能建立绝对的秩序，任何妥协与谋划，都是多余的。"

"如您所愿，阁下。"女秘书的回答一如既往地没有半点礼节上的缺陷。

"我反对，将军。"一个声音从将军面前那张硕大的写字台下面传来，然后是脑袋撞在台面上的声音。桌子底下的人不无苦恼地说："也许我该减一下肌肉维度了，将军，请慢慢向后挪动你的大班椅，不要太快。"

修长而干燥的手指着两个手雷按在大班椅上，往前五厘米处就是将军的两腿中央。李南从桌子底下探出头，说："我对你的异能向来极为忌惮，不，我很怕你的异能！如果我发现你准备使用异能，毫不迟疑，我会选择在炸死自己的同时恶心你。"

将军看着李南手上的两颗手雷，无奈地笑了，他慢慢地挪动椅子，让李南从桌底更方便地爬出来。李南爬出来，抬脚踩住其中一颗手雷，屁股挪到写字台上，再用另一只脚踩住第二颗手雷。

将军喝了一口咖啡，丝毫没有因为现在的处境而尴尬，他轻轻地把杯子交给女秘书，然后对李南点头笑道："你准备得很充分。"一颗传统进攻式手雷，一颗电磁脉冲手雷，要完全防范这两种不同模式的伤害并不是容易的事，尤其两颗手雷的位置正在他两腿中间。大约没有哪个男人会愿意冒这种险，哪怕是强大得握紧拳头便可以宣告一个势力灭亡的将军。

李南显然很紧张，死死地盯住将军，哪怕一点风吹草动都不敢放过，他颤抖着手掏出烟，抖了七八次仍没把烟抖出来。将军笑着向他伸出手，从李南手里拿过烟盒，取了两根烟出来，对李南道："你不介意我也来一根吧？谢谢。"

脸白如纸的李南勉强挤出一个比哭还难看的笑，直到把烟点着，他的嘴唇都在哆嗦。

"放她走！"李南似乎下了很大决心，直面生死让他终于不再颤抖，吐了个烟圈对将军说，"让她走，我告诉你延长克隆士兵'保质期'的方法。她只不过是一个秘书，对你来说，再找一个漂亮女孩，比找一颗 7.62 口径子弹更简单。我要告诉你的秘密，你很难在别人身上找到。"

将军没有说什么，眼角的余光瞄了一下女秘书，无声地笑了。

李南感觉很不好，本来他是一个很擅长讨价还价的人，但在这一刻，将军施展强大的异能灭亡了钢铁联盟的身影如怪物一样存在于他心里，尽管他把两颗手雷压在脚下，但他自己也并不怎么相信这能给将军造成什么威胁，他一开始所说的"恶心你"也许就是这两颗手雷被期待的最好的效果。

"我相信你的手下必定已经告诉你 6C1 并没有病变，对吧？"李南迟疑了一下，转眼看着女秘书那姣好的容颜，他实在无法忍受这位当年救了他和卡琳娜的女神——是的，女神，李南突然找到了支撑自己的信念——继续被将军囚禁蹂躏！

他说："我留下来，交换她的自由。"

"你为什么要这么做？"将军终于开口，带着几分玩味和不解。

李南把还剩半截的香烟在桌面上按熄，摇着头说出了那年在钢铁联盟这位善良的女秘书是如何挡住将军的视线，然后他说："我知道，她甚至不记得自己救过我这么一个少年，她这么善良的人，肯定尽力搭救过许多和我一样的人，但总得有一个人站出来为她出点力，而我将是第一个……是的，她比我看过的一千四百光年前母星故乡的书籍里描述的南丁格尔更加完美……"

将军摇了摇头，抱着手臂，抚摸着下巴修剪整齐的胡子说："不，我想不仅仅是这样，孩子，我活了足够长的时间，听过足够多的借口和谎言。如果你想打动我，唤起我心中可能存在的一丝同情，而不是依靠这两个手雷的话，我想你应该更勇敢、更真诚一些。你是一个坚强的孩子。是的，八年，兄弟会派出无数人手都没能捕获你，也没有让你感到恐惧而投降。"将军打开桌上的雪茄盒，取了一根，示意李南也可以来一根，他剪去雪茄头，考究地转动着烤起来，然后才点着抽上一口，说，"但这么冒险，这么盲目，甚至用自己来换取他人的自由，这不是你的性格。"

李南磨磨蹭蹭地涨红了脸，用母语说又拉不下脸，折腾了半晌想用英语，但连说"I love her"都不敢，最后结结巴巴地说："This is love…"

将军的第一反应是用手按住李南的脚，严肃道："不要抖！孩子，不要因为你的爱情让我去接受外科手术，好吗？"毕竟李南脚下压的两颗手雷可不是一个玩笑。

将军笑了起来，鼓起掌，到后面他实在无法保持仪态，疯狂地捧腹大笑，连泪水都飙了出来，他狂笑着问道："孩子，天啊！你是不是核前纪年的旧时代爱情小说看多了？怎么可能想出这么疯狂的事，在这个核后纪年里……上帝啊！现实比电影更肉麻、更不可思议！"

李南的脸几乎红得要滴出血来，他只是偷偷地望了女秘书一眼便马上低下脑袋。而女秘书那吹弹可破的脸颊上也隐隐泛起红晕。无论如何，当一个毫无血缘关系的男人愿意用生命交换一个女人的自由，也许他是个蠢蛋，也许他并不能以此得到垂青，但多少总是让人感动，尤其是在废墟，这个道德沦丧的废墟。

"好吧，我得承认，这让我感动了。"将军抽出洁白的手帕，擦掉笑得溢出来的泪水，"也许你应该表现出你的诚意，先告诉我延长克隆士兵服役期的秘诀？不，我并不想知道。"

李南惊愕地望着将军，这本来是他极为有力的筹码，甚至考虑过在女秘书自由后用此来换取自己的性命。

将军笑道："是的，6C1这个克隆体并没有病变，但是她跟着你来到了梦幻之城，帮助你对付兄弟会……这不是我要的士兵，孩子，你明白吗？一个有思想、不再完全效忠于兄弟会的克隆人，兄弟会考虑的是如何消灭她，而不是她的服役期。"如果说卡琳娜是人格、智商都没有成形的实验体，因为习惯听从李南的命令，让她改变了效忠的对象，兄弟会还会认为李南掌握的延长克隆人保质期的技术是有意义的，但冰山就不同了，冰山是人格和智商完全成形后才被投放到废墟的。

将军很坦然地告诉他："我并不再需要你了。"

尽管她保质期过后没有病变，但这样的克隆士兵被李南弄得转过枪口来对付兄弟会了。

将军说："你想在兄弟会里成为克隆人的首领，然后带领着一班不会有服役期困扰的克隆人来推翻兄弟会？你没有价值了，但我被你感动了，她自由了，不过你得留下，孩子。"将军怜悯地看着李南，如同看一个变异人，"我想你应该知道，在这片废墟上，兄弟会有两名核心成员，都是核前年代的人类，除我以外，另一位是谁？你是否考虑过这个问题？"

一直没有开口的女秘书摘下眼镜，显得更活泼了，她的声音仍是那样动听："你叫李南是吗？"她没有使用敬语，这让李南觉得很好，正是他期待中的亲切，只听她说道，"其实正如将军所说，我就是这废墟上的另一个核前纪年人类。"

在歼灭钢铁联盟时，她并没有想过救他，也并不打算冒领这份感激，没有人会在意蚂蚁因不经意掉下的饭粒而感激自己。在她的眼里，尽管李南和蚂蚁不一样，但至少她没有必要骗他："我是自由的，当然，我感激你为我做的一切，你是个好人。"

李南有些尴尬地笑了笑，他抬起头，全然不见之前那种因为青涩而要用英语表达的窘态："美女，能告诉我你的名字吗？"

"温妮。"她看着李南的眼神里有种母性的关爱，按父、祖、曾、高、天、烈、太、远、鼻来算，她可能是李南天祖母甚至太祖母那一辈，"也许你可以考虑加入兄弟会，将军和我并没有隶属关系。"

作为废墟上仅有的两名核前纪年人类，她自然在兄弟会里有自己的势力和派系，这说明显就是在告诉李南，将军奈何不了她，而如果李南愿意，她可以为他提供庇护。

就在这时，李南脚上一紧，整个人被抛到半空，那力量是如此之大，如果不是温妮伸出她那春葱一样的手接下李南，也许在砸裂地板的同时，肋骨断折插入脏器，就是李南唯一的结局。

那两颗手雷被抛出窗外，将军在窗外剧烈的爆炸声里微笑地望着李南："孩子，很抱歉，我已经不太耐烦和你纠缠下去了。

你是一只不安生的老鼠,总是不停捣乱,而这一次,你过线了。在你可笑的爱情故事结束的现在,接受命运的终结吧。"

努力站稳的李南没有理会将军,他望着温妮,有种如释重负的轻快:"重要的是我来了,至于结果,我从决定这次疯狂之旅开始,就没有太过强求。"

温妮的脸上那种母性的光辉在减退,她明白李南的意思:不论你是否自由,重要的是我为此努力了,而我也不曾要求在为你谋求自由后,得到你的垂青。

没等她开口,李南笑道:"也许每个男人的一生中都会有一次这样的疯狂,只不过我的你,让这次疯狂的代价有点大。至于你的年纪、你的权势、是否接受我,都不是我能决定的。我能决定的,只有让自己不爱你,而你看,你知道答案。"

她有了一种久违的悸动,也许和爱情无关,但再也不能让她把李南当成一个小孩。他的眼神清澈而恬静,这不是一时冲动的决定,显然眼前这个年轻人的选择是再三推敲权衡利弊之后做的,绝非冲动。

"您知道,我不想拒绝这个年轻人向我示爱,同时再夺走他的生命。"温妮对将军这么说道,同时抖开盘在头上的长发,黑色的长发洒落下来,让她更添飘逸的神采,"阁下,我想您应该清楚,机甲第三中队的左侧,不单驻扎着机甲第一中队,而且包括右侧的两个'冰箱'小队,他们似乎更习惯执行我的命令。"这已经是赤裸裸的威胁。

天上人间小镇里,苏珊和数字在一周的时间里,尝试了收集来的无数卡片后,用其中一张打开了入口,然后他们合作了七个小时,进入了那个人工磁场的中控房间,而就在进入的一刹那,他们突然互相拔枪指着对方，喝出了同样一句话："我知道你是克隆人！"

数字冷冷地望着苏珊，其实之前他想自杀，并不只是因为苏珊喜欢卡琳娜。虽然他们都不再像卡琳娜一样背后有着那些可怕的接口，但他当时发现了苏珊是克隆人，这才是他伤心欲绝的根源。

"让那些狗屁的'服从就是天职'见鬼去吧。"数字平静地望着苏珊。他看着一个个从培养室出来的同伴前仆后继地为了所谓的正义赴死。他觉得战争没有正义，也没有荣耀，只带来了死亡，何况还是不由自己选择的死亡。

他们两人的相处似乎比之前更融洽，苏珊扔开手中的枪，一脸轻松地抱着数字。的确没有人应该从一来到人世间就被决定要死在战场上，哪怕是克隆人。她一下子抱住数字，泣不成声。之前说喜欢卡琳娜，只不过是她发现了数字是克隆人，担心对方如果跟兄弟会接头，自己会没有勇力扣下扳机，而她也不能向其他人举报，因为她和数字大约是同一代克隆士兵，检验数字的方法也同样适用于她，所以她选择了和数字保持距离。

他们不同于卡琳娜和冰山，能在李南的照顾下摆脱克隆士兵的思维，是战场上众多死去的同伴让他们多次在生死边缘顿悟，没有人比他们更珍惜自由。他们紧紧相拥，相互在对方耳边喃喃细语。数字低声说道："如果势必要死，我宁可用自己选择的方式！"苏珊激动地吻上他的唇，这让数字坚定以后要多抄袭李南的口水语录的信念。

"撕开她的衣服！上！"随后进入中控房间的强森不知道发生了什么事，但不妨碍他马上兴奋地进行一种另类的加油。曾经同为克隆士兵的过往让数字和苏珊有着良好的协调与配合力，几乎同一时间，他们操起刚才扔下的枪，并把枪口对准强森："闭嘴！"

一个不再有隔膜的团队无疑会让心情轻松许多。在磁场中控室待了半个月后，数字和苏珊在一队卡琳娜训练出来的士兵的保护下，向李南标出的第二个准基地出发。如果那个聚居点的无限相似的房间里也有一个通向中控室的入口，那么就可以把前面的"准"字去掉。

送他们离开时，卡琳娜吩咐带领士兵的强森："一切听数字和苏珊的安排。"

"他们要是争起来呢？"把头皮刮得发青的强森犹豫着问道，"听谁的？"

"等他们争完。"

"要是他们谁也说服不了谁呢？"强森似乎变得聪明了一些，也许是这段时间看多了苏珊和数字争执。

"你觉得我们谁说的有道理就听谁的啊！"数字和苏珊又一次不约而同地开口。

"不。"卡琳娜摇了摇头，伸出一个手指戳着强森的胸肌，"听着，如果他们谁也说服不了谁，无法给出一个明确的命令，你就把他们全干掉，然后回来。"

"我们要的是自由。"卡琳娜对数字和苏珊说，"不是争吵和内讧。你们可以保持所谓学术分歧的狗屎，但这狗屎是你们制造出来的，就在你们之间消化，不要让它令我作呕。如果你们弄出学术分歧这种狗屎让我们无所适从，那么就只能用毁灭来恶心你们。"

"记住，你是一个军人，你只会杀人，不要加入他们的争吵。"这是她对强森的叮嘱。

也许卡琳娜的安排是正确的，在一个月后，也就是李南走进梦幻之城的这一天，有七个基地开启了磁场屏障，除了两个以人肉为食的聚居点被歼灭，其他五个基地的居民已经认同了天上人间的领导权。当然，这和十六号领着中校的遗产——那支残缺的特勤分队与保障分队的到来有着莫大的关系。他们每一个人就算抛弃装备，也都是优秀的军人，甚至在这末世，他们还坚持着骑士式的精神洁癖。当卡琳娜指派他们去各个基地担任训练工作时，这些一身本领而且自律的军人无疑有着莫名的人格魅力，加上他们提供的作战训练，更让聚居点的人们知道在末世中生存下来的根本是什么，于是绝大多数人都选择了认同。

"你知道你的小情人来梦幻之城干什么吗？"将军闭上眼，靠着椅子对女秘书温妮说道，"你以为他真的为了爱情而来吗？呵呵，不得不说，无论活了多久，女人总是感性的，总是容易被一些子虚乌有的东西打动。"将军打开桌面的智脑，下达命令："最后一次查阅农作物种子的时间，是什么时候？"

智脑快速地搜寻着，过了一会儿，呆板的电子合成声响起："七十六个小时之前，查询了十五种适合在废墟种植的农作物储存仓库地址……"

将军皱起眉头，询问智脑："同时查询的还有什么？"

"废墟中的野生植物分类及治疗效果……"

李南笑了起来，耸了耸肩对将军道："是的，在你的桌子下蜷缩了三天，的确很难受，三天以前，冰山也就是你所说的6C1，已经带走了需要的农作物种子和野生植物图鉴。"

将军从来没有如现在这样惊愕，他一直认为李南在伪装自己的动机，以博取女秘书的同情，谁也不能否认李南的确很擅长伪装，但没想到，李南真的为了爱情发疯，在将军的桌子底下藏匿三天，对熟知梦幻之城内部防御布置的将军和女秘书来讲，他们都知道那是多少次的生死考验。

"送给你。"李南拿出一条兽皮编织的手链,塞在女秘书手里,然后问将军:"强大如你,能从这条手链里看到什么?"

将军只扫了一眼就看出那是成年变异蜥蜴的皮,能抵抗轻微辐射,但他知道李南想说的不是这些,他想了想,也许他可以不开口直接把李南轰成渣,但出于一个核前纪年旧时代人类精英的骄傲,他不愿意在一个出生于核后纪年、没有受过系统教育的小子面前低头:"力量,杀戮,丛林法则。强者夺取他所需要的,例如这变异蜥蜴的皮,弱者承受它必须承受的,比如失去生命后还要被剥皮拆骨。"

"我看到的和你不同,将军。"李南一脸人畜无害的微笑,摇着头说,"我看到聚居点的女人,也许被辐射污染长出第三个乳房,但她开心地迎回了丈夫,那个在废墟里猎杀变异蜥蜴养活全家的男人终于平安回家了。他们也许有孩子,我想他躲在母亲身后,应该也有笑容,我不否认孩子的脸大多是脏污的,也许同样已经被辐射污染,长出第七个指头,也许聚居点门口那失去谋生能力的老头还会向男人抱怨,说他的婆娘打孩子的声音扰了他的睡眠,以此来让男人内疚而分给他一点蜥蜴肉……人类的爪牙并没有野兽锋利,如果单单是丛林法则,也许人类在原始人阶段就灭亡了。将军,不是见鬼的DNA,是人性,是人性让我们的种族延续至今!"

这些话显然触碰了将军的逆鳞,向来喜怒不形于色的将军法令纹深深陷了下去,他咬着牙道:"那被辐射导致变异的人越来越多,这个星球还有人类生存的空间吗?不要和我说克隆士兵病变后的变异人,那不是威胁,每隔一些时间,兄弟会就会引导那些病变的克隆士兵去送死!但那些被辐射污染而变异的人呢?他们有思想，会建立自己的势力，比如钢铁联盟，他们不断挤压人类生存的空间，如果不歼灭他们，人类……"

将军其实在掩饰着一些什么，但这已经无关紧要了。

"随他去！"李南打断了将军的话，少见地激动起来，"我们是人，我们是人！那些受辐射变异的不过是一些可怜的残疾人！如果所谓DNA纯正的人类，是通过屠杀自己残疾的同类来取得生存空间，那么就让人类灭亡吧！那已经不是人类了，失去人性，你还分得出人和变异狼的区别吗？我们是人，将军。"

之前女秘书的威胁也许让将军把杀掉李南的念头压了下来，但李南所说的话让他觉得不能放任李南走出这个门了，这种与他的原则相冲突的言论将会荼毒所有纯种人类，这不是将军能忍受的。

将军伸出了他的手。

女秘书温妮伸手将李南挡在自己身后，然后扯开了西装外套的扣子。

将军张开了那只握紧后就毁灭了钢铁联盟的手，那在枪林弹雨里也能让那辆考究的加长轿车连漆都不掉的异能，不论炮弹还是武装直升机都无法抗拒的异能。将军没有任何迟疑，哪怕面对女秘书的威胁，他有一种领袖式的使命感，驱使他做必要的牺牲！他握紧手，空气的扭曲从他握紧的拳头处开始向外扩散。

温妮反手撩起西装外套，她的后腰巧妙地系着四把枪，通过皮质枪套卡在腰臀处。这四把手枪并没有影响她的曲线。她拔出枪，那是一把镂刻精美花纹的单发老式手枪，任何人在看到这把枪时都会理解她的选择，因为这样的枪是不需要弹夹、不需要自动装填、不需要抓弹钩的。

超过20mm口径的管状武器已经属于"炮"的范畴了，而温妮手持的这把单发手枪拥有接近 50mm 的口径，强劲的火舌喷射而出，比反器材狙击枪更为恐怖的枪声响起，镂刻着某种花纹的弹头在空中运行，带起如同符咒的残影，然后温妮把枪往身后一扔，左手拔出第二把手枪，扣下扳机。

她的黑发在李南眼前甩动，在迸射的枪口焰的烘托下，与仍在空中打转的枪口青烟共舞，如有生命的精灵。李南认为他在硝烟的呛人味道里闻到了秀发带起的淡淡清香。

当第一把手枪准确落进枪套时，温妮已经开了四枪，四发接近 50mm 口径的子弹并不是瞄准将军而去，它们各自奔向不同的方向，轨迹恰好切过从将军拳头开始扩散的扭曲波纹，而后消失无踪，不论是弹头还是将军那将一切停止的波纹。

"你想干什么！"将军愤怒地咆哮起来，"为了庇护你的小情人便把人类置之脑后吗！"

这时李南从温妮身后走出来，扬手制止了女秘书的好意："温妮，我是个男人。"

一个男人不应该躲在女人背后，任由女人为自己遮风挡雨，无论用什么借口。每个人都有不可触及的底线，这就是李南的底线。

"沙文主义的小孩……"温妮摇着头，无比怜悯地说。对阵将军，哪怕是她也仅仅只能抵消对方的异能。李南的死是她不愿看到的，但她更清楚自己不应该代替他做主，毕竟她不是他妈妈。

她有些伤感，是的，也许她对李南谈不上爱，但至少这是个让她有好感的年轻人，而且是个帅气的年轻人。

就在这时，她的腰一紧，李南笨拙而坚决地吻上她的唇。

如果她愿意，就算一百个李南也不可能接近她，但在那一瞬间，她突然有种说不清是怜惜还是放纵的疯狂，或许她觉得这个小孩可以为了她用生命来演一出爱情剧，那么身为女主角的自己，有必要在李南赴死之前给他一个吻来作为告别，就像一个完成仪式的符号。

"如果有一天，你愿意接受我，如果有一天，你需要帮助……"李南松开女秘书，郑重其事地对她说，"如果有一天，你想离开这里跟我去旅行，请告诉我。如果我仍无法让自己不爱你，我会来。"

他说得煞有介事，仿佛下一秒将要死亡的并不是他。

将军弯起的嘴角是浓烈的讽刺，而温妮的眉间莫名凝聚着忧伤。

李南转过身面对将军，这场蚂蚁对大象的战争拉开了帷幕。他扯下身上的衣服，一个不停跳动着数字的仪器贴在他的胸口。

"你很不幸，将军。"这只就要被按死的帅气蚂蚁坦然地对他的敌人说，"因为你坐在椅子上。你可以杀死我，我知道，你有千万种方式杀死我。我想，你让物体静止的异能无非就是改变磁场或重力之类的，要不就是通过影响分子结构吧……"

将军不屑地笑道："孩子，你要学的东西还很多，并不是你想得那么简单，只可惜你不会再有学习的时间了。"

李南说道："我得告诉你，这个仪器可以发射七十八种信号，包括超高频的音频信号和红紫外线等。一旦我的心跳停止，或是我松开手上这个按键，它就会用七十八种信号启动你椅子内垫和靠背里的炸药。诚然你的异能也许可以让这七十八种信号都停止，一种也不会放过，但里面的炸药已经做了磁真空、辐射等屏障，当然我承认，也许这些仍然无法抗拒你的异能。"李南抬起他那英俊的脸，用一种属于年轻人的朝气和莽撞对将军说，"我很怕死，我的脚在发抖。但如果你愿意，我们就来吧，像个男人一样，看看是我这蝼蚁能拉上你陪葬，还是你毫发无伤地干掉我！你动手啊！我至少能恶心你！你不动手，我就要离开了。"李南按着那个按键,缓慢地倒退向门口,"记住,我并不是靠女人的庇护而离开的,将军。"

随着李南的话,将军的脸色越来越难看,他看着李南一步步地退出门口,手僵在那里,一动也不动,不单没有发动那恐怖的异能,连呼叫警卫的按钮也没有按下。

这才符合李南的性格,按照兄弟会的资料,李南是无论什么事都热衷于留后手的。位高权重的将军就算今天不杀死李南,那明天、后天呢?正如李南所说,他有千万种方式干掉李南,但是否要冒这个险呢?是否有这个必要呢?

最后李南消失在他的视野里,将军吐出一口气,轻轻收回手,似乎在自我安慰:"不,我不会被一个核后纪年出生的小孩激怒,身为受过良好教育的核前人类,怎么可能为了一时意气与一个小孩同归于尽?"

温妮似乎并不想让他好受,她重新扎起头发,保持着使用敬语的习惯:"您必须承认,这个孩子比您更男人。我相信他刚才所说的什么射线、真空,他自己都不知道是什么意思。"

将军本是极优秀的人才,刹那间他就反应过来,如果李南的心跳控制着炸药,那么他离开的范围已经足够远了——估计李南已经离开了梦幻之城,这感应不到他心跳的炸药为什么还不爆炸?

他抓起拆信刀破开座椅,里面什么也没有。

温妮的眉毛弯起来,她感觉在心仪的女人面前充硬汉的李南如果年纪大一点,或许她可以和他坐下喝杯咖啡畅谈人生?不过,他始终只是一个少年,嗯,就算有那道淡淡的刀疤,也仍是颇为英俊的少年。

第二十四章 关于异能

开启磁场屏障的基地越来越多，李南的基地在一年后拥有了近十万平方千米的废墟。因为失去大型载具的支持，火炮也失去雷达、指挥仪的联动协调，兄弟会的几次尝试性攻击只能人工操作，机械的克隆人士兵并不能讨到什么好处。农作物也有了一定规模，有了野生植物图鉴后，原始草药医疗也走上轨道，近十万平方千米的废墟渐渐有了人间的味道，特别是在以天上人间为核心的两万平方千米的控制区域内，至少没有再发生以人肉为食的事。

刘辉和章霭修从兄弟会带着手下投奔过来。没有人知道是刘辉贴身内袋里的那张卡琳娜当年的蜡笔画让那些因为血液里不知何时起爆的纳米炸弹而惶惶不可终日的兄弟会基层军官看到了一条出路。陆续又有兄弟会基层小分队的军官带队来投，当然很大一部分的原因是磁场屏障可以让兄弟会高层无法启动他们血液里的炸弹。

李南在数字与苏珊的婚礼上喝得有点醉，讲起了他从梦幻城脱身的经历，不时赢来一阵喝彩。坐在他身边的冰山听到他说起那迷人的温妮，总是如同和嘴里的肉有仇一样狠狠地咀嚼着。

在喧闹的婚礼散席后，李南仍在吹嘘："不朽是人性，而不是暴力！"

"从梦幻之城回来后，你的吹牛水平已经上升到哲学层面了。"冰山在离开数字的婚礼时数落着李南。

卡琳娜则没有那么客气，起哄着："这家伙的绰号是什么？

不是奸商南就是口水南！除了会吹牛皮，他还能干出什么正事？"

刘辉叼着烟走在后面："看看他把我和阿修从兄弟会机甲坦克装配的军队里忽悠到这里跟你们一起抱着步枪作战，就知道这家伙的吹牛水准了。"说着他还晃动着肩头喝醉的章霭修，可惜章霭修实在醉得太厉害，没赶上这欺负李南的好时光。

"不要相信奸商南的话，这是老约翰唯一说过的正确的话！"强森大着舌头也加入了。

李南尴尬地带着旺财逃离，他喝得太多了，和旺财玩了一会儿就在废墟上一个稍为平整的地方睡着了，但过了不久，他被旺财惊恐的低吠声吵醒，要知道这只西伯利亚变异狼就算是一头熊也敢冲上去的啊！

宿醉的头痛让李南呻吟了一声才睁开眼，映入眼帘的，是优雅而不夸张的高跟鞋，再往上是一截雪白的小腿，他听见那个轻柔动听的声音说："有空陪我喝杯咖啡吗？沙文主义的小孩。"

李南狠狠掐了旺财一下，那匹狼痛得狂叫起来，也许这并不是少年人的春梦，也许不朽的不只是人性，还有关关雎鸠在河之洲的永恒。

有一个问题，李南始终没有开口也无法释怀——异能，不可回避的异能。

在跟温妮单独相处的时光里，他端着手里的咖啡杯，提出了这个问题："异能，到底是什么？"

带给李南恐惧的从来不是那些老式或新式的动力装甲，只要是武器，总能找到对应的解决方案，例如陆地之王坦克那连大口径火炮穿甲弹也打不穿的正面装甲，但是武装直升机一发火箭弹就能解决它。实在不行结合地形，用人命往里填，集束手榴弹炸断履带或者燃烧瓶烧毁发动机，总是有办法的。即使再厚实的动力装甲也只能扛下一发大口径穿甲炮弹,更何况几门反坦克炮的伏击呢?就算是兄弟会的血液炸弹也有磁场屏障可以对抗,但异能不行。李南和卡琳娜看到将军发动的异能一直是他心头的梦魇,那个场景这么多年一直缠绕在李南心头,他永远也不能忘记随着将军握拳的一瞬间,空气肉眼可见地扭曲着向外扩张,所过之处所有物体都停了下来——没有"几乎"的前缀,是所有。更可怕的是,这种异能似乎能识别敌我,那十二具动力装甲并不受影响,他们精准地消灭了火力射程内的所有目标,这不单是无敌,简直就是无解。

在追寻异能秘密的一路上,他花费了大量时间和精力,但并没有找到想要的答案。唯一可以推测出来的结论,就是这种异能发动的代价过大,用的次数不多,所以活着见过的人除了他和卡琳娜,再无其他。

面对这个无解的问题,李南才会用最后的疯狂潜入将军办公室。

"这是基因实验的产物。"温妮很坦诚地回答了李南的疑惑。她仍旧优雅,如李南与她偶然的初见。

她从那个旧时代风格的女士公文包里取出一个巴掌大的正方形盒子,金属灰的圆润外形,没有任何标志。

李南望着那个盒子,呼吸下意识急促起来,这就是他这些年来经历了无数困苦与风险所追寻的结果吗?

"是的。"温妮看着他的眼睛,如同读心一样明白了他的想法,并给了肯定的回答。

这就是他要的答案。

通过虹膜验证,再通过指纹验证,由弹出的针状吸管做DNA签名确认……几乎所有能想到的高科技验证手段都用上了,最后还有最原始的密码认证——从盒子的红外发射点投影到桌面的全尺寸键盘。

单是它在磁场屏障内能正常工作从而进行虹膜和指纹验证就足够让李南明白它的不凡。

"另外一个法拉第笼的原理。"温妮看出了他的疑惑。

李南点了点头,其实他并没有想明白,但他没有问下去,因为盒子里的东西引起的欲望足够抹杀所有问题。

键入最后一位密码,温妮望着李南展露出迷人的微笑:"你无法通过除正确的解锁方式以外的方法破坏这个盒子并取得里面的东西。事实上,破坏这个盒子本身就是一件不可能完全的事,它是以宇航器返地舱的黑匣子材料制造的。"

她抬腕看了一下那个老式女士机械表,在秒针跳过的一瞬间输入最后一位密码。这是必要的间隔,连续输入只会导致自毁。

盒子里面有一个带着蜂巢式针头的玻璃管,两条 DNA 式的缠绕管道分别装着红色和蓝色的液体。

"第二十九管试剂,也是最后一管。"温妮对李南说道。数量这么少不只是因为生产原料的耗尽,更为重要的是:"我们失去了捕捉反物质的宇航飞船。"

在距离这颗星球一千四百光年、每年只有 365 天的遥远母星,他们曾试用过大型对撞机制造并短暂捕捉反物质原子,在耗费了巨大的价值,制造了数以千计的反氢原子后,也不过成功地使其中 38 个存在了大约 0.17 秒。

"而制造这种基因药剂需要稳定的反物质,每一管药剂至少需要 23.98732 克反物质。"温妮悠悠地说道,语气中透着淡淡的无奈,"如果要重建可以捕捉反物质的宇航飞船,我们需要在这颗星球上重建一个旧时代。"

李南张了张嘴，没等他开口，温妮好似再一次看穿了他的心事："二十八分之十一的失败率，是的，所有兄弟会核心成员都拥有你说的异能，其实我们更愿意称它为开启基因锁。"

也就是说，不论温妮还是将军，或是人造月球基地上那十五位活化石式的兄弟会核心成员，他们都注射了这种药剂！李南感觉自己触碰到了真相的边缘，也许是因为他们注射了这种药剂才能成为活化石？

这次温妮没有为他解答心中的疑惑，把选择权留给了他。

"还有九十三秒、九十二秒……你如果不注射的话，这管药剂就会自毁。"她微笑着对他说道，"当年这么设置，是我们觉得反物质可以通过太空捕捉，人类可以得到的原材料其他种族也可能得到，于是为了防止药剂落入反对派的手里，进行了逆向工程然后仿制出假的药剂。"

她没有往下说，但意思很明显，这是为了防止药剂被偷的必要防范。

她给李南看了一下表，现在只有七十秒了。

温妮转身离去，悦耳的高跟鞋声渐远，然后房门被关上。

李南没有任何犹豫和挣扎，按盒子里的指引用酒精做了消毒，然后把药剂扎进大腿里，如同注射胰岛素一样。

过了七十秒，温妮重新走进来，看到了不住握拳、踢腿、蹦跳的李南。

"你觉得注射药剂后会让你发射火球还是冰霜？也许你还期待能够从毛孔里排泄出身体的杂质？如同遥远母星古老的幻想小说里描写的那样？"温妮掩嘴笑起来。站在她侧面的李南一时看呆了，竟没有去听她在说什么，直到她重复了一次，李南才清醒过来，尴尬地说道："就算是药，你看止血喷雾、速效救心丹，也很快见效果啊！"

温妮侧头想了两秒，点头笑道："那你得把它看成消炎药。"

这是一个无眠的夜。

李南有无数的问题，偏偏温妮总能明白他心中的困扰。

"你杀不死将军的，就如你所说，你只能让他难堪，因为开启基因锁后，每个成功的样本都具备了肢体重生功能，最夸张的是捕捉反物质的宇航飞船因为不明原因失事，我们在破裂的逃逸舱只回收到一个还有活性的大脑，经过了七十三天，这个泡在培养液里的大脑一点点地重构出肢体，回到了注射药剂前一秒的模样。"

也许，这就是她不老的原因？李南没有问出这个问题，温妮也没有提起。

"为什么我们已经走出母星，在一千多光年的这里成功立足并建立了一个崭新的世界，然而我们还在用着母星没有走出太空时的武器？"

无论是洛格克还是AK，甚至动力装甲，都是母星太空时代以前的武器。

"兄弟会核心成员之中有一种猜想，核元纪年开始时，一切都毁灭了，依然执行着保护人类计划的超级计算机'太湖之光'在重建人类社会时，资料库里就只有这些东西了。太湖之光在建立了多个地下基地后，试图推演出更进一步的科技，但严重受损的硬件让它的算力无法胜任，最后在烧毁之前启动了人造月球的后备计划，唤醒了休眠舱中的我们。"

李南听得目瞪口呆，这一切如此魔幻，但排除了所有不可能，唯一的结果就是真相。他不得不接受这个真相，就目前来说，特别是一切都在向好的方面发展，无论是陆续来投的兄弟会基层分队,还是扩大到近十万平方千米的联盟,还是有情人终成眷属的数字和苏珊。

"会好起来的。"他对温妮说。

事实上,一切并没有如他所期望地好起来,各个聚居点在度过了开始的平静后,各式各样的问题随之而来,有的部落觉得磁场屏障的装置原来就在自己的聚居点,就如在自家后院挖出来的石油,后面迁移过来的人应该为此付费,或者付出食物、劳动力,他们根本不考虑为什么会存在这些磁场屏障。有许多聚居点不愿意接纳变异人的加入,甚至不认为被辐射污染破坏基因的他们是人,如果说这些是族群的认同问题或是利益分配问题,那另一些问题就显得很恶劣了,让李南不知道如何处理。

刘辉因此专门叫来了李南:"至少有三十个以上的聚居点被兄弟会攻陷了。"

"为什么?动力装甲之类的高精武器无法使用,连火炮也无法依赖雷达和指挥仪,聚居点怎么也能固守待援啊!"李南听着就要疯掉了,"难道说兄弟会那边已经有了突破磁场屏障的科技?"

如果真的是这样,也没什么出乎意料的。战争是奇迹之母,会逼迫各种科技以诡异的进程向上攀登。

如果说,被李南当成战备值班部队的十六号带领着特种部队去支援,然后被兄弟会围困打击,还相对能接受一些,而且针对这种可能,刘辉带领的参谋团队也做了多个预案,但事实并不是李南所以为的情况。

刘辉冷笑起来,说出了一个更糟糕的事情:"聚居点主动把磁场屏障关掉了。"

因为权力。当失去高端武器装备的威慑力后，那些聚居点的权力结构发生了变化，一旦产生变化，总会有人认为自己是吃亏的一方，这些不甘心的人就会关闭磁场屏障，甚至做出永久性的破坏。有的人是主动的，有的人是兄弟会的内应，里应外合。

开启磁场屏障，很多电子设备都没法使用。章霭修把做好记录的作战图表递给李南，上面显示着被攻陷的聚居点的磁场屏障都被永久性摧毁了。

冰山递过来另一份报告，是就目前已发现的磁场屏障装置，按照命名方式和相关零件的LOGO，跟现存的旧时代资料比较后得出来的结论：“应该是'太湖之光'烧毁之前就设计、制造的。”

因为埋设它们的时间，和周围的地下基地建立的时间差不多。

把报告递给李南后，冰山有些阴阳怪气：“其实有些人表面说得头头是道，但背地里，真相到底是啥呢？呵呵！”

很明显，她是怀疑温妮说的话，太湖之光是在核纪年后才设置了避难的地下基地和磁场屏障。对温妮的敌意，她向来毫不掩饰。

但这个问题，章霭修倒是站在温妮那一边：“你怎么解释常规武器的问题？”

如果不是核元纪年，太湖之光的储存器出现不可逆的损坏，为什么这颗星球上开始征服太空的人类还用着一千四百光年外的母星上几百年前流行的武器？这个问题对印证温妮的猜想的确是一个很有力的支撑。

但现在已经不是讨论了，果然，接下来就是爆粗口及各种人身攻击，连那头变异狼旺财都冲着冰山咆哮了一声，又冲着章霭修龇了龇牙。

"有没有一种可能……"李南打断了他们的争辩，这两位看起来都要上演全武行了,"太湖之光发现了核元纪年的到来,所以它执行保护人类的计划,设置了磁场屏障和地下基地。"他抬手制止要开口的章霭修,"武器可能是因为资料库的资料受损,也可能是如磁场屏障一样,太湖之光本着保护人类的目的,希望这样可以控制战争?"

刘辉站了起来:"你要这么说,那可以展开的方向太多了,说不好,核元纪年就是人类拒绝被保护,为了毁灭类似'天网'的太湖之光而开启的呢!行了,现在我们要解决的是不断有聚居点因为各种原因关闭磁场屏障,甚至毁坏磁场屏障,以此作为效忠兄弟会的证明。"

李南一时也想不出什么好办法,别说天上人间这边近十万千米的联盟,事实上,各个聚居点都非常独立。

"也许你得用那个办法!"卡琳娜叼着烟,一边摆弄着手上的通用机枪,一边对李南说道,"我们之前去东海基地的路上遇到狙击手和火力组伏击,然后我们端了他们的老巢,记得吗?"

李南当然记得,那些被奴役的人甚至无法接受凭空而来的自由,他们认为所谓的自由不过是逼迫哄骗他们去当诱饵。李南为此只好给他们安排了任务,有人看守那个营地,有人去行商,有人去别的聚居点打探消息。

"你的异能是什么?"卡琳娜突然开口问道。

这一点李南倒没有打算保密:"和将军一样,我的范围目前是方圆五千米内,控制时间流速,没有我想得复杂,就是对范围内的时间赋值后,再对例外目标赋一次值。"

他指的是在凝固的时间里如何排除己方队员。

卡琳娜扔了根烟给李南,望着他说:"昨天收到那个营地送来的密信,不论是派去其他聚居点的、行商的、看家的,都尽忠职守，并且在得到开启磁场屏障的办法后，他们按指示迁移了磁场屏障的设备，一直执行开启屏障。也许那是一个解决办法，所有聚居点都按这种办法来解决问题，你成为所有聚居点的王就可以了。"

李南摇了摇头："不，总得有一个办法，但我确定你说的绝对不是我们想要的办法。"他看了一眼跃跃欲试的卡琳娜和刘辉、冰山，"做不到的。将军都做不到。"

这话如一瓢冷水，把他们都浇醒过来，不论是装备还是兵员，兄弟会拥有的资源都不是李南这边能相提并论的。并非他特别高尚，有着某种精神洁癖，而是这条路，有着比自己更好的资源的人都走不通。

"我在兄弟会那边时感觉将军很倚重温妮。"章霭修不管冰山几乎要喷火的眼神，说出了他的建议。

冰山咬牙道："她不是自己人！"

"连旺财都是自己人，为什么她不是？"章霭修不甘示弱。

这话有些诛心，旺财是变异狼，如果要这么说，卡琳娜和冰山还都是生化人呢。

没等冰山开口，肌肉盘虬的卡琳娜一把扯过章霭修，当场给他来了个过肩摔："我看你是皮痒了！"

看着龇牙咧嘴的章霭修从地上爬起来，夸张地揉着肩膀，反倒让大家感觉一下子轻松下来。

刘辉笑着说："先这样吧，大家再想想，我下去跟参谋组做几个预案，咱们再表决？"

"好，就这么办！"李南笑着点头。

在大家散去时，卡琳娜叫住了冰山："他不是那个意思。"她点了根烟，对冰山说，"他是指尽量多弄些盟友。"

冰山点了点头，其实她明白，刚刚只不过是借着话头来发泄心里的不满。

看着冰山有些萧瑟的背影离去，卡琳娜对着李南骂道："你有病啊？"

不论是刚才给章霭修来个过肩摔，还是最后安慰冰山，或是让参谋组去做方案，其实都应该由李南来做，他在团队里的位置做这些更合适，更有向心力，但李南刚才什么也没做。

"其实我适合干的事，是带着你去端掉对方一个狙击组和火力组，或者在大规模作战里用一点小聪明去做渗透或反渗透……"李南痛苦地揉着太阳穴。

卡琳娜想说些什么来安慰他，但后者摆了摆手，示意要自己冷静一下。

"喂！"卡琳娜站起来，紧紧给了他一个拥抱，"我会保护你，永远！谁让我们是姐弟！"

李南没好气地挣开，踹了她一脚："滚！要说也得是兄妹！我是你哥！把你带大的哥！"不论如何，他觉得轻松了一些，伸手摸了摸卡琳娜的光头，"别担心我。"

有时候骂着粗俗的脏话、一身肌肉的人，内心深处却有着如亲人一样的关爱和温柔。

优雅美丽的温妮坐在按她的要求装饰的充满旧时代风格的精致办公室里，递了一杯红酒给李南，说出来的话却直接得如同手术刀："你的痛苦，就是在于德不配位嘛。你没有成长到那个高度，你还是个少年。"

她用很温柔的口吻说出了很残忍的话，而这就是真相。

"你的异能是什么？"李南犹豫了几秒，问了一个不相干的话题。

她没有回答这个问题。他们之间的对话如同两条不相干的线，各不相交。

"我和将军是处于值班状态的兄弟会核心成员，我负责的是投资性质的事务，将军负责的是军事性质的事务。当然在内部我们有着更明显的分工和更规范的用语，你不必深究。"

这一次，他们的对话总算有了交叉点。李南接上了她的话："保密权限？"

她点了点头，向李南举起杯，握着红酒杯的手很秀气，或者说她有一种旧时代的雍容华贵气质，以至于每个瞬间、每个侧面，举手投足间的每个眼神都能让人深深着迷。她握着杯子，缓缓走到他身后，把手搭在他的肩膀上："别担心，当我把最后一管药剂赠予你时，你就是被选中的。"

"被选中的？"李南有点明白，又有点不太明白。如果她的意思是她青睐他，他是被她选中的爱人，那么李南当然会心花怒放。但很明显，他无法骗自己，以她的口吻和语境，她说的"选中"并不是他所期待的意思。

她点了点头："就是你以为的意思，作为被选中者，你和你所庇护的人都不会在这次清洗之中被波及，除非他们自己做出自杀式的行为，否则连那条变异狼都会安然无恙。"

李南放下酒杯，轻轻挣开她按在肩膀上的手，走到沙发边，低头看着自己的鞋子："我所庇护的人，包括哪些人？"

温妮没有回避这个问题："包括强森、十六号和他率领的特种作战部队中队长以上的成员，包括那个自认是你的奴隶的秘密营地和商队。听着，你有足够远大的前景，所以兄弟会能给予你足够的宽容。"

李南点了点头，没有再接着聊下去。他把杯里的红酒一饮而尽，然后放下酒杯，冲她点头致意后向门外走去。

"你要明白一点，纠错计划对将军来说是要坚持的事，就算是很不认同这种观点的我也无法阻止他，因为军事方面的行动是他负责的，也就是说，对于这废墟的所有势力，他拥有源源不绝的武器和兵员。"她没有叫住他，但她说的话让他不得不停下脚步。

她的话很残酷，也很一针见血："你能做什么？要成长起来，就要控制自己的情绪，不要无能暴怒。"

李南点了点头，仍旧没说什么，转身走出了这间办公室。

小的时候，在地下基地，李南经常很郁闷，为什么要背诵一千四百光年以外的母星从几千年前流传下来的先贤的话，但今天在作战室接到最新情报，李南想起一句话来：路遥知马力——或者另外一句：疾风知劲草。

当这份情报被送到手上，天上人间小镇发起的磁场屏障联盟，相较于全盛时期的近十万平方千米，已经缩水了三分之二，有一半是完全不明原因地退出，其中的磁场屏障也已关闭甚至永久性摧毁。另外一小半，有聚居点内讧后主动关闭磁场装置以向兄弟会投降的，有被兄弟会以远程大口径火炮集群、火箭炮集群覆盖式攻击，连聚居点和磁场屏障装置一并摧毁的。

"被攻陷的聚居点里，一旦被指认出吃人行为，不论人类或变异人都被当场击杀，其他变异人都被带走了，没有人知道他们被带去了哪里。"作为参谋组负责人的刘辉叹了口气，"我觉得不容乐观。"

章霭修敲了敲桌子："我说一下，我们在兄弟会待过的人都知道将军发动纠错计划的根本原因。"

从兄弟会过来的其他参谋人员、军官都点起头来。的确，为何而战，这一点将军做得很好。

"绝大部分的变异人，甚至可以说是全部，都不事耕作，或者说，这些变异人不生产任何东西，它们在这个废墟上做的唯一事情，只有破坏。它们的潜意识里视人类为食物，如同我们视牛羊为食物。"章霭修很流畅地说出了这段话，基本在兄弟会服过役的士兵和军官都能很简洁地说明白这个事。

底下有好几位军官异口同声地接话道："纠错计划是为了这颗星球的净化，是为了重建旧时代的必要。"

"你们都被洗脑了是吧？"卡琳娜不满地说道。

章霭修站了起来："你的意思是你们在讨论反抗奴役和自由，所以我们应该闭嘴吗？"

这就不是一个过肩摔能缓解的冲突了。

"据说，我是被选中者。"李南站起来，把章霭修按下去，又扫了一眼卡琳娜，示意她闭嘴，"在座的都将因为我被选中而安全。大家怎么看？对，连旺财也是安全的。"

那么就不用担心天上人间的聚居点里，在军队服役的变异人或是在聚居点担任管理工作的变异人会被纠错计划波及。

李南按着桌子，认真地对他们说道："如果你们不放心，我列出一份名单送过去，我想这种安全是有保障的。"

"那我们就没有必要去挑起战火，事实上，但凡吃人，我们也是除恶务尽的。"章霭修说道。下面的军官纷纷点头，这是天上人间聚居点里几支部队的共识，也是李南他们这些从地下基地出来的人拥有的共识，吃人，是一个不可饶恕的罪行。

冰山叹了口气："那些老老实实耕作的变异人呢？"

至少在离天上人间聚居点十千米外，就有七八个变异人迁移过来的聚居点。冰山带着工作组去教导他们如何耕作后，他们都在老老实实地种田。

卡琳娜叹了口气："做矿山那些呢？"

这是她负责的那一部分，那里的变异人就更多了。

"那些长着三个乳房或二十根手指的人都觉得找到了一个活命的地方，每天干得很卖力。"卡琳娜点了一根烟，伸手摸了一下盯着她的旺财。

旺财作势咬她的手，然后扭过头趴在地上，不再理她。

李南并没有太好的办法："也许我们去矿山和那些农庄里看看？"

其实李南、刘辉和章霭修被刚从基地驱逐出来时，就遇到过变异人，在他看来，变异人并不像兄弟会说的那样。

"那时他们并没有攻击我们，咱们都觉得那就是些病人。"李南希望用往昔的回忆说服自己的兄弟和战友。

章霭修明显不这么认为："你当时干了什么？你还记得你当时干了什么吗？阿辉你记得吗？"

刘辉耸了耸肩："好吧，你是在逼我回忆咱俩欠他一条命？那时我们刚刚遇见晴姐没多久，出去搜寻食物时，在一个旧时代超市遇到一伙变异人，在双方起争执之前，三头大型变异狗冲了出来，我们都吓傻了。变异狗当场咬死了两个惊慌失措的同伴，还咬死了五个变异人，阿南靠着两把手枪和七个弹匣救下了我们其他人和在场的七个变异人。"

章霭修笑了起来："阿南，想起来了吗？"

当时看在变异人首领眼里，那是如何震撼的一幕？十六岁的小孩用两把手枪干掉了三头小马驹大小的变异狗，还拯救了同伴及其他变异人的命。

"我想别说是变异人首领,任何一个小型聚居点的首领看到这一幕都会表现得没有攻击性吧?正如咱们遇到晴姐时,单人干掉变异兽的她就是我们的晴天啊!"章霭修说的,的确是废墟上真实发生的事。

一时之间,李南不知道怎么应对,而让他更苦恼的是,章霭修提出了一个方案:"阿南,如果你决定干什么,再蠢的事,我都可以陪你去送死,但请不要玷污'正义'这个词。"他指了指那些从兄弟会跟过来的军官,"而且他们没有陪着我们的义务。这场跟兄弟会的对抗,不愿意参加的,跟我走吧。"章霭修在烟雾弥漫的作战室里熄掉没抽完的烟,拿起战术头盔,站了起来。随着他的话,几乎三分之二的军官都站起来拿起了头盔。

"你可以随时要求我跟随作战,不需要理由。"章霭修向李南敬礼,"但我死在战场上也不认为将军的纠错计划有什么问题。"

那些抱着头盔的军官也沉默地向李南敬礼,然后跟随着章霭修的步伐离开了作战室。

刘辉低声骂道:"不愧是白痴修!"

"抱歉。"卡琳娜对李南说。她觉得是自己惹了祸,才导致了这样的分裂。

李南摇了摇头:"不,还有人想离开吗?我并不介意,如果留下的人足够少,我想我一点也不头痛。"

他习惯带着小队在战场上绝处逢生,他习惯以命换命,他更像一个血溅五步的侠客,为了自己的信念甚至敢去毫无胜算地伏击将军,那个可以像碾死蚂蚁一样碾死他的将军。

他真的不适合这个位置,温妮的话很难听,但活得够久的她说得很中肯:德不配位。

可是再也没有人离开,因为废墟并不是一个讲理想和信念的地方,依附强者才是最现实和最底层的逻辑。除了刘辉、卡琳娜、冰山这些跟他理念一致的朋友,哪怕是强森,何尝不是抱着抱大腿的心思?

他只能走下去,不论有没有异能,不论前方是什么。

第二十五章 关于忘却的名字

在天上人间的西北角,距离磁场屏障边缘两三千米远的地方,是旧时代的一个剧院废墟。章霭修带着那些跟随着他的军官及一部分秉持相同理念的士兵,带走了他们的武器、装备和大约半个月的给养,在那个剧院废墟驻扎下来。他们修筑工事,架设防守火力,挖掘壕沟,派出巡逻队和哨兵。

三天后,勤务兵开着吉普车送章霭修回到天上人间,他单独去作战室见了李南。

"这不是背叛,你只要一个命令。"他这么对李南说道。

李南点了点头,给了他一个紧紧的拥抱:"不要想太多,把队伍训练好。"

章霭修很开心地回到剧院驻地,在离开时遇见了刘辉,他告诉后者:"阿南并没有怪我!这就是一辈子的兄弟!"

看着坐在吉普车里绝尘而去的章霭修,刘辉摇了摇头,伸手抚摸着日益壮实的旺财,现在就算四肢着地,它也超过成年男子的腰际了,不过在李南、卡琳娜和刘辉面前,它特别温顺,如一匹假狼——假设它有足够的智商,并把他们当成自己的朋友,那一切就合理了,毕竟没有谁会因为朋友抚摸自己的肩膀而暴怒发火。

"白痴修就是个傻子。"刘辉对旺财说。后者低低地咆哮了两声,龇了龇牙,好似露出嘲讽的笑容,看起来它很赞同刘辉的评价。

章霭修带走了接近四分之一的部队,这样的分裂行为,放在哪个聚居点或旧时代的任何一方势力里,都不可能存在"阿南并没有怪我"的可能性。他会这么认为，刘辉很理解："那傻子大约以为只拿了两个基数的弹药和半个月给养，对基地来说不算什么！"

难道章霭修认为之后他还能从天上人间拿到补充给养和弹药吗？

卡琳娜和冰山都去招兵了，征募变异人充实部队，补充被章霭修带走的队伍。

"已更新了各门岗和哨位的识别代码。"刘辉回到作战室，对李南汇报道，"这是两百千米内的各个无人占据的磁场屏障点。"

李南接过刘辉递过来的文件，在其中几个点打上勾，递了回去："给阿修送去吧，让他明天就启程。"

他不可能留这样一支作战部队驻扎在天上人间的防区内，这对彼此都不是什么好事。

"注意一下措辞。"李南叮嘱刘辉。他并不想跟章霭修关系搞得太僵。

刘辉想了一下，起草了一个稿子给李南过目，大意就是以章霭修的队伍为特遣纵队，派驻到指定地点，要求他们自己解决给养及相关后勤问题。

李南想了想，实在没有更好的处理办法了，点头道："嗯，就这样吧。"

望着出门安排工作的刘辉，李南揽着旺财，眼角有些发红。他很讨厌做这样的选择，或者说很不擅长做这样的选择。这种情绪在卡琳娜和冰山征募变异人新兵回来后，达到了某个峰值，于是李南做了一个决定。

他去了温妮的办公室，拿起咖啡豆的手磨机，慢慢研磨着。温妮有点吃惊："你有什么问题，直接说。"

就算在兄弟会的纠错计划推进之下,磁场屏障联盟的地盘大为缩水,但仍有几万平方千米啊!他怎么会过来她这里摆弄这些东西?

章霭修形同分裂,带着特遣纵队远去,温妮当然一清二楚,而将军的纠错计划一直在推进之中,应该有许多事情需要李南去做决定才对。

"开了磁场屏障,我担心你的电磨机不能工作嘛。"李南笑着说。

温妮望着他:"你干了什么事?不至于吧?"

只有一个可能,那就是李南放弃了他的位置,所以才这么闲。但这个聚居点乃至这个联盟,都不允许他放弃。

李南想到了一个另类的办法,轻松地说道:"这对大家都好。"他做了一次投票,要求选出一位执行总事务官。

"我把自己解放出来。"李南很得意地说道。

温妮瞪大了她那美丽的眼睛:"谁当选?刘辉?冰山?还是强森?"

她没想到的是,李南说出来的答案是:"卡琳娜。是的,整个聚居点的投票里,有六成以上是投给她的,而基层事务官或部队排以上的军官,有七成以上的人选择了她。"

尽管卡琳娜老是讲粗口,还动不动把人过肩摔,但这是核元纪年的时代,不是旧时代,更不是一千四百光年以外的母星,那些无时无刻挣扎在饥饿中,担心被野兽和游荡的流民袭击的人、被歧视和追剿的变异人,他们并不在意选出来的执行总事务官是不是谈吐优雅得体,是不是注重少数族群利益,是不是对某些群体的称谓存在歧视,他们在乎的是活着。卡琳娜成为他们的选择,因为她对人类还是变异人,对强者还是弱者,对富有者还是穷苦者,都没有歧视,不表现在言语,而是发自内心。

投票给她的人,是因为相信她能带大家走向更美好的明天吗?

"见鬼去吧。"李南笑起来,"我问过好几个人,大家只是觉得如果自己和别人起了争执,对方一定不会在卡琳娜面前讨到什么好处或便宜。"

李南是他们所信任和认同的首领,他们相信跟着李南能活下去,但谁成为执行总事务官才能让他们更公平一点地活下去呢?

"士兵觉得一旦有事,卡琳娜一定会带着最后的预备队去救援,出了事她也不会找人背锅。嗯,好吧,还有一部分人认为她是我妹妹,所以选择她就是选择我。"

温妮以手扶额,完全不知道说什么,甚至不知道这些人是否理解投票的意义。

但这无关紧要,至少对李南来说,他摆脱了自己的枷锁。

"我可以听你弹钢琴,从清晨到黄昏。"李南一边磨着咖啡豆,一边对温妮说道。

她不但会弹钢琴,还会画画,不知道是足够漫长的生命让她可以从容培养出许多技能,还是旧时代不甘落幕,把盛世的繁华嫁接到生于斯的她身上,以作延续。

其实在跟她的日常聊天里,李南能感觉到她已经在努力克制自己,刻意回避引经据典,如果放开聊到兴起,便会发现她不论是对这颗星球还是一千四百光年外的母星,从地理到艺术均有涉猎,几千年来的哲学家、物理学家、艺术家,她都极为熟悉,对他们的发明、著作、琐事如数家珍。他喜欢听她喝到微醺时,抨击遥远的母星上,悠久的历史里被唤作孔子的先贤和一位叫叔本华的哲学家,说他们对女性的歧视是源于父权而不是男权的压迫。她身上那种盛世繁华的梦幻,不需要吹嘘某种事物,在这种不紧不慢的从容里就会不知不觉地展现出来,让他迷醉其间。

废墟上没有人关心哪一位先贤或哲学家对女性是不是有歧视,大家更关心的是下一顿饭能否多吃一条老鼠肉干,能不能通过砂石和木炭的层层渗透,滤出一些辐射值和杂质略低的水。如果有谁在废墟里翻到一包过期饼干便是天大的运气,至于书本,97%以上的文盲宁可看旧时代的时尚杂志或成人写真,至于其他书,只会被用来生火,汲取一丁点暖意。

这就是废墟。

她是如此特别,如此让他沉迷,也许吸引他的,不仅仅是她曼妙的身姿、精致的容颜,还有那个逝去难追的时代。只要坐在她身旁,一切便没那么糟,李南觉得有一种从废墟里脱身而出的感觉。

温妮笑着伸出手,带着宠溺味道地捏了捏他的脸,他有一种正值青春的燥热,真挚而朴素,能点燃她从旧时代起就不曾有过的肆意与放纵,何况他英俊的脸和倒三角的身材并不令人生厌。

他修好了一辆旧时代摩托车,然后带着她,带上画板,穿梭过变异人农庄里日益成熟的麦田,攀爬到矿洞上方的悬崖,支起画板,画下目之所及热火朝天的人群。

"从这里望下去,分不清是人类还是变异人。"李南有着一种解脱的轻松,指着悬崖下人来人往的矿洞,还有东南边在修缮水利的人群,"他们都向往着更好的生活。"

她不是个煞风景的人,听着他的话,带着微微笑意点头应和。

席地吃完午餐后,李南吹起新学的口琴,错漏百出的调子几乎相当于重新谱曲,她强忍着笑意听他吹下去,后面终于笑得直不起腰。

周围尽是欢乐的空气,这样的日子让李南觉得惬意。他有意识地回避聚居点的事务,渐渐地,卡琳娜也不太派人找他看文件了。从懂事到现在,李南经历的时间里,没有比这两个月更让他开心满足的了。

冰山却受不了了,在他开着摩托车带着温妮回到聚居点时,问李南:"什么时候是个头?"

"只要继续这样,我可以在明天死去。"他微笑着对她说。

冰山还在发呆,他已拧动油门载着温妮远去,撒下一路欢声。

但李南没有想到的是,他终于不得不结束这样的日子,因为有人来找他。

不论是卡琳娜派来的人还是刘辉派来的人,甚至是旺财,李南都能找到办法避而不见,只要真的想躲避,总能有法子,但今天来找他的人是李南无法回避的人,因为来的是刘小晴牺牲后,期望他能接过旗帜带领着他们向前的同伴。

李南本来想回避的,甚至弄了一些蜡和颜料准备给自己化成一脸麻疹,然后敷衍两句装作病中体力不支昏睡过去,但当他看见镜子里的自己,那一年,他在沮丧与万念俱灰中跟无胆辉和白痴修讨论过时间的话题:"在这片废墟,'渐渐'是二十七天。"

渐渐已经没有人提起重建文明纵队了,渐渐没有人说起无土栽培,渐渐没有人再说起刘小晴,那个仿佛天生就是主角的女孩,那个本来可以在基地里好好病死在榻上的女孩。

离那一声爆炸,只过了二十七天,渐渐便离得遥远了。

当时他以为就算整个废墟都忘却了,晴姐也仍旧在他心中不可磨灭,然而,他有多久没有想起晴姐了?那个在他和无胆辉、白痴修孱弱无助时,救下他们的少女,那个在面临生死关头时,把生的机会留给他们,自己引爆炸药为信仰殉道的领袖。

很久了,李南长长地叹息一声,现在他跟刘辉或卡琳娜在一起时也几乎不再提起这个名字，哪怕白痴修跟他发生了那样的分歧，也没有人提起晴姐的理念。她的名字仿佛一被提起，就会烫伤所有认识她的人那颗仍在跳动的心。

"那个阿芬呢？"李南在客厅接待了那几位昔日的伙伴，他问起的，是那位当时因为他不肯带着大家往前走而唾弃他的女孩。他当时觉得他们完全可以自己按着晴姐的理念走下去，为什么要他来出这个头？在当时的他看来，他们不过是一些不肯付出的自私鬼，但事隔多年，他有了不同的感悟，他们当初选择他，也许只是因为当时的他更适合被追随，所以李南问起那位女孩，想跟她道个歉。

当年分别时，还剩几十人，现在来的只有三个人，他们身上多处包着洁白的绷带，有人还打着石膏，看样子在抵达这里的路上他们的情况并不太好，来到这个聚居点后，接待的人员便给他们做了一番处理。

听李南问起那个女孩，三人对望一眼，那个戴着眼镜的男人有些艰难地说道："你们干掉那个食人部落为晴姐报仇时，阿芬和我们在继续做着晴姐的工作，但我们做得不好。"他看上去不太善于言辞，说话干巴巴的，不时得停下来组织语言，"不太好，然后跟其他食人部落发生了冲突，阿芬，她、她用晴姐的方式走的。"

晴姐的方式，就是引爆大量炸药，跟敌人同归于尽。李南目瞪口呆地望着对方。

可能是感觉到羞愧，眼镜男擦了擦鼻子："阿芬走时叮嘱我们去找你，可是、可是兄弟会在通缉你。"说到这里，他不知道该怎么说下去，过了好一会儿才接着说道，"我们找不到你。"

如果那么好找，李南早就被兄弟会的人抓住了。

脚上打着石膏的麻脸中年人叹了口气："阿芬也走了，又找不到你,大家就散了。"

"其实、其实没有散的,我这里还有他们的信,有十一个地址。"那个吊着一只手的双马尾女孩结结巴巴地说道,"我们会委托行商送信,保持联系,但是、但是没找到你,大家也不知道怎么办。"

气氛很压抑,大家一下子沉默下来,都不是什么长袖善舞的人,要不然也不会在阿芬走后基本就散了——至于书信联系,那能有什么用?要真有用,他们需要历尽艰难来到这里找李南吗?

李南给他们一一斟上茶水:"你们来了,我很开心,虽然现在磁场屏障联盟被兄弟会挤压了生存空间,但目前还有几万平方千米的势力范围,按你说的,咱们能联系上的就十几人,要是情况不好就都过来,无论如何,我李南有一口吃的,不会少大家的份。"

麻脸中年人有些感动。

那个双马尾女孩拼命摇头道:"阿南!不是这样的!眼镜你快说。"

眼镜男抬起头望向李南,干巴巴地说道:"其实我在沉日城听说过你,在你离开后,我听见他们说起那些事就感觉是你和小卡。"他说话颠三倒四的,但似乎这三人里他算是口才最好的了。

李南没有催他,不善言辞的人,越催就越说不清楚,等他自己慢慢说顺了反而好一些。果然,又喝了一杯茶之后,眼镜男的诉说开始流畅起来:"你知道纠错计划吧?现在波及沉日城了。"

当年阿芬走后,双马尾女孩就去了东海基地,而麻脸中年人现在是自由会的一个连长,他们会来找李南,有着一个相同的原因:纠错计划。

第二十六章 皎白月光

"没有哪个聚居点可以幸免。"眼镜男刚说了这么一句,眼眶就红了,泪水止不住地淌,泣不成声道,"李、李南,我不是一个坚强的人,不是。我知道,就像当时你质问我、我比你年纪大,为什么、为什么不是我站、站出来而、而指望你?阿芬敢啐你,我、我不敢。"

他说的是晴姐牺牲后,那些幸存的仍愿意按着晴姐的信仰前进的人希望李南站出来接过旗帜继续往下走时,李南拒绝他们的那一幕。

眼镜男哭得很伤感,以至于在二楼画画的温妮也被惊扰,她走下来,递给眼镜男一条毛巾和一杯热牛奶,并端上水果和零食。她一出现在客厅便让整个氛围温暖起来,李南红着脸向昔日的伙伴介绍:"我、我未婚妻。"

木讷的来访者都理所当然地送上祝福。

"我的伙伴们。"李南向温妮介绍道,但这似乎让他感觉不太能说明彼此的关系,又进一步说明道,"真正过命的伙伴。"

温妮微笑着点了点头,低声问道:"和卡琳娜、刘辉一样?"

李南低头犹豫了一下,马上很肯定地回答:"和卡琳娜、刘辉一样。"他想了想,又抬起头望着温妮的眼睛,"和卡琳娜、刘辉一样。"

这可是当年愿意把性命交付在他手上,跟随他前进的伙伴啊。

他第二句说得有些大声,木讷的来访者听到了,并没有什么受宠若惊的反应,因为在昔日,他们的确是过命的伙伴,就算现在他们是求援者,就算他们看上去处境不佳,而李南再怎么说现在也是几万平方千米势力范围里的首领。

温妮点了点头,冲三人微笑致意:"那咱们晚饭就在家里随便吃,牛肉炖土豆、煎酿三宝,再炒个青菜、蒸条鱼,应该就差不多了吧?哪位有忌口吗?"

当然不会有什么忌口,在废墟里,饿急了,草根、树皮甚至高岭土都是果腹充饥的东西,哪会有什么忌口?

得到大家都没什么忌口的答复,温妮很礼貌地找了个借口离开,把客厅留给李南他们。

"我像是在旧时代书籍里写的朋友家的客厅。"双马尾喃喃说道。

他们不是一般的废墟上的流民,能跟随刘小晴的,有不少是李南这样被各个基地淘汰出来的人,他们都读书识字,所以对他们而言,就算没有见过光明,至少在那些旧时代的书里看过盛世生活——大家幻想里的乌托邦。

双马尾女生觉得刚才她就经历了一部分的乌托邦。

"那女人,啊,不对!"麻脸中年人一开口就感觉自己用词不当,马上改口道,"应该说嫂子,感觉就是、就是那样的!旧时代那样的!"

"旧时代的女主人。"眼镜男帮忙补齐了麻脸中年人的意思,后者则拼命点头。

李南有些羞涩,更多的是得意,招呼着大家吃水果和零食。

眼镜男接着说起来,就算他不再哭泣,大家还是再一次回到了废墟:"我说、我说我不是一个坚强的人,我在沉日城,我想找你的,阿南,找不到你,我不知道去哪儿找你。她、她对我很好……她没有、没有嫂子这么好看,但、但是她对我好。"说到这里,眼镜男又有点哽咽,摘下眼镜停了一下,拭了拭鼻涕才接着往下说,

"我就留下了,你知道沉日城有饼干厂的,她在饼干厂上班,下班就帮人缝衣服,我去狩猎,加入了守卫队,我们、我们过得很好。"他望着四周,又说道,"没、没这么好,但对我们来说已经很好了。"

李南侧过身,揽住他的肩膀,扳着他的脖子把额头顶在他的额头上:"眼镜,别这样!她对你好,你对她好,就是很好!"

眼镜男拼命点头,眼泪又下来了。他说不下去,于是双马尾女生替他说出了余下的事,但她比他更不善言辞,说了半天才把事情讲清楚。

将军的纠错计划,范围已经蔓延到东海基地和沉日城这样大规模的聚居点,这些聚居点都有几万平方千米的区域,并且留存着旧时代的基础设施,也就是说,相对其他聚居点,这些聚居点有着很强的工业水准。麻脸中年人所在的自由会,李南也待过,那更是有着三个旅的常备武装力量的大势力,也就是说,兄弟会以正常人类为军官、军士骨干,以灌输了作战技能的克隆人作为普通士兵去充实的军队已经越来越完善,足够支撑他们跟自由会这样的势力开战,也可以承受得起损失,并且不会影响兄弟会的稳定!

"兄弟会的要求越来越过分了。"双马尾低头说道,她强逼自己去回忆那些不堪的往事,"本来东海基地对他们剿灭吃人的聚居点是很支持的。"

事实上,当年刘小晴就是因为坚持这样的理念才不容于那些吃人的势力。

双马尾说道:"前几年,我还带着小队去配合他们协同作战。"

李南一点也不出奇,因为信仰一致,很多东西是可以商量和协商的。

"可是后来,我们基地就逐渐跟兄弟会疏远了,因为兄弟会开始剿灭变异人的聚居点,不论他们是否食人。他们开始专注于干掉所有变异人,而不是清剿那些吃人的聚居点。"

这其实是一个历史遗留问题,李南要比他们三人更了解这方面的情况,兄弟会不得不如此,并且还将继续下去。

李南长叹一声,对双马尾说道:"因为兄弟会的士兵就是变异人的重要构成部分,而且那些特别残暴的完全无法跟人类沟通的变异人,有百分之八十到九十都是由兄弟会的那些克隆士兵蜕变的,并且还保留着完整的作战技巧!"

如果专注于剿灭吃人的聚居点,最后留下数量极其庞大的克隆士兵变异群体,就算他们不吃人,兄弟会也将面对越打越多、剿之不尽的对手。

"如果仅仅是这样,也许、也许我们不会找到这里来,你知道,我们、我们跟你不一样,我们到这里来,很难的。"麻脸中年人苦笑道。并不是每个人都有刘小晴的领袖魅力,也并不是每个人都有口水南混得如鱼得水的本领。在这个时代,普通人从自己的聚居点到十千米外的聚居点,几乎有三成概率处于生死之间,如果把这个距离放大到二十千米,恐怕死亡或是被俘获为奴隶、变成吃人部落的食材的可能性就要放大到六七成,超过三十千米就不必去计算死亡概率了,因为没有什么意义。

他们三个当然不是聚居点里的普通人,但几百千米对他们来讲,也是九死一生的旅程。

"我们出发时,各自都在聚居点带了三十人左右。"双马尾苦涩地说道。

他们来找李南,是因为麻脸中年人所说的:"兄弟会要求各个聚居点和势力交出变异人,或是开放通道,让他们进入控制区搜寻变异人。"

"有许多小型聚居点，兄弟会就直接闯进去，不论那些变异人是否作恶，被带走后就没有回来，后来好多附近的聚居点和部落找到了那些被带走的变异人，都被活埋或集体枪杀了。"眼镜男平复下来，三个人里面还是他说得有条理一些。

而这不是终结，更大的问题在于兄弟会的要求越来越过分："他们开始要求，受辐射污染的人就算还没变异，也要被他们带走治疗。有的聚居点相信了他们，甚至还有人主动报名，毕竟他们说会管饭，但结果是更多的活埋和集体枪杀的现场被发现。"眼镜男喝了一口水，停顿了一会儿，抬头望着李南，"如果仅仅到此为止，我们也许不会有勇气奔波千里来找你，这样的决心，不好下。现在，如果沉日城同意兄弟会的要求，我的她也要被兄弟会带走了。她虽然没有变异，也没有辐射病，但她的左手有六根指头，兄弟会说这属于身体异变，他们担心最终还是会导致变异，也要将她带走治疗，带走，就回不来了。"

双马尾女孩来这里的原因，是她的孩子有白化病，麻脸中年人是因为他的孙子被辐射污染，尽管已经服药控制住，并没有异变，但如果自由会妥协，他的孙子肯定也要被带走。

"你跑一趟，叫卡琳娜、刘辉过来开会，让刘辉下文件通知章霭修，让后者安排好驻地防务，带上不当值的军官尽快过来。"李南起身对门口的勤务兵低声吩咐，然后回到客厅，对三位昔日的同伴说："我叫了阿辉和卡琳娜过来，还有白痴修，到时咱们再过一过……"

"当年你走了，我们没有走。"眼镜男打断李南的话，望着他，很郑重地说道，"如果你仍然要走，我们不会走的，我们会走下去，即使晴姐和阿芬都走了，我们也会走下去。"

这样不断跳转语境、充满混乱的话，并不太好懂，但李南听懂了。他点了点头,紧紧握住眼镜男的手,刚想说什么,温妮走进了客厅:"阿南,我搬不动水箱,你能不能帮我一下?"她向三位客人展露出充满歉意的笑容,"我借用阿南一下,对不起大家,打扰你们叙旧。"

刚才的氛围被打破,来访者的脸上一下子都挤出笑容,纷纷道:"没事,没事!嫂子你太客气了!阿南要是搬不动,我们也能帮手啊!"

李南被温妮拉到后院,她点着一根烟,抽了一口,然后把它塞到他的嘴角:"你有没有考虑过一种可能,克隆士兵的保质期到了之后,他们不再因为精神崩溃而诱发开普勒452b太空人格排异性,产生身体变异,最后蜕变成只有小孩智商但保留作战技巧的变异人?"她指着后院里的那些鲜花,"通过不断移植和嫁接,会有新品种的。"

李南拿下那根烟,叹了一口气:"也就是说,克隆士兵在满保质期之后,开始变成如同辐射污染的病人一样,但保留了自己的智商和思维能力。"他抽了一口,然后把大半截烟扔在地上,"现在,克隆士兵在过了保质期后,甚至连辐射污染的体征都不会出现,只会比普通人多出一些手指之类的?那他们过了保质期却没有变异,为什么会离开兄弟会呢?"

温妮盯着李南的眼睛,沉默了几秒才开口:"有没有一种可能,一部分克隆士兵在变异狂变后又经历了一些时间就恢复正常了呢?临近病变期,兄弟会就会提前分批次处理这些克隆士兵,否则现在废墟上的变异人得多出好多倍,但有一部分克隆士兵提前发现异样而逃离,然后在废墟里发病,开始变异,最后沦为失智的变异人。这些发现不对劲而提前逃离的克隆士兵,你觉得他们恢复正常后,回想往事,是否会对兄弟会有浓重的敌意?而且他们还保留了完整的作战技巧和战术水平。"

这才是兄弟会推行纠错计划的根本原因，消灭潜在的复仇者，特别是这些复仇者有着强大的能力。

"不要去，你不是那什么晴姐，每个人都有每个人的活法。"她伸手拉住他的手臂，至于她从一开始就不赞同他去跟将军对着干的原因，今天她终于说出了真相，"你要知道，开普勒452b是没有月球的，在一千四百光年外遥远的母星故乡还没走出太空时，有一些科学家认为我们生存的开普勒452b就是某颗恒星的'月球'，后来人类征服太空，来到开普勒452b，定居于此，太空舰队捕获了小天体，再进行改造，为它装上行星发动机，把它送入轨道，为开普勒452b制作了一颗月球。旧时代的课本上提到，也许以后每一颗人类征服的星球，都将拥有它的月球。"

这段历史李南是清楚的，毕竟他曾是文明种子的预备役。

温妮笑得有些苦涩，这是李南第一次在她那精致的脸上看到这样的表情。

"问题是开普勒452b为什么需要一颗月球？仅仅是为了停泊太空母舰吗？"温妮松开紧握着他的手，又重新点了一根烟，这一次，没有塞在他的嘴角，"有没有一种可能，人造月球就是为了搭载旧时代人类的终极武器——歼星炮而构建的载体？有没有一种可能，如果开普勒452b的情况超出控制，人造月球会毁灭开普勒452b地表的一切，通过投放改良后的克隆人或是由地下基地仍存活的人来重新构建一个新的废墟，直至重建旧时代？"

李南一下子愣住了，这是他从来没有想象过的。

温妮抽烟的姿势很好看，大约旧时代的那些杂志里所谓的名媛风范也不过于此。

置身于后院的鲜花，李南的眼睛仿佛失去焦点，也失去了对于美丽的鉴赏。

"你要明白,这个世界没有什么是长存不变的,不论是友情还是生命。"温妮伸手在李南浓密的黑发里轻轻地梳理着,"如果有些人因为坚持自己的信仰走了,那就让她成为崇高的偶像,这没问题,但她不是让活着的人过得更艰难的理由。我相信,她的牺牲也是希望活着的人更轻松一些,不是吗?会好起来的。"

他捉住她的手,放在嘴边轻吻一下,望着她美丽而动人的眼睛:"会好起来的?"

"会好起来的,我保证,别忘记,你是被选中者。"她微微露出笑容,"更何况,我们在一起。"

李南放下她的手,望了她一眼,仿佛要以此把她长留心间。他曾经以为她和晴姐一样,身上有着人性的光芒,但在洋溢着薰衣草气息的后院里,他才发现,她跟晴姐毫无相似之处。

"我们不需要你们的恩赐和保证。我得走下去,温妮,我得走下去。"

"歼星……"她刚一开口,他便冷静地伸手揽住她的纤腰,然后吻了她。

他对着她露出笑容:"会有第二个李南,也许是从地下基地走出来,也许是变异后恢复正常的克隆士兵,也许是陈南,也许是洪南,总会有人走下去的。"

其实,他有许多决绝的话堵在胸口,包括那些年在地下基地里看过的遥远母星故乡的书,那些当年他完全不理解的先贤的话,现在他懂了,比如"若为自由故,两者皆可抛",比如"为人进出的门紧锁着,为狗爬走的洞敞开着,一个声音高叫着——爬出来吧,给你自由"。

他不想在这最后一刻伤害彼此,他仍希望留下值得彼此回味的最后回忆。

李南没有停留，转身而去。

晚霞绚丽，染在后院的薰衣草花丛上，还有比花朵更娇美的她身上，是这废墟里无数人梦里的乌托邦。

红颜易老，鲜花凋零，可她知道，这世间始终有一些东西是长存不朽的——

比如她滑落的泪滴里，他决然而去的背影。

不朽